SUSANNE KRONENBERG

Totengruft

BESESSEN Norma Tann kann zurzeit keinen neuen Fall gebrauchen. Fest entschlossen, sich endlich um ihre persönlichen Probleme zu kümmern, beginnt sie eine Therapie bei der renommierten Psychologin Marlies Hebisch. Diese betreibt gemeinsam mit der Sozialpädagogin Grit Blancke einen Zufluchtsort für traumatisierte Frauen: das Dr.-Hahlbrock-Haus in Wiesbaden. Benannt wurde es nach dem Mediziner Dr. Eberhard Hahlbrock, Grits verstorbenem Großvater. Als bei Bauarbeiten im Frauenhaus eine mumifizierte Leiche entdeckt wird, steckt Norma plötzlich doch mitten in einer schier aussichtslosen Ermittlung. Offenbar wurde der Mann auf erbarmungslose Weise ermordet.

Erste Hinweise führen zurück in das Jahr 1918. Revolution liegt in der Luft, und die unerschrockene Biebricherin Toni Sender zählt zu den führenden Köpfen der Aufständischen. Gehörte der Tote auch dazu? Und warum musste er sterben?

Susanne Kronenberg, in Hameln geboren und im Taunus heimisch, findet die Inspiration für ihre Romane in ihrer Wahlheimat. In ihrem neusten Kriminalroman führt sie ihre Wiesbadener Privatdetektivin Norma Tann in das berühmte Kloster Eberbach im Rheingau, der mit seiner anheimelnden Landschaft und historischen Bedeutung eine wunderbare Heimat für diesen Krimi bildet. Neben Kriminalromanen veröffentlichte die Autorin zahlreiche Kurzgeschichten in verschiedenen Anthologien sowie Jugendbücher, Fachbücher und Bücher zu regionalen Themen. Als Dozentin für Kreatives Schreiben gibt sie Kurse und Workshops. Sie ist Mitglied des »Syndikats« und Mitgründerin der Wiesbadener Autorengruppe »Dostojewskis Erben«.

SUSANNE KRONENBERG

Totengruft

NORMA TANNS FÜNFTER FALL

GMEINER

Personen und Handlung sind frei erfunden.
Ähnlichkeiten mit lebenden oder toten Personen
sind rein zufällig und nicht beabsichtigt.

Immer informiert

Spannung pur – mit unserem Newsletter informieren wir Sie
regelmäßig über Wissenswertes aus unserer Bücherwelt.

Gefällt mir!

Facebook: @Gmeiner.Verlag
Instagram: @gmeinerverlag
Twitter: @GmeinerVerlag

Besuchen Sie uns im Internet:
www.gmeiner-verlag.de

© 2014 – Gmeiner-Verlag GmbH
Im Ehnried 5, 88605 Meßkirch
Telefon 0 75 75 / 20 95 - 0
info@gmeiner-verlag.de
Alle Rechte vorbehalten
5. Auflage 2023

Lektorat: Katja Ernst
Herstellung: Julia Franze
Umschlaggestaltung: U.O.R.G. Lutz Eberle, Stuttgart
unter Verwendung eines Fotos von: © cmfotoworks – Fotolia.com
Druck: Custom Printing Warschau
Printed in Poland
ISBN 978-3-8392-1527-2

»Erst viele Jahre später, als ich bereits auf eigenen Füßen stand, hatte ich ein Auge für die Schönheit der hügeligen Rheinufer und den Zauber jenes alten Parks des früheren Herzogs von Nassau.«

Toni Sender

1

Montag, der 7. Oktober

Der Schock verschlug allen die Sprache. Grit Blancke presste sich die Hände vors Gesicht und schielte wie ein Kind zwischen den aufgefächerten Fingern hindurch. Marlies Hebisch schlang die Arme um den Oberkörper und schüttelte fassungslos den Kopf. Der junge Handwerker hielt Zange und Akkuschrauber mit beiden Händen umklammert: Sein Werkzeug, mit dem er die Wandtafel neben dem Kamin abgenommen hatte, ohne die geringste Vorstellung, was dahinter zutage kommen sollte. Lauernd wie eine Katze das Mauseloch beäugte er die freigelegte halbhohe Nische.

Marlies Hebisch rührte sich als Erste. Abrupt straffte sie den Rücken, als sei sie sich in diesem Augenblick ihrer Verantwortung gegenüber einer Patientin bewusst geworden.

Sie ließ die Arme sinken und wandte sich fürsorglich Norma zu, die sich abwartend im Hintergrund hielt. »Sie sollten sich damit nicht belasten, Frau Tann! Gehen Sie besser hinaus!«

»Keine Sorge«, murmelte Norma und rückte, von dem Anblick wie elektrisiert, zwei Schritte näher an die Nische heran. »Sie wissen doch: Tötungsdelikte gehörten in meinem vorigen Leben zum Tagesgeschäft.«

»Mord!«, hauchte Grit Blancke und riss die Hände vom kreideweißen Gesicht.

Der Handwerker grinste nervös. »Das glaubt mir kein Schwein!« Er legte das Werkzeug auf den Dielenboden und fischte ein Smartphone aus der Brusttasche. Schussbereit hielt er es in die Höhe.

Norma stoppte sein Vorhaben. »Kein Foto! Lassen Sie den Unsinn!«

Widerwillig nahm der junge Mann das Gerät herunter.

Grit Blancke konnte den Blick nicht von der Nische nehmen. »Was für eine Katastrophe! Ein Mord im Dr.-Hahlbrock-Haus!«

Sie wirkte ebenso enttäuscht wie geschockt. Norma dachte an den Stolz und die Begeisterung, mit der Grit Blancke sie, die fremde Besucherin, zu einem Rundgang eingeladen hatte. Die imposante Gründerzeitvilla, die sich mit zwei barocken Türmen schmückte, diente seit einiger Zeit als Zufluchtsstätte für Frauen, die Gewalt erlebt hatten. Das soziale Projekt trug den Namen des einstigen Besitzers der Villa, des Biebricher Mediziners Dr. Eberhard Hahlbrock. Bei den Biebrichern war das Gebäude auch unter seinem ureigenen Namen ›Villa Ophélie‹ bekannt.

Die Suche nach ihrer Psychotherapeutin hatte Norma hergeführt. Einer von Normas Klienten, dem sie das Honorar gestundet hatte, war unverhofft mit einem Geldumschlag vorbeigekommen. Da sie ihrerseits die ersten Therapiesitzungen begleichen musste, wollte sie sich den Weg zur Bank ersparen und das Geld ohne den Umweg über ihr Konto direkt an Marlies Hebisch weiterreichen. Die therapeutische Praxis lag in der Nähe der Oranier-Gedächtnis-Kirche und war damit nur einen Katzensprung von ihrem Büro entfernt. Als sie die Psychologin dort nicht antraf, wanderte Norma zum Rhein hinunter und spazierte die Promenade entlang. Ihr neues Ziel war das

Dr.-Hahlbrock-Haus, das in Sichtweite des Rheinufers lag. Vielleicht war die Psychologin dort anzutreffen. Sie war die Erste Vorsitzende des Fördervereins, der die Einrichtung unterstützte, und hatte sich in Wiesbaden dank ihrer fantasievollen Spendenaktionen einen Namen gemacht.

Ein mannshoher Gitterzaun schirmte das Villengrundstück zur Straße ab. Norma klingelte am Tor und musste eine Weile warten, bis ihr von einem Mädchen geöffnet wurde. Die junge Frau mochte um die 18 sein. In den bunten Klamotten, die sie wie eine Rüstung in mehreren Lagen übereinander trug, und den dunklen Haaren um das Feengesicht wirkte sie so verletzlich und schutzbedürftig, dass Norma sich unwillkürlich fragte, welche Traumata das Mädchen in die Villa getrieben haben mochten.

Marlies Hebisch sei im Haus, lautete die genuschelte Auskunft des Mädchens. Norma stieg die herrschaftlichen Stufen zur Haustür hinauf, die einladend offen stand und mitten hinein in eine Baustelle führte. Zwar hatten die Wände des Treppenhauses einen frischen, farbigen Anstrich erhalten, der Fußboden der Diele jedoch bestand aus blankem Estrich. Marlies Hebisch war ins Gespräch mit einer jüngeren Frau vertieft. Sie waren ein ungleiches Paar: Die groß gewachsene, sportlich trainierte Frau Dr. und ihre feingliedrige Kontrahentin. Was die mentale Stärke betraf, schienen beide Frauen ebenbürtig zu sein und weit davon entfernt, sich über die Auswahl der Bodenfliesen einigen zu können. In ihre Diskussion versunken, nahmen sie Norma nicht zur Kenntnis und rückten mit zweifelnden Mienen die Musterstücke auf dem Boden umher.

Spontan wies Norma auf eine dunkel marmorierte Platte. »Diese Farbe passt wunderbar zu den Wänden.«

Die jüngere Frau lächelte erfreut, warf Marlies Hebisch einen verschmitzten Blick zu und reichte Norma die Hand. »Diese Fliese ist mein Favorit. Herzlichen Dank für die Unterstützung. Mein Name ist Grit Blancke. Bisweilen bilde ich mir ein, hier die Hausherrin zu sein.«

Marlies Hebisch schmunzelte und drohte: »Über die Fliesen reden wir noch einmal.«

Norma stellte sich vor.

»Was kann ich für Sie tun?«, fragte Grit Blancke freundlich.

Marlies Hebisch kam Norma zuvor. »Frau Tann möchte sicherlich zu mir.«

Auch Grit ließ Norma nicht zu Wort kommen. »Eine Klientin von dir, verstehe. Offensichtlich eine Dame mit Geschmack, nicht wahr?«

Grit wandte sich an Norma. »Ich könnte eine Pause gebrauchen. Möchten Sie vielleicht das Haus besichtigen?«

Norma, die sich gern von Häusern mit Geschichte faszinieren ließ, stimmte erfreut zu. »Darf ich vorher etwas loswerden? Das Honorar, wie ausgemacht.«

Marlies Hebisch nahm den Umschlag entgegen. »Sehen Sie sich nur um, Frau Tann. Ich gehe so lange nach oben und schaue Florian auf die Finger. Er wohnt in der Nachbarschaft und packt bei allem Handwerklichen mit an.«

Norma spähte die Treppe hinauf. Aus der ersten Etage kamen klopfende Geräusche.

Im Obergeschoss würde eine kostbare Wandvertäfelung abgebaut, erklärte Grit Blancke und verbarg ihre Vorfreude nicht. »Das Holz soll in einer Schreinerei aufgearbeitet werden. Wenn alles fertig ist, haben wir einen traumhaft schönen Saal für unsere Ruhestunden und Meditationen. Aber bleiben wir zunächst hier unten. Kommen Sie mit!«

Vor vier Jahren hatte Grit Blancke die Villa Ophélie von ihren verstorbenen Eltern geerbt. Als Sozialpädagogin wollte sie etwas Sinnvolles tun und hatte innerhalb weniger Monate das Projekt für traumatisierte Frauen auf die Beine gestellt, erfuhr Norma beim Rundgang durch das Erdgeschoss. Hier lagen neben der Küche, zwei Bädern und einem Hauswirtschaftsraum auch die Wohnräume.

»Ohne Marlies hätte ich das niemals geschafft«, bekannte die junge Hausherrin. Das Gemeinschaftswerk sei für sie beide ein Gewinn. »Marlies arbeitet seit vielen Jahren mit Gewaltopfern. Sie wünschte sich so sehr einen Ort wie diesen. Ein Haus, in dem die Frauen eine Weile zur Ruhe kommen können. Dieses Unternehmen liegt ihr ebenso am Herzen wie mir.«

»Werden die Frauen, die hier wohnen, akut bedroht?«, fragte Norma bei einem Blick in ein unbewohntes Schlafzimmer, das trotz der bescheidenen Einrichtung durch die heiteren Farben einladend wirkte.

Grit zog die Tür wieder zu. »Wir sind kein Frauenhaus im eigentlichen Sinn. Aber es kann vorkommen, leider. Verena, eine unserer Bewohnerinnen, muss sich sehr vor ihrem Exfreund in Acht nehmen. Die meisten Frauen tragen das Gewalterlebnis als Erinnerung in sich, nicht selten seit ihrer Kindheit. Wenn alte Wunden aufbrechen, kann das sehr schmerzhaft sein.«

Mit alten Wunden kannte Norma sich aus. Sie wechselte das Thema. »Wann wurde die Villa gebaut?«

Ophélie sei eine betagte, aber rüstige Dame aus dem Jahr 1885 und seitdem durchgehend im Besitz der Familie, erzählte Grit und führte Norma über eine Treppe hinab in den ebenerdigen Anbau, in dem Eberhard Hahlbrock eine Arztpraxis eröffnet hatte. Mitten im Ersten Weltkrieg.

»Dr. Hahlbrock war mein Großvater«, fügte Grit stolz hinzu.

Norma wiederholte staunend: »Dr. Hahlbrock, der hier vor 100 Jahren praktiziert hat, war Ihr Großvater?«

Grit lächelte verständnisvoll. »Der Zeitabstand irritiert viele. Die Erklärung ist einfach. Mein Großvater Eberhard hat sehr spät geheiratet und ist mit 61 noch Vater geworden. 1946 kam meine Mutter auf die Welt. Ich bin 1981 geboren. 1970 ist er ist gestorben, mit 85 Jahren. Bis ins letzte Lebensjahr hat er praktiziert. Ich hätte ihn so gern persönlich erlebt.« Ihr Großvater, dieser große Menschenfreund, fügte sie schwärmerisch hinzu, sei äußerst beliebt und als Mediziner hochgeachtet gewesen, und sie wolle in seinem Sinn weiterarbeiten.

Der enge, lange Flur und die aneinandergereihten Zimmer spiegelten den ursprünglichen Zweck als Arztpraxis wider. Hier lag auch Grits Büro, eine schmale Kammer mit Schreibtisch, auf dem sich Aktenordner und Papierstapel türmten. Nebenan befanden sich eine Teeküche und ein winziges Schlafzimmer. Das ›Notzimmer‹ für überzählige Gäste, wie Grit entschuldigend anmerkte.

Zwei letzte Türen ließ sie ungeöffnet. »Dort wohne ich, aber das geht nicht länger. Ich will im Garten ein Holzhaus bauen, damit ich endlich mehr Platz für mich habe. Die Verwaltungsräume kommen auch in den Neubau. Wenn es nur endlich losgehen könnte!«

»Woran hakt es?«

Grit zog eine Grimasse. »Am lieben Nachbarn! Ein Querulant, der alles aufbietet, um uns auszubremsen. Aber ich lasse mir meine Pläne nicht kaputtmachen. Nicht den Neubau und auch nicht die Umbauten in der Villa. Aus dem Anbau machen wir eine Wohnung für Frauen mit Kindern.«

Sie verließen besagten Anbau und kehrten in die Villa zurück. Ein paar Stufen führten hinauf in die Diele.

Grit deutete einladend auf die Treppe in den ersten Stock. »Ich zeige Ihnen unser zukünftiges Prunkstück, auch wenn es dort im Augenblick drunter und drüber geht.«

Ihr harmloses Geplauder wurde barsch unterbrochen. Grit nahm zwei Stufen auf einmal. Norma folgte nicht weniger sportlich. Der Hilfeschrei der Psychologin hatte keinen Zweifel daran gelassen: Dort oben war etwas höchst Beunruhigendes im Gange.

2

Seit der grausigen Entdeckung waren keine fünf Minuten vergangen. Der Junge im Blaumann trat von einem Bein aufs andere. Die aufgesetzte Coolness war dahin. Ihm stand die Bestürzung ins Gesicht geschrieben. Arglos hatte er mit der gebotenen Sorgfalt eine Tafel nach der anderen abgeschraubt. Als er die letzte neben dem Kamin entfernt hatte, war die brusthohe Nische zum Vorschein gekommen. Und darin der Tote, oder genauer: was von ihm übrig geblieben war.

Grit hatte also mit dem Erbe nicht nur eine altehrwürdige Villa, sondern unversehens diesen seltsamen Gast bekommen.

»Ob es Mord war? Keine Ahnung bei dem Zustand. Der Mann muss seit Jahrzehnten tot sein«, vermutete Norma.

Sie ließ sich auf die Knie nieder und rutschte ein Stück näher an den mumifizierten Leichnam heran. Die zusammengesunkene Gestalt nahm beinahe die komplette Nische ein. Der verschrumpelte Körper wurde von einem staubigen, dunklen Anzug umhüllt. Stoppelige Haare bedeckten das mumifizierte Haupt. Die leeren Augenhöhlen und der Knebel zwischen den gelben Zahnreihen gaben dem Schädel einen Ausdruck zwischen Entsetzen und Hoffnungslosigkeit.

Norma wandte den Blick ab.

»Um Himmels willen, Frau Tann!«, rief Marlies Hebisch, um ihre Contenance ringend. »Was machen wir nun damit?«

Norma richtete sich auf. »Erst einmal verlassen wir alle den Raum!«

Die Aufforderung ging an die Psychologin sowie Grit und den Jungen, der widerstrebend Folge leistete, weil es ihm, wie Norma vermutete, nicht mehr gelingen würde, ein schauriges Mumienfoto auf Facebook zu posten. Norma zog die Tür von außen zu.

Die farbenfroh gekleidete junge Frau, die Norma am Tor empfangen hatte, tänzelte aus einem Zimmer heraus. Sie summte eine Melodie und schlenkerte im Takt mit einem leeren Becher. Als sie das verstörte Grüppchen auf dem Flur bemerkte, stutzte sie. »Ist was passiert? Ihr seht wie versteinert aus. Was ist los, Flori?«

»Ich habe etwas entdeckt«, stotterte der junge Handwerker.

»Sag schon, Flori!«, forderte das Mädchen.

»Warte, Florian!«, warf Grit ein. »Wir reden unten darüber.«

Marlies übernahm das Wort: »Franzi, wir treffen uns im Aufenthaltsraum. Ruf die anderen dazu. Und bitte sofort!«

Das Mädchen zog eine Grimasse. »Was soll der Stress?«

»Bitte, Franzi. Es ist wichtig!«

»Okaaay … Will mir sowieso 'nen Latte holen.« In Trippelschritten bewegte sie sich auf die Treppe zu. Florian glotzte ihr verliebt hinterher.

Grit wandte sich an Norma: »Könnten Sie nicht die Polizei anrufen? Sie kennen sich aus. Ich wüsste nicht, was ich sagen sollte. Etwa: ›Hallo, kommen Sie mal vorbei! Ich hab da eine Mumie im Obergeschoss.‹?« Sie verzog verunsichert das Gesicht und schien den Tränen nahe.

»Das übernehme ich«, versprach Norma.

Grit schien erleichtert, bedankte sich und ging nach unten.

Marlies nahm sich den Jungen vor. »Du machst Feierabend, Florian. Deine Entdeckung behältst du vorerst für dich. Kein Facebook, kein Twitter, verstanden?«

Der Junge murmelte etwas Zustimmendes und folgte dem Mädchen sowie Grit nach unten.

Norma blieben Zweifel. »Denken Sie, er hält sich dran?«

»Genauso fest glaube ich an den Weihnachtsmann. Es war ein Versuch. Die Polizei …« Die Psychologin brach zögernd ab.

»Ja?«

Marlies setzte erneut an: »Die Polizei in der Villa Ophélie – der Gedanke macht mir Bauchschmerzen! Manche der Bewohnerinnen haben schlechte Erfahrungen mit Polizisten gemacht. Hier. Im Ausland. Wo auch immer. Uniformierte im Haus – das würde ich den Frauen lieber ersparen.«

Zuständig war zunächst das 5. Polizeirevier, das seinen Sitz im ehemaligen Biebricher Rathaus hatte und innerhalb weniger Minuten einen Wagen schicken konnte. Nichts lag Norma ferner, als traumatisierte Frauen aufzuschrecken.

»Ich könnte zwei frühere Kollegen aus dem Polizeipräsidium anrufen«, schlug sie vor. »Sie kommen in Zivil, ganz diskret. Was danach aufgefahren wird, liegt allerdings in deren Ermessen.«

»Damit wäre mir sehr geholfen«, sagte Marlies. »Darf ich Sie eine Weile allein lassen?«

Sie folgte den anderen ins Erdgeschoss. Norma blieb in der Nähe der Tür und holte ihr Telefon hervor. Das Polizeipräsidium Westhessen, Normas ehemaliger Arbeitsplatz, lag auf der Strecke zwischen Biebrich und dem Wiesbadener Zentrum. Es war in einem ehemaligen Krankenhaus der US-Armee untergebracht. Weder Dirk Wolfert noch

Luigi Milano wären begeistert über einen jahrealten Leichnam, der nichts als Fragen und verstaubte Spuren erwarten ließ. Die beiden Kriminalhauptkommissare hatten mit aktuellen Tötungsdelikten genug um die Ohren, was Milanos Laune grundsätzlich nicht guttat. Norma wollte sich deshalb mit ihrer heiklen Bitte lieber an den umgänglicheren Wolfert wenden. Doch der erste Anruf galt Timon Frywaldt, der als Wissenschaftler für das Hessische Landeskriminalamt arbeitete. Sie erreichte ihn in seinem Labor. Das LKA befand sich in Sichtweite des Polizeipräsidiums. Von dort bis nach Biebrich brauchte man mit dem Wagen kaum fünf Minuten.

»Bitte komm so schnell wie möglich ins Dr.-Hahlbrock-Haus!«

»Geht es um Leben und Tod?«, fragte er scherzhaft.

»Um Letzteres«, erklärte sie knapp. Ihr ginge es gut, fügte sie hinzu.

Er wollte sich sofort auf den Weg machen.

Dann war Wolfert an der Reihe. Er begrüßte sie erfreut. Ihm lag etwas an ihr, obwohl ihre Beziehung nie über den Status einer guten kollegialen Freundschaft hinausgewachsen war. Ab und zu gingen sie gemeinsam essen und plauderten über alte Zeiten. Bisweilen schloss sich Milano diesen Treffen an.

In wenigen Sätzen schilderte sie Wolfert die Entdeckung. Er hörte zu, ohne sie zu unterbrechen, und fragte, als sie geendet hatte: »Wieso hast du nicht die Kollegen der Schutzpolizei gerufen?«

»Die hätten euch sowieso angefordert. Schließlich gehören Tötungsdelikte in euer Kommissariat.«

»Ich kann frühestens in einer Stunde«, erklärte Wolfert ungeduldig. »Wir ermitteln grade in einem Raubüberfall beim Hauptbahnhof. Die Zeugen haben einen Rothaarigen, Typ Student, beobachtet. Wir konnten einen Verdächtigen fassen und haben zu einer Gegenüberstellung geladen. Ich muss dir nicht erklären, welcher Aufwand nötig ist, um eine Gruppe abgemagerter Rotschöpfe aufzutreiben. Wenn ich die Jungs jetzt nach Hause schicke, wird das nie was.«

»Und Luigi?«

»Den brauche ich hier«, knurrte Wolfert. »Ich schicke die Kollegen der Schutzpolizei.«

»Musst du nicht, Dirk! Ich warte auf euch. Glaub mir, bei dem Toten kommt es auf eine Stunde nicht an.«

Wolfert schnaufte ins Telefon. »Verstehe! Das nennt man Zeit rausschinden. Damit du auf eigene Faust herumschnüffeln kannst.«

Wie gut er sie kannte.

3

Grit hatte zwei Becher – getöpfert und mit fröhlichem Dekor – nach oben getragen und sich umgehend wieder davongemacht. Der duftende Kaffee kühlte unbeachtet auf der Fensterbank ab. Norma hockte vor der Nische am Boden und betrachtete den traurigen Fund. Zusammengekauert saß die Gestalt an der Wand. Der Rücken lehnte sich gegen den Schornstein, der die Nische begrenzte. Die Beine waren eng an den Körper herangezogen. Um die Waden war eine dicke Kordel gewickelt, deren Schlingen neben dem verdorrten Fleisch herabhingen. Die Lederschuhe, denen die Bezeichnung ›abgetragen‹ geschmeichelt hätte, stießen gegen die linke Nischenwand. Auf ihnen lag, wie hinterhergeworfen, eine durchlöcherte Schiebermütze. Im Jackenstoff der dem Raum zugewandten Schulter zeichnete sich eine eckige Kerbe ab: Der Abdruck jener Holzlatte, mit der die Wandtafel verschraubt gewesen war. Viel Raum war dem Toten in seinem seltsamen Grab nicht geblieben.

Norma rümpfte die Nase. Die Nische roch muffig nach uraltem Staub. »Das muss damals fürchterlich gestunken haben.«

»Irgendwann nicht mehr«, sagte Timon lakonisch. Er kniete neben ihr. Der dunkle Zopf glitt ihm über die Schulter, als er sich vorbeugte. »Sieh dir den Schädel an!«

Am Kopf war die Verwesung am weitesten vorangeschritten. Normas Blick strich über die ausgedörrten

Augenhöhlen, sie musterte den spitzknochigen Nasenrest und konzentrierte sich auf den Stoffstreifen, der Ober- und Unterkiefer trennte, sich straff zwischen den Backenzähnen hindurchzog und im Nacken verknotet war. Ein Stoffstreifen mit einem Karomuster wie bei einem Küchentuch.

Sie schluckte gegen den Kloß im Hals an. »War er tot, bevor man ihn in die Nische steckte?«

Timons Schulterzucken hatte etwas Fatalistisches. »Warum sollte man einen Toten knebeln und verschnüren? Sieh nur, auch seine Handgelenke sind zusammengebunden.«

Sie rutschte vor und lugte hinter den Rücken des Toten. Die Enden der Handfesseln reichten bis zum Boden herab. Die Schnur erinnerte sie an die Gardinenkordeln in der Wohnstube ihrer Großmutter.

»Irgendwie hätte er sich bemerkbar machen können. Klopfen. Treten.«

»Sofern es jemand hören wollte.«

Norma schüttelte entsetzt den Kopf. »Ich will mir das gar nicht vorstellen.«

»Schluss mit den Mutmaßungen«, verkündete Timon entschlossen. »Sobald ich die Mumie untersucht habe, wissen wir mehr. Vorausgesetzt, ich bekomme sie auf den Tisch und nicht die Frankfurter.«

Er stand in ehrgeiziger Konkurrenz zu den Medizinern der Frankfurter Rechtsmedizin. Zum Glück hatte er einen guten Draht zum Wiesbadener Polizeipräsidium. Wenn es erforderlich war, wurde das LKA in die Ermittlungen einbezogen. Daher kannte er auch die Hauptkommissare Wolfert und Milano.

»Wann wollten Dirk und Luigi hier sein?«, fragte Timon.

»Dirk hat mich vorhin angerufen. Eine Viertelstunde

wird es noch dauern. Was meinst du: Seit wann ist der Mann tot?«

»Norma! Soll ich schon wieder spekulieren?«

»Also gut, nächste Frage: Ob er Papiere bei sich hat? Einen Ausweis, oder so?«

»Sind wir bei einem Quiz?«

Sie schenkte ihm ein konspiratives Lächeln. »Wer sagt, dass wir raten müssen?«

»Du willst doch nicht den polizeilichen Ermittlungen vorgreifen?«

Sie wies mit dem Kinn zur Fensterbank. »Dein Kaffee wird nicht wärmer.«

Er erhob sich mit einer geschmeidigen Bewegung. Während er am Fenster stand und seinen Kaffee trank, durchsuchte sie die Außentaschen des Sakkos. Nichts. Mehr Überwindung kostete es sie, den Jackenkragen anzuheben und nach der Innentasche zu tasten. Ihre Fingerspitzen berührten Papier und ein Stück festen Karton. Sie zog beides heraus.

Timon beobachtete sie mit dem Becher in der Hand. »Und?«

Sie betrachtete ihren Fund. »Das Schwarz-Weiß-Porträt einer jungen Frau und ein Briefumschlag.«

»Lass mal sehen!«

»Ach, mit einem Mal?«

Sie ging zu ihm und hielt ihre Entdeckung ins Tageslicht. Die vergilbte Fotografie im Postkartenformat war in einem Atelier entstanden. Die Frau mochte Mitte bis Ende 20 sein. Ihr volles, dunkles Haar fiel wohl frisiert bis über die Ohrläppchen und umrahmte in weichen Wellen die Stirn. Der schmale Mund war zu einem leichten Lächeln geöffnet. Der gescheite Blick der großen, schwärzlichen

Augen ließ den Betrachter unbeachtet und war in die Ferne gerichtet. Um den Hals trug die Unbekannte eine dezente Perlenkette, die ihre aparte Erscheinung unterstrich. Lichtreflexe in den Pupillen und auf dem Haar ließen das Bild lebendig wirken. Der Fotograf hatte sich auf sein Handwerk verstanden.

»Hübsch, die junge Dame«, urteilte Timon. »Hat sie einen Namen?«

Norma drehte die Karte herum. Die Rückseite war in Druckbuchstaben mit Bleistift beschrieben. »Nur ein Datum und eine Adresse: ›Freitag, der 29. November, Biebrich, Obere Kasernenstraße Nr. 6‹.«

»Vielleicht war sie seine Frau? Oder die Verlobte? Die Geliebte?«

Norma lächelte. »Wer spekuliert hier?«

Sie legte das Foto auf die Fensterbank und nahm sich den Brief vor. Der aufgeschlitzte Umschlag war mit schwarzer Tinte beschrieben. Eine geschwungene, antiquierte Schrift, die nur mit Anstrengung zu entziffern war. Die unscheinbare, rotbraune Briefmarke zeigte ein altmodisches Frauenporträt.

»Auf der Marke steht ›Deutsches Reich‹. Schade, der Stempel ist kaum zu erkennen. Er endet mit ›furt‹. Für Frankfurt vielleicht. Das Datum ist verwischt. Es könnte … ja, möglicherweise heißt das ›November 1918‹. Das müssen sich die Kriminaltechniker vornehmen. Wie kann man nur so verschnörkelt schreiben! Kannst du die Adresse lesen?«

Timon legte die hohe Stirn in Falten. »Das sieht nach deutscher Kurrentschrift aus. Dass hier kein Schönschreiber am Werk war, macht es nicht leichter.«

Norma buchstabierte sich durch die Anschrift. »Das könnte Emil heißen. Ja, Emil … Grun… Emil Grundke aus Frankfurt am Main. Bendergasse.« Sie schaute auf und sagte feierlich: »Unser Toter hat einen Namen.«

»Falls der Brief an ihn gerichtet war«, wandte Timon nüchtern ein.

Der Absender stand, von Wassertropfen verwischt, auf der Umschlagrückseite. Norma rätselte eine Weile, bis sie sich halbwegs sicher war und vorlas: »Liesel Paschke, Metzgerei Winterstett, Bad Homburg, Louisenstraße. Ohne Garantie meinerseits.«

»Lass uns den Brief ansehen!«, forderte Timon erwartungsvoll.

Sie zog das Papier heraus, faltete es auf und strich es auf der Fensterbank glatt. Das Blatt war in derselben Handschrift in sehr engen Zeilen beschrieben. Auf den ersten Blick nichts als Hieroglyphen. Bevor sie die ersten Wörter entziffern konnte, waren draußen im Flur Stimmen zu hören. Sie flitzte los, um Brief und Foto wieder ihrem Besitzer anzuvertrauen. Kaum hatte sie das Sakko glatt gestrichen, flog die Tür auf. Ein Schwergewicht in Jeans und einem Hemd wie ein Zelt eroberte den Tatort. Ihm folgte der magere, akkurat gekleidete Kollege.

Luigi Milano und Dirk Wolfert waren am Zug.

4

Eine gute Stunde später war die Nische ausgeräumt und blankgefegt, als hätte es den Toten darin niemals gegeben. Die Beamten der Spurensicherung waren bereits wieder abgezogen. Die Mumie befand sich – zu Timons Zufriedenheit – auf dem Weg in sein Labor. Die Kommissare hatten seiner Bitte entsprochen in der Annahme, dass es der Staatsanwaltschaft eins sein würde, ob die Mumie bei der Rechtsmedizin in Frankfurt oder beim LKA landete. Vonseiten der Behörden wäre mit mäßigem bis gar keinem Interesse zu rechnen, sollte die Leiche tatsächlich so alt sein wie die ersten Hinweise vermuten ließen.

Timon war noch geblieben und hielt sich in der Nähe der Nische bei Wolfert und Milano auf. Die Männer sprachen leise miteinander. Selbst Milano verzichtete auf das übliche Gepolter. Auf dem Flur war kein Laut zu hören, und weder Grit noch Marlies ließen sich blicken.

Norma stand am Fenster und schaute in den Garten hinaus. Auf dem Rasen reihten sich drei Liegestühle aneinander, als wollten sie an den Sommer erinnern und so den Herbst aufhalten, der bereits das Laub der Bäume verfärbte. Ihre Gedanken waren bei dem Toten, bei seinen letzten Lebensstunden. Als die Leiche geborgen wurde, war Timon gräulicher Staub aufgefallen, der sich unter den abgebrochenen Nägeln festgesetzt hatte. Womöglich Partikel vom Putz in der Nische? Letzte Zweifel daran beseitigten die Kratzspuren an der Wand in Höhe der gefesselten

Hände: Das Zeugnis eines erfolglosen Befreiungsversuchs. Der Mann war am Leben und bei Sinnen gewesen, als das Verlies verschlossen wurde. Bei lebendigem Leib eingetäfelt!

Wolfert schaute sich zu Norma um und rückte die dunkle Hornbrille zurecht, ohne die er so verloren wäre wie ein Bergmann ohne Lampe. »Das geht einem an Nieren! Es gibt nur einen Trost: Sein Mörder schmort längst in der Hölle.«

»Sofern es die Hölle gibt, ist er dort bestens aufgehoben«, stimmte sie ihm zu. »Verhaften und verurteilen kann ihn auf Erden niemand mehr.«

»Wir geben zwar alle Fakten an die Staatsanwaltschaft weiter, aber sobald gesichert ist, dass unser Mann tatsächlich vor gut 100 Jahren zu Tode kam, landet der Fall bei den Akten. Schon jetzt sieht alles danach aus.«

»Dann wird auch für dich keine weitere Arbeit anfallen, Timon«, brummte Milano und kratzte sich am Doppelkinn. »Ein ungeklärter Mord aus dem letzten Jahrhundert ist kein Fall fürs LKA.«

»Ich bleibe dran«, widersprach Timon. »Und wenn das mein Feierabendjob wird. Wissenschaftlich ist die Mumie hochinteressant. Quasi ein Glücksfall für die Forschung«, erklärte er nicht ohne Enthusiasmus. »Wann bekommt man schon einen Körper in einem solchen Zustand auf den Seziertisch? Luftgetrocknet am Kamin«, meinte er lax und fügte respektvoller hinzu: »Was könnte ich sonst für den armen Teufel tun, als wenigstens Licht in die Umstände seines Todes zu bringen?«

Wolfert richtete den Blick auffordernd auf Norma. »Wie wahr! Eine gründliche Ermittlung hätte er verdient nach diesem grausamen Ende.«

»Was schaust du mich an?«, erwiderte sie verblüfft.

Die Augen, hellblau und übergroß hinter den dicken Gläsern, blinzelten. »Meinen Segen hättest du.«

Milano nickte ernsthaft. »Ich schließe mich sehr gern an, Norma.«

Sie glaubte, ihren Ohren nicht zu trauen. Die Kommissare hatten sie in früheren Fällen durchaus unterstützt – wenn auch aus unterschiedlichen Beweggründen: Wolfert aus einem Gerechtigkeitsgefühl heraus und weil er seine ehemalige Kollegin einfach gern mochte, während Milano von einem heimlichen Hang zur Anarchie und Spaß an illegalen Spielchen getrieben schien. »Ihr drängt mich, zu ermitteln? In einem 100 Jahre alten Mordfall?«

»Uns beiden sind die Hände gebunden«, erklärte Wolfert beschwichtigend. »Die Polizei ist nicht für Täter zuständig, die man nicht mehr zur Rechenschaft ziehen kann.«

»Warum sollte ich nachforschen?«

Milano verzog den Mund zu einem Lächeln und wirkte, wie es seine Art war, ein bisschen diabolisch dabei. »Weil du längst mittendrin steckst, Norma! Du brennst darauf, zu erfahren, warum der arme Kerl im Wandschrank verschrumpeln musste.«

»Selbst wenn ich mich darauf einlassen würde«, sagte sie, von dem Ansinnen überrumpelt, »einen aussichtsloseren Fall kann es kaum geben.«

»Wenn das jemand schafft, dann du!«, schmeichelte ausgerechnet Milano und verdoppelte damit den Grad ihrer Verwunderung.

Timon strahlte sie an. »Auf meine Hilfe kannst du zählen.«

»Und erste Hinweise gibt es schließlich auch«, fügte Wolfert hinzu. »Der Brief …«

Norma fiel ihm ins Wort. »… von dem einem die Augen weh tun.«

»Es wird sich jemand finden, der ihn entziffern kann. Vergiss das Foto nicht!«

»Das Porträt einer Unbekannten!«, stöhnte Norma.

»Wenn du wissen willst, wer die Dame ist«, warf Milano mit listigem Grinsen ein, »frag einfach Luigi.«

5

Milano hielt die Plastiktüte in die Höhe, in der das Foto steckte. »Diese Dame heißt, wenn mich nicht alles täuscht, Toni Sender.«

»Toni Sender?«, wiederholte Norma verwundert. Der Name war ihr kürzlich im Wiesbadener Kurier begegnet. Der Artikel hatte von einer Auszeichnung der Stadt Frankfurt berichtet, die alle zwei Jahre verliehen wurde und mit 10.000 Euro dotiert war. Der ›Tony-Sender-Preis‹ förderte Projekte, die sich gegen Benachteiligung und Diskriminierung einsetzten. »Toni Sender war Politikerin. Sie stammte aus Biebrich, nicht wahr?«

Das Geburtsjahr müsste in den 1880er-Jahren liegen, wusste Milano zu berichten und griente selbstzufrieden dank seines Wissensvorsprungs. Wolfert wirkte verdattert. Durch besondere Kenntnisse zu verblüffen, war gewöhnlich sein Part.

»Woher kennst du die Frau, Luigi?«, fragte er pikiert.

Milanos Mundwinkel zogen sich noch breiter auseinander. »Ob ihr es glaubt oder nicht, sogar der Milano hat hin und wieder etwas für Kultur übrig. Vor einiger Zeit gab es eine Ausstellung über Toni Sender. Ich gebe zu, die Frau hat mich schwer beeindruckt.«

»Das aus deinem Mund, Luigi: Ein Lob für eine Feministin!«, stichelte Norma.

»Oh nein«, widersprach er. »Ich will mich nicht als Experte aufspielen. Aber wie ich das verstanden habe, hat

Toni Sender sich nicht als Feministin betrachtet, sondern als Sozialistin. Als Friedensaktivistin. Als Politikerin. Als Journalistin. Marlies Hebisch könnte euch bestimmt mehr darüber sagen. Sie hat sich damals als Initiatorin der Ausstellung hervorgetan.«

»Kann das Zufall sein?«, fragte Wolfert skeptisch. »In Gegenwart von Marlies Hebisch wird neben dem Toten ausgerechnet ein Foto der Frau gefunden, über die die Hebisch eine Ausstellung organisiert hat?«

»Aus der Polizeiarbeit kennen wir die irrsinnigsten Zufälle«, meinte Milano. »Es gibt nichts, was es nicht gibt.«

»Abgesehen davon«, warf Norma ein, »gehört die Villa nicht Marlies Hebisch, sondern Grit Blancke. Und was sollte Marlies mit einem Mord verbinden, der vor 100 Jahren begangen wurde?«

Wolfert schaute sie auffordernd an. »Das ist eine spannende Frage!«

»Komm mir nicht wieder mit deiner fixen Idee, ich sollte diesen Fall übernehmen!«

»Hast du etwa kein Blut geleckt, Norma?«, mischte sich Milano ein. »Der Fall trifft vollkommen deinen Geschmack: unendlich verzwickt und wunderbar aussichtslos!«

»Wenigstens nicht gefährlich«, ergänzte Wolfert zuversichtlich. »Der Mörder ist tot und wird dir nicht in die Quere kommen.«

Norma hob die Hände. »Nicht so voreilig, meine Herren! Wer sagt, dass es nicht trotzdem euer Fall ist? Warten wir ab, was die Staatsanwaltschaft beschließt.«

Milano strich sich über den Haarschopf. »Fest steht, es wird ordentlich Wirbel in den Medien geben. Immerhin wurde der Mann lebendig eingekerkert. Presse und Fernsehen werden sich auf dieses gruselige Detail stürzen. Wir müssen mit den Leuten im Haus reden, bevor sich die Reportermeute vor dem Tor versammelt.«

Die Kommissare verklebten Türblatt und Zarge von außen mit einem Polizeisiegel. Nur eine Vorsichtsmaßnahme, besänftigte Wolfert die aufgeregte Grit. Marlies Hebisch wechselte einige Worte mit Timon. Beide kannten sich seit Langem, und Timon hatte Norma die Therapie bei der Psychologin vermittelt. Er antwortete in beschwichtigendem Ton. Franzi drückte sich mit drei Frauen am Treppenabgang herum.

»Wie geht es jetzt weiter?«, wollte Grit von den Kommissaren wissen.

»Bis der Staatsanwalt über den Fall entschieden hat«, erklärte Wolfert geduldig, »darf der Raum nicht genutzt werden. Es wird bestimmt nicht lange dauern. Wie ich das sehe, können Sie das Zimmer bis Ende der Woche wieder betreten und weiterrenovieren.«

Grit rang verzweifelt die Hände. »Das sollte unser Ruhe- und Meditationszimmer werden. Jetzt haben wir plötzlich diese Leiche!«

»Nicht plötzlich«, widersprach Milano mit sanfter Reibeisenstimme. »Wie es aussieht, liegt der Mann seit gut 100 Jahren dort.«

»Ich bin hier aufgewachsen. Das war unser Wohnzimmer. Heißt das, wir haben jahrzehntelang neben einer Leiche gegessen und gelesen und sonntags ›Tatort‹ geguckt?«

Schlagartig wurde sie kreideweiß. Ihre Knie gaben nach, sie sank auf den Boden.

Milano fing ihren Sturz ab. Wolfert kam ihm zu Hilfe. Die Männer brachten Grit in einen stabilen Sitz an der Wand, bevor sie das Feld Marlies überließen, die sich liebevoll um die Freundin kümmerte, die zumindest nicht ohnmächtig geworden war.

Wolfert wechselte einen besorgten Blick mit seinem Kollegen und flüsterte: »Kein guter Zeitpunkt für schaurige Details.«

Norma winkte beide beiseite. »Geht nur! Ich kümmere mich darum.«

Die Kommissare verabschiedeten sich.

Norma wartete, bis die Farbe in Grits Gesicht zurückgekehrt war. »Sie sollten einige Einzelheiten wissen, Frau Blancke. Fühlen Sie sich besser? Können wir reden? Unter vier Augen.«

Grit nickte langsam. »Sofern ich es in den Besprechungsraum schaffe.«

»Ich möchte dabei sein!«, warf Marlies ein. Eine Forderung, keine Bitte.

Gemeinsam halfen sie Grit auf die Beine und stützten sie auf dem kurzen Weg in einen schmalen, in Pastellfarben eingerichteten Raum auf derselben Etage. Dort nahmen sie in der Sitzecke am Fenster Platz.

Grit hatte sich gefasst und wandte sich Norma zu. »Wir wollten über Details reden?«

Norma löste den Blick von der Tapete, deren zartes Babyblau sich auf den Polstern der Stühle wiederholte. »Der Mann hatte ein Foto und einen Brief bei sich. Einen Brief aus dem Jahr 1918. Leider nicht auf Anhieb zu entziffern. Er ist in Kurrent geschrieben.«

»Elfie könnte den Brief bestimmt lesen. Sie hat noch Augen wie ein Luchs. Was ist mit dem Foto?«

»Das Porträt zeigt höchstwahrscheinlich die Politikerin Toni Sender. Ich gehe davon aus, der Name sagt Ihnen etwas?«

Marlies ließ einen spitzen Schrei hören. »Und wie! Toni Sender ist mein Vorbild. Mein Idol sogar. Eine bewundernswerte Persönlichkeit! Ihretwegen ist es mir eine so große Ehre, dass mich die Stadt Frankfurt für den Tony-Sender-Preis nominiert hat. In meiner Funktion als Vorsitzende des Fördervereins für das Dr.-Hahlbrock-Haus.«

»Auch mich hat man für den Preis vorgeschlagen«, erklärte Grit. »Als Besitzerin der Villa Ophélie, die ich uneigennützig für das Projekt zur Verfügung stelle.«

Marlies streifte sie mit einem abschätzigen Blick. »Ja, ja, meine Liebe, das tust du, und wir alle sind dir sehr dankbar dafür. Dennoch habe ich den Förderverein ins Leben gerufen. Ich *bin* der Förderverein. Ohne mich hätte das Projekt keine Überlebenschance. Das weißt du. Das wissen alle. Deswegen steht der Preis mir zu. Und dabei geht es mir gar nicht um die 10.000 Euro«, fügte sie großspurig hinzu. »Es zählt in erster Linie die Anerkennung.« Sie hatte sich in Rage geredet.

Grit blieb gelassen und nutzte die Atempause ihrer Freundin. »Wir werden sehen, Marlies, wie das Gremium entscheiden wird. Was gibt es noch, Frau Tann? Sie wirkten vorhin so beunruhigt. Was macht Ihnen zu schaffen?«

Norma sammelte sich einen Augenblick, bevor sie von den Fesseln und den Kratzspuren an der Wand berichtete.

Grit erblasste ein weiteres Mal und verbarg das Gesicht in den Händen.

Die Psychologin schaute Norma kopfschüttelnd an. »Habe ich das richtig verstanden? Da stirbt ein Mann auf fürchterlichste Weise, aber die Polizei wird nicht ermitteln?«

»Gegen wen denn? Gegen einen Mörder, der seit Jahrzehnten tot sein muss? Dr. Frywaldt wird die Mumie selbstverständlich noch genau untersuchen, um die vorläufigen Annahmen zu überprüfen«, versicherte Norma.

Marlies rang um Fassung. »Wie um Himmels willen ist Toni in dieses Verbrechen hineingeraten? Eine so integre Frau?«

»Es ist nur ein Foto«, wandte Norma beschwichtigend ein. »Toni Sender muss persönlich gar nichts damit zu tun haben.«

»Das kann ich nur hoffen!«, zischte Marlies und zeigte ein anderes Gesicht als das der langmütigen Therapeutin.

Grit wippte angespannt mit den Füßen. »Wir können nicht weitermachen, als habe es den Mord nicht gegeben. Frau Tann, Sie sind Privatdetektivin. Bitte helfen Sie uns!«

Sie spürte Normas Zurückhaltung und fügte zögernd hinzu: »Oder nehmen Sie keinen Auftrag an, solange Sie in Therapie sind? Ich habe vorhin mitbekommen, dass Sie Marlies' Patientin sind.«

»Ich kann und will arbeiten«, widersprach Norma. »Das ist nicht das Problem.«

»Sondern?«

»Wie soll ich nach einem Jahrhundert einen Mörder ausfindig machen? Ich würde Ihnen ein Honorar abverlangen ohne wirkliche Aussicht auf ein konkretes Ergebnis.«

»Das Wagnis gehe ich ein«, verkündete Grit entschlossen. »Über der Villa Ophélie dürfen keine offenen Fragen schweben. Was meinst du, Marlies?«

»Wenn du dein eigenes Geld investieren willst, meinetwegen«, erwiderte die Psychologin schroff. »Vom Förderverein gibt es keinen Cent dazu. Das verbieten unsere Statuten.«

»Das Geld lass meine Sorge sein, Marlies. Was sagen Sie, Frau Tann?«

»Geben Sie mir ein paar Tage Bedenkzeit«, bat Norma. »Lassen Sie uns die Entscheidung der Staatsanwaltschaft abwarten.«

Milanos Einschätzung des ›unendlich verzwickten und wunderbar aussichtslosen‹ Falls war nicht zu widersprechen. Anders stand es mit seiner Hypothese, solche Ermittlungen seien ganz nach Normas Geschmack. Sie hatte nicht das Geringste gegen eine simple Aufgabe. Nur schien sie bevorzugt auf komplizierte Verbrechen zu stoßen.

Norma erhob sich. »Eins sollten Sie bedenken: Wenn ich ermittle, will ich die Wahrheit ans Licht bringen. Ich werde nichts beschönigen.«

»Wir haben nichts zu verbergen«, antwortete Grit.

»Ich brauche Zugang zu allen Unterlagen.«

»Sie können sich auf meine Hilfe verlassen«, versicherte die Sozialpädagogin.

Gemeinsam gingen sie nach unten.

Marlies antwortete erst, nachdem sie die Treppe hinter sich gelassen hatten. »Ich unterstütze alles, was dem Dr.-Hahlbrock-Haus guttut.«

6

Dienstag, der 8. Oktober

Ungeduldig wartete Norma im Foyer des Landeskriminalamts darauf, dass der Mann hinter der Glasscheibe, der neu auf seinem Posten war, sein Gefasel durchs Telefon zu Ende brachte. Sie war nicht auf einen Lagebericht aus. Er sollte sie lediglich bei Dr. Frywaldt anmelden. Als sich der Pförtner endlich zum Auflegen entschloss, tat er es mit einer Verbeugung, als wäre der Telefonhörer am Ohr festgeklebt.

Wieder aufgerichtet wandte er sich Norma zu. »Was für ein Hammer! Der Doppeldoktor hat diese Mumie auf dem Tisch. Heftige Sache! Gerade eben kam ein Bericht auf HR1. Und die Zeitungen sind voll davon. Du hast sicher davon gehört, Norma!«

Auch das noch, er kannte sie! Ihr war das bärtige Gesicht völlig fremd. Sie nannte den erstbesten Namen, der ihr in den Sinn kam. »Danke, ähm … Emil.«

Er zupfte an seinem Bart. »Rüdiger!«

»Rüdiger, na klar! Bitte, die Tür!«

Die dicklichen Finger legten sich auf den Schalter, ohne ihn zu drücken. »Wir kennen uns von einem BKA-Lehrgang. Weißt du nicht mehr, Norma?«

Sie hatte keinen blassen Schimmer. »Na klar, der Schießlehrgang. Muss Jahre her sein.«

»Der Schießlehrgang war ein Seminar zur Personenfahndung.« Er lachte gurrend.

Plötzlich fiel es ihr ein. Damals bartlos und mit Bubi-gesicht, hatte er sie bei jeder sich halbwegs bietenden Gelegenheit über Privates ausfragen wollen. Welche Umstände auch immer ihn an die Pforte verschlagen hatten: Hinsichtlich seiner Neugierde war der Job ein Volltreffer.

Wie aufs Stichwort nahm er die Hand vom Schalter und wies auf den Bildschirm, der vor ihm auf dem Schreib-tisch stand. »Wie ich sehe, bist du oft bei Timon. Du kennst den Weg!«

Endlich betätigte er den Türöffner. Mit leisem Schnar-ren glitt die Tür beiseite. Wenigstens ließ er sie allein zie-hen und ersparte ihr den Geleitschutz. Normas Gesicht war im LKA vielen Mitarbeitern bekannt. Mit Sicherheit würzten ihre Besuche den Flurklatsch mit Spekulationen, ob Timon Frywaldt und die Exkommissarin mehr ver-band als das Interesse für abwegige Kriminalfälle. Eine Frage, die sich Norma selbst stellen musste. Fest stand: Sie mochte Timon, er mochte sie. Sie trafen sich zum Essen, gingen gemeinsam am Rhein spazieren und jogg-ten durch den Rabengrund. Besuchten Theatervorstellun-gen und Museen. Umarmten sich zur Begrüßung und zum Abschied wie unter guten Freunden üblich. Nicht weni-ger, aber auch nicht mehr. Ein festgefahrener Zustand, der sie zusehends sauer machte. Auf ihn, aber mindestens so sehr auf sich selbst. Wie sollte sie von ihm den nächsten Schritt erwarten, wenn sie kein eigenes Ziel hatte?

Nach einem langen Marsch über Treppen und Flure klopfte sie an seine Bürotür. Das Namensschild zählte beide Doktorgrade für Biologie und Medizin auf, die ihm den Spitznamen ›Doppeldoktor‹ eingebracht hatten. Gehauchte Küsschen rechts und links. Alles wie gehabt.

Zuvorkommend räumte Timon einen Aktenstapel vom Besucherstuhl. »Oder willst du lieber stehen? Was ist los?«

Sie schaute sich angestrengt um. »Du hast nicht zufällig eine Dienstwaffe zur Hand?«

»Wie bitte?«

»Dieser Mensch an der Pforte ist eine Zumutung!«

Timon lachte glucksend. »Wenn du's auf Rüdiger abgesehen hast, könnten dir etliche Kollegen zuvorkommen.«

Sie setzte sich. »Dann lehne ich mich zurück und warte geduldig ab.«

Timon rollte den Bürostuhl heran. »Im Ernst, Norma, nimm ihm das Gequatsche nicht übel. Bis zu einem Segelunfall auf dem Rhein war er ein leidenschaftlicher Polizist. Jetzt reicht seine Kraft nur noch für stundenweise Pförtnerdienste. Das ist sein einziger Kontakt zur Außenwelt, eine Art Therapie. Apropos, wie geht es dir damit?«

Ohne seine Vermittlung hätte sie weiterhin stur und eigensinnig versucht, ihre Panikattacken allein zu bewältigen. Vor einigen Jahren war Norma, damals noch Kriminalhauptkommissarin, gemeinsam mit ihrem Ehemann in Kolumbien in die Hände von Entführern geraten. Die Männer, die sich großspurig als Splittergruppe der Farc-Rebellen bezeichneten, waren nichts als eine Bande Krimineller und ebenso verwahrlost wie skrupellos. Obwohl Norma und Arthur nach wenigen Tagen körperlich unversehrt frei kamen, war danach alles anders. Sie gab ihren Polizeiberuf auf, trennte sich von Arthur und zog aus Wiesbadens Mitte hinunter nach Biebrich ans Rheinufer, um fortan als Private Ermittlerin zu arbeiten. Wenig später kam Arthur ums Leben.

»Also gut, reden wir über die Therapie, bevor wir uns um die Mumie kümmern. Schließlich hast du mir die Suppe eingebrockt! Wir sind bei der Bestandsaufnahme meines seelischen Zustands angekommen. Marlies Hebisch meint, ich hätte es alleine halbwegs hingekriegt. Mir sei eine gewisse Kontrolle über mein Leben und meine Empfindungen gelungen.«

Trotzdem machte ihr die Vorstellung Angst, sich an die Tage im Dschungel zurückzuerinnern. Allein der Anblick grüner Blätter konnte eine Panikattacke hervorrufen. Oder ein leises Klicken – wie das Spannen eines Revolverhahns.

»Warum so sarkastisch, Norma?«, fragte er sanft. »Warum erkennst du nicht an, was du geleistet hast? Der Entführer wäre zu allem fähig gewesen und hat dir eine Pistole an die Schläfe gesetzt. Du konntest dich nicht wehren.«

»Danke, Timon, die Umstände musst du mir nicht aufdröseln. Mir reicht's, wenn die Hebisch mir mein Versagen vorhält.«

»Genau darin liegt dein Problem, Norma! Niemand beschuldigt dich. Du warst der Gewalt ohnmächtig ausgeliefert. Daraus entsteht ein Trauma. Du hast nicht versagt!«

Sie schnaufte verächtlich. »Eine Polizistin mit Spezialausbildung stolpert in die Falle wie eine naive Touristin. Das Verhalten lässt sich mit Dämlichkeit nur unzureichend beschreiben.«

Timon blieb unbeirrt. »Der kolumbianische Kunstmaler, den ihr besucht habt, kannte sich angeblich sehr gut aus. Dein Mann hat ihm vertraut. Beide haben dich zum Mitfahren überredet.«

»Lass es, Timon! Das führt zu nichts. Ich hätte die Gefahr ernst nehmen müssen. Ich hätte Arthur schützen müssen. Ende des Themas!«

Er schlug die Beine übereinander und lächelte verständnisvoll. »Arme Frau Hebisch, das wird ein hartes Stück Arbeit!«

»Habe ich nicht gesagt …«

Er hob entschuldigend die Hände. »Kaffee statt Friedenspfeife?«

»Nur wenn du Milch dazu hast«, sagte sie schmollend. Beim letzten Besuch hatte sie den Kaffee schwarz trinken müssen, was ihrem Magen nicht bekommen war. Er war wie ein Seismograf ihres seelischen Zustands. In letzter Zeit reagierte er empfindlich. Trotzdem wäre es ihr nie in den Sinn gekommen, auf Koffein zu verzichten.

Timon sprang auf, trat an den kleinen Kühlschrank heran und holte eine Milchtüte heraus, die er triumphierend hochhielt. Von zu Hause hatte er eine Thermoskanne voll Kaffee mitgebracht. Das Gebräu aus dem Flurautomaten sei ungenießbar, meinte er, als er ihr einen Becher reichte. »Ist deine Kaffeemaschine angekommen?«

Sie schüttelte den Kopf. »Bisher nicht.«

Nachdem sie sich endlich zur Bestellung eines sündhaft teuren Kaffeeautomaten durchgerungen hatte – jedenfalls an ihrem üblichen Lebensstandard gemessen sündhaft teuer –, wartete sie seit Tagen sehnsüchtig auf das Paket. Sie nippte am Becher, der mehr kalte Milch enthielt als heißen Kaffee. Von dem faden Gemisch ging wohl keinerlei Gefahr für ihren Magen aus. Wie schwer sich ihre Emotionen kontrollieren ließen, hatte sich eben einmal mehr gezeigt. Wann würde sie endlich lernen, bei diesem Thema sachlich zu bleiben und sich nicht provoziert zu fühlen? Der Therapeutin gegenüber war sie völlig aus der Haut gefahren. Allein die Erinnerung daran beschämte sie. Sie konnte sich selbst am wenigsten verzeihen, die Nerven zu verlieren. Genug davon!

»Luigi hat mich angerufen und auf seine charmante Art und Weise die Entscheidung der Staatsanwaltschaft verkündet. Man sei nicht an einem Verbrechen interessiert, das 100 Jahre zurückliegt. Demnach gibt es am Zeitraum keinen Zweifel?«

»Allein die Zähne des Mannes lassen keine Fragen offen. Plomben wie aus dem medizinischen Horrorkabinett. Unser luftgetrockneter Freund ist eindeutig ein Kind des vorvorigen Jahrhunderts.«

»Und der Briefumschlag?«

»Die Techniker haben den Stempel lesbar gemacht. Die Marke wurde am 23. November 1918 in Bad Homburg abgestempelt, und der Brief war, wie du vermutet hast, adressiert an Emil Grundke in Frankfurt.«

»Dann bleiben wir bei der Annahme, dass unser Toter Emil Grundke hieß?«

»Davon sollten wir vorerst ausgehen. Weißt du inzwischen, was im Brief steht?« Er hatte ihr eine Kopie gemailt.

Bisher nicht, räumte sie ein. »Grit kennt eine alte Dame, die sich offenbar auf veraltete Handschriften versteht.«

»Also wirst du den Fall übernehmen?«

»Keine Ahnung, ob ich das will. Zugesagt habe ich bisher nicht. Ich wollte abwarten, was deine Untersuchungen ergeben.«

»Nur zu! Bevorzugst du ein persönliches Rendezvous mit Emil Grundke?«

»Nur wenn es unbedingt sein muss.«

Timon lächelte verständnisvoll. »Fotos tun es auch. Ich habe alles auf dem Computer.«

Sie trug den Besucherstuhl um den Schreibtisch herum und setzte sich neben ihn. Ausgerechnet die Detailaufnahmen suggerierten eine wissenschaftliche Distanz, die den Anblick erträglicher machte. Systematisch klickte Timon sich durch Fotos und Röntgenbilder. Nach seinen Erkenntnissen war Emil Grundke zum Zeitpunkt seines Todes etwa Mitte 20 gewesen. Sein Körper hatte sich in einem erbärmlichen Zustand befunden.

Norma verbannte die Gedanken an die Kratzspuren im Putz. »Hatte er Verletzungen?«

»Nun, die linke Hand war zersplittert wie von einer Schussverletzung. Eine verheilte Wunde, die nach heutigen Maßstäben unzureichend versorgt worden war. Kartenspielen konnte Emil damit nicht mehr. Noch bedauernswerter war sein Gesamtzustand. Der Körper zeigte extreme Spuren von Unterernährung.«

Norma wurde unbehaglich. »Willst du damit sagen, er ist in dem Verlies verhungert?«

Timon zupfte an seinem dunklen Zopf, dessen Ende über die Schulter reichte. »In der Konsequenz sicherlich, aber er muss zuvor über Monate Hunger gelitten haben. Sein Allgemeinzustand spricht dafür, dass er gegen Ende des Ersten Weltkriegs zu Tode kam. Die Versorgungslage der Bevölkerung war miserabel.«

»Gab es damals nicht die gefürchtete Spanische Grippe?«, erinnerte sich Norma.

»Das stimmt, die Epidemie ist in zwei Schüben verlaufen«, wusste Timon. »Die erste Grippewelle zog im Frühjahr 1918 durch Europa, die zweite folgte im Herbst.

Unzählige Menschen erkrankten und sehr, sehr viele starben. Die meisten darunter zwischen 20 und 40 Jahren, die unter anderen Umständen gute Überlebenschancen gehabt hätten. Vor allem die Männer, die Soldaten, waren durch den Krieg zu geschwächt, um der Krankheit etwas entgegenzusetzen. Dazu kam das schwerfällige Agieren der deutschen Behörden. Man war überwiegend mit der Kriegführung beschäftigt. Wer den Schützengraben überlebt hatte, den raffte zu Hause die Grippe dahin.«

»Und unser Freund hier?«

»Man hat ihn mit einem Metallstab niedergeschlagen. In der Kopfwunde habe ich Spuren von Asche und Holzkohle gefunden.«

»Ein Kaminhaken vielleicht? Das könnte bedeuten, es ist innerhalb der Villa passiert«, überlegte sie.

»Gut möglich. Ich gehe davon aus, dass der Täter Emil mit dem Schlag wehrlos gemacht und anschließend gefesselt hat, bevor er ihn in den Verschlag sperrte. Die Pistole hat ihn nicht gerettet.«

Beinahe hätte sie sich am Milchkaffee verschluckt. »Was für eine Pistole?«

»Sie steckte im Hosengürtel. Eine Luger, wie sie die Offiziere im Ersten Weltkrieg bei sich trugen. Baujahr um 1908. Dazu acht Schuss Munition im Kaliber 9 mm Parabellum. Die Patronen trug er in der Hosentasche. Warte, ich habe die Luger nebenan.«

Er verließ das Zimmer und kehrte mit der Waffe zurück. Norma nahm die Pistole in die Hand. Gemessen an modernen Faustfeuerwaffen wirkte sie grazil. Die Metallteile waren silbern und mit einer komplizierten Mechanik versehen. Der abgeschabte Griff bestand aus rötlichem Holz.

Sie reichte die Luger an Timon zurück. »War Emil Offizier?«

Daran hatte Timon seine Zweifel. »Für einen Offizier erscheint mir seine Kleidung zu einfach. An die Pistole kann er überall rangekommen sein. Es müssen jede Menge Waffen im Umlauf gewesen sein. Was ebenfalls nicht zu seinem abgerissenen Zustand passt, ist das, was er um den Hals trug.«

Er griff in eine Schublade und zog eine Plastiktüte heraus. Darin war eine lange Kette aus rötlich schimmerndem Gold.

Norma wog das gewichtige Schmuckstück in der Hand. »Ziemlich plump, als ginge es eher um den Wert als um die Ästhetik. Diebesgut?«

»Wenn ja, war es auf jeden Fall ein guter Griff in Zeiten, in denen Papiergeld jeden Tag an Wert verlor. In den letzten Kriegsjahren begann die Inflation, die das Land in den 1920er-Jahren ins Elend treiben sollte. Die Leute waren kriegsmüde. Es waren unruhige Zeiten.«

Norma legte die Goldkette zurück in die Schublade. Sie schaute Timon von der Seite an. Sein klares Profil. Die dunklen, glatt aus der Stirn gekämmten Haare.

Er bemerkte ihren Blick nicht, war vollkommen auf den Bildschirm konzentriert. »In der anderen Hosentasche trug Emil ein Flugblatt.«

Er rief die Fotografie eines Dokuments auf, dessen Serifenschrift winzig und zudem im Druck zu fett geraten war. Deutliche Spuren von Knicken, als sei das Papier mehrmals gefaltet worden, erschwerten die Lesbarkeit zusätzlich. Nur die groß gesetzte Titelzeile, die sich an die Frankfurter Bürger richtete, war gut zu erkennen.

Timon ließ den Mauszeiger über den Bildschirm

huschen und klickte ein neues Fenster an. »Ich habe das Flugblatt entziffert und abgeschrieben. Hier!«

Gespannt beugte Norma sich vor und überflog den Text, der in pathetischen Worten über die selbstauferlegten Aufgaben und Ziele eines am 9. November gebildeten Arbeiter- und Soldatenrats berichtete. »Die Novemberrevolution von 1918! Eine Ewigkeit her, und mit einem Mal so gegenwärtig.«

Unterzeichnet hatte ein ›Aktionskomitee‹. Seinen Namen blieb der Verfasser schuldig.

7

Donnerstag, der 10. Oktober

Am Anfang jeder Ermittlung stand die Bestandsaufnahme. An diese bewährte Regel hielt Norma sich bereits vor der Entscheidung für oder gegen einen Auftrag. Selten war ihr der Entschluss so schwer gefallen wie in diesem Fall. Was nicht allein an der Aussichtslosigkeit lag, überhaupt Spuren zu finden. Sie hatte das Bedürfnis, sich in sich selbst zurückzuziehen und alle Energie in die Therapie zu investieren, um sich unbelastet von äußeren Einflüssen für die innere Konfrontation mit dem Comandante zu wappnen. Emil Grundkes elendes Schicksal trug nicht dazu bei, die Stimmung zu heben. Düstere Gedanken verfolgten sie, als sie am frühen Vormittag an ihrem Büroschreibtisch saß. Die ungeklärten Fragen schossen ihr durch den Kopf, was sie ungewöhnlich nervös machte. Möglicherweise wurde der Herzschlag zudem vom übermäßigen Kaffeegenuss beschleunigt, denn der Vollautomat war am frühen Morgen eingetroffen.

»Verdammte Therapie!«, schimpfte sie. »Weshalb tue ich mir das an?«

Den Kater, der satt und faul auf ihren Knien ruhte, kümmerten derartige Sorgen nicht. Leopold, genannt Poldi, ein Prachtkerl von einem Kartäuserkater und unverbesserlicher Lebenskünstler, schnurrte laut und ausdauernd, angespornt durch die kraulenden Finger im blaugrauen Pelz. Für ihn zählte nur der Augenblick, ein weises Lebensmotto. Dass er nicht Norma, sondern ihrer Vermieterin Eva Vogtländer gehörte, spielte kaum eine Rolle. Am allerwenigsten für den Kater selbst. Er war trotzdem häufig bei Norma.

Widerstrebend löste sie die Finger aus dem Katzenfell und tippte auf der Tastatur herum. Nach und nach erschienen Stichwörter auf dem Bildschirm, dekoriert mit Fragezeichen.

Emil Grundke (Briefempfänger = auch der Tote?)
Soldat (?), Kriegsheimkehrer (?)
Todeszeitpunkt: nach dem 23.11.1918 (= Datum des Post-
stempels)
geboren ca. 1893 (Alter ca. 25 Jahre)
Todesursache: Hunger/Durst
körperlicher Zustand: ausgezehrt
schlecht verheilte Schussverletzung an der linken Hand
(Kriegsverletzung?)
nicht verheilte Platzwunde an der Schläfe (durch Schlag
mit Kaminhaken?)
Kleidung: schwarzer Anzug (abgetragen), Lederhalb-
schuhe (abgewetzt), Kappe (zerschlissen)
Fesseln aus Gardinenkordel
Knebel aus Küchentuch
Besitz:
1 handgeschriebener Brief vom 23.11.1918 (von Liesel
Paschke aus Bad Homburg)
1 Flugblatt (Novemberrevolution 1918)
1 Porträt von Toni Sender
1 Pistole (Luger ca. 1908)
8 Schuss Munition (9 mm Parabellum)
1 Goldkette (gewichtig)

Bemerkenswert erschien ihr, was der Mann nicht bei sich getragen hatte: Keinerlei Papiere, weder irgendeinen Ausweis noch ein Entlassungspapier aus der Armee. War er womöglich ein Deserteur?

Skeptisch betrachtete sie die Liste, die größtenteils auf Annahmen fußte. Wahrhaftig tolle Aussichten, dachte sie und rückte den Kater auf ihren Knien zurecht, bevor er in Schieflage geraten und sich an ihren Beinen festkrallen konnte.

Was ließe sich über den Täter sagen? Eher ein Mann als eine Frau. Dafür sprach der Hieb gegen den Schädel ebenso wie die Tatsache, dass er den Körper seines – wenn auch abgemagerten – Opfers in die Nische hatte bugsieren müssen.

Ein Klopfen riss sie aus den Gedanken. Der Postbote machte sich hinter der Jalousie bemerkbar, die das große Fenster bedeckte, das dem ehemaligen Blumenladen als Schaufenster gedient hatte. Mit dem Kater auf dem Arm nahm sie die Umschläge entgegen – nur Werbung und eine Rechnung – und kehrte an den Schreibtisch zurück. Sie rief das Foto und die Schriftstücke auf, die Timon eingescannt und per E-Mail zugeschickt hatte, und betrachtete das Bildnis der jungen Frau. Zumindest stand fest, dass es tatsächlich Toni Sender zeigte. Marlies Hebisch hatte Norma ein ähnliches Porträt der Politikerin überlassen, das jeden Zweifel ausschloss. Zwischen all den vagen Vermutungen war Toni Sender die einzige konkrete Spur, die sich mit wenigen gezielten Klicks durchs Internet vertiefen ließ. Sidonie Zippora Sender, die sich ›Toni‹ nannte, wurde 1888 in Biebrich, damals eine selbstständige Gemeinde, als Tochter eines jüdischen Tuchhändlers geboren, verließ ihre Heimatstadt mit 13 Jahren, um in Frankfurt eine

Handelsschule zu besuchen. Schnell startete sie eine politische Karriere und saß als eine der ersten Frauen in der Frankfurter Stadtverordnetenversammlung und später im Reichstag. Toni Sender hatte kein leichtes, aber ein aufregendes Leben, und war offenbar eine außergewöhnliche Persönlichkeit. Wie bekannt mag Toni unter ihren Zeitgenossen gewesen sein? So populär, dass ein Verehrer ihr Foto bei sich trug?

Norma ließ sich von Link zu Link durch das Netz führen. Dabei fiel ihr auf, dass der Vorname auf zweierlei Weise geschrieben wurde. Ob ›Toni‹ oder ›Tony‹ – beide Schreibweisen waren offensichtlich gültig.

Aktuellen Datums war ein Bericht der Frankfurter Rundschau über den ›Tony-Sender-Preis‹, der alle zwei Jahre von der Stadt Frankfurt vergeben wurde. Für den mit 10.000 Euro dotierten Preis standen für das aktuelle Jahr zwei Wiesbadener Persönlichkeiten in der engeren Wahl, die sich im Biebricher Dr.-Hahlbrock-Haus um Frauen bemühten, die durch psychische und körperliche Gewalt traumatisiert waren. Ob Marlies Hebisch oder Grit Blancke die besseren Karten hatte, ließ der Artikel offen.

Das Telefon riss sie aus den Gedanken. ›Lutz‹ vermeldete das Display. Erfreut griff Norma zum Handy. Ihr väterlicher Freund und Exschwiegervater war mit seiner Lebensgefährtin, der Galeristin Undine Abendstern, nach Paris geflogen. Ausnahmsweise geplant als eine rein private Reise. So schwer Lutz sich von seinem Verlag trennen konnte, so stark hing Undine an ihrer Galerie. Beide hielten sich für unentbehrlich.

Lutz klang gut gelaunt. Er hatte bis eben gemeinsam mit Undine im Hotel gefrühstückt und wartete nun im Foyer darauf, dass sie sich ausgehfertig machte. Was dauern konnte, wie Norma wusste. Angeregt plauderte er über die Reise.

Zum Schluss fiel Norma eine Frage ein: »Kannst du mir ein gutes Buchantiquariat empfehlen?«

»In Wiesbaden? Selbstverständlich! Worum geht es denn, wenn ich neugierig sein darf?«

»Um Toni Sender, ich hätte gern die Autobiografie, die 1939 in den USA erschienen ist. Es gibt eine deutsche Ausgabe aus den 1980er-Jahren.«

»Nichts halb zu tun ist edler Geister Art!«

»Wie bitte?«

»Toni Senders Lebensmotto.«

»Mir ist unheimlich, was dir spontan einfällt, Lutz!«

Seine Antwort war ein zufriedenes Kichern. Anschließend schickte Lutz per SMS die Telefonnummer des Buchhändlers, den Norma umgehend anrief. Er könne die deutsche Ausgabe von 1981 bis morgen besorgen, versicherte der Mann mit verträumter Stimme.

Leopold machte sich mit einem Maunzen bemerkbar. Sie umfasste den runden Katerkopf mit beiden Händen. »Was meinst du, Poldi? Soll ich mich auf den Fall einlassen? Ja oder nein?«

Die Bernsteinaugen zwinkerten. Blitzschnell hob er eine Pranke und schlug gegen ihre Hand; freundlicherweise mit eingezogenen Krallen.

Norma ließ seinen Kopf los. »Du hast recht, eine überflüssige Frage! Ich bin längst dabei.«

Als Nächstes nahm sie sich die Kopie des handgeschriebenen Briefs vor, scheiterte jedoch an den ersten Zeilen. Nicht allein die fremdartigen Buchstaben machten das Entziffern mühsam, Tintenkleckse und ein schludriges Schriftbild erschwerten es zudem. Ihre Methode, mehr zu raten als zu lesen, brachte sie nicht weiter. Also blieb nur die schriftkundige Frau, von der Grit Blancke gesprochen hatte. Norma griff zum Telefon und tippte die Nummer der Villa Ophélie ein.

Franzi nahm ab, das Mädchen um die 18, dem der junge Handwerker verliebt nachgeschaut hatte. Sofort stand Norma das zarte Feengesicht vor Augen.

Franzi ließ Norma nicht zu Wort kommen. »Wenn Sie von der Presse sind: Wir geben keine Auskünfte!«

Unbeeindruckt nannte Norma ihren Namen und fragte nach Grit Blancke. »Sie kennen mich, Franzi. Wir haben uns gesehen, als der Tote entdeckt wurde. Sie wollten sich einen Latte macchiato aus der Küche holen.«

Ein erleichtertes Prusten. »Sie sind diese Privatdetektivin? Warum sagen Sie das nicht gleich!«

Für eine Minute wurde es still in der Leitung, bis sich Grit Blancke meldete, die Normas Anruf erwartet hatte. »Wissen Sie schon mehr über den Toten? Dieser dicke Kommissar sagt, ihn ginge das nichts mehr an.«

Norma fasste zusammen, was Timons Untersuchungen ergeben hatten.

»Dann werden Sie der Sache also nachgehen?«, fragte Grit hoffnungsvoll.

So schnell wollte Norma sich nicht festnageln lassen. »Ich möchte mir zuerst ein genaueres Bild machen.«

Grit zeigte Verständnis für ihr Zögern, schilderte aber auch, wie beunruhigt die Hausbewohnerinnen seien. Und sie selbst vor allem! »Da haben wir über Jahrzehnte mit einer Mumie im Haus gelebt! Der Esstisch meiner Eltern stand unmittelbar neben der Nische. Können Sie sich vorstellen, wie man sich im Nachhinein dabei fühlt?«

Auf das Gefühl verzichtete Norma gern. Behutsam

unterbrach sie die aufgewühlte Grit mit dem Wunsch, sie wolle zunächst mehr über das Haus erfahren. »Außerdem hatten Sie eine Dame erwähnt, die vielleicht den Brief entziffern könnte.«

»Ich werde ein Treffen arrangieren. Kommen Sie so bald wie möglich in die Villa Ophélie und planen Sie genug Zeit für einen anschließenden Besuch im Nachbarhaus ein.« Gespannt fügte sie hinzu: »Bin ich jetzt Ihre Klientin?«

»Das klären wir, wenn ich bei Ihnen bin«, entgegnete Norma, bevor sie auflegte.

8

Vorsichtig pustete Norma eine Handvoll Staubflocken von einem Karton. Mit der Bemerkung, dort drin sei alles Mögliche, was aus der Anfangszeit der Villa Ophélie stamme, hatte Grit sie in den Anbau geführt und im kleinen Büroraum allein gelassen. Nun stand der geräumige Karton auf dem blitzblank aufgeräumten Schreibtisch. Die Papierstapel von der ersten Besichtigung waren außer Sicht. Norma hob den Pappdeckel an, unter dem sie ein Papierchaos empfing, als habe jemand planlos eine Reihe Aktenordner ausgeleert. Die meisten Zettel waren Rechnungen aus den 1960er- und 70er-Jahren für Strom, Wasser und Telefon. Ungläubig betrachtete Norma die niedrigen DM-Beträge. Bei der weiteren Durchsicht stieß sie auf Handwerkerrechnungen für Reparaturen aller Art, die für den Unterhalt eines großen Hauses anfielen. Auf dem Grund des Papiersees legte sie einen prall gefüllten Aktenordner frei. Nach weiteren Rechnungen aus den 1950er-Jahren stieß sie gegen Ende auf die Bauzeichnungen der Villa Ophélie. Sie stellte den Karton auf den Boden und breitete die vergilbten Pläne aus. Es waren zwei Sätze aus unterschiedlichen Zeiten. Aus dem Jahr 1885 stammten Schnittzeichnungen und Grundrisse für die Villa selbst. Der Bauherr hieß Johannes Hahlbrock, von Beruf Chemiker. Die jüngeren Zeichnungen waren auf August 1916 datiert und betrafen den Anbau für eine Arztpraxis. Als Bauherr war Dr. Eberhard Hahlbrock angegeben. Norma entdeckte das Zimmerchen, in dem sie sich gerade befand.

Grit stieß die Tür auf. »Brauchen Sie noch etwas?«

Norma bat sie für einen Moment herein. Grit setzte sich auf die Fensterbank. Die Sprossenflügel standen offen und ließen die glühende Herbstsonne herein.

»Ohne den hohen Zaun ums Grundstück würden uns die Reporter gleich durch die Fenster steigen«, murrte Grit.

Sie wies mit abfälligem Blick auf die Schar der Journalisten und Fernsehleute, die seit drei Tagen vor der Einfahrt ausharrten. Neidische Blicke hatten Norma begleitet, als sie von Franzi eingelassen worden war. Ob Fernsehen oder Radio, Zeitung oder Internet: Alle Medien berichteten von der Entdeckung der Mumie, und die grausigen Todesumstände heizten die Spekulationen an. Irgendjemand hatte gequatscht. Ob der Rummel von dem jungen Handwerker oder einer Bewohnerin in Gang gesetzt worden war, spielte keine Rolle.

»Die Medien sind alarmiert«, sagte Norma nachsichtig. »Wie bei jedem Thema, das zugleich unheimlich und rätselhaft klingt.«

Grit stand auf und schloss das Fenster. »Das gibt den Leuten kein Recht, uns wie Wölfe zu belauern.«

»Erzählen Sie mir von Ihrem Großvater«, bat Norma.

»Eberhard muss ein großartiger Mensch gewesen sein. Ich hätte ihn liebend gern kennengelernt. Wie einfühlsam er war! Nehmen wir diesen Anbau. Die Bauarbeiten fanden während des Ersten Weltkriegs statt, was besondere Schwierigkeiten mit sich brachte.«

Norma deutete auf die Pläne. »Ihr Großvater brauchte die Räume für seine Arztpraxis. Was ist daran so besonders?«

»Nun, der Anbau wäre gar nicht nötig gewesen. In der Villa gab es Platz genug. Damals war Eberhard noch nicht verheiratet. Bis zur Erweiterung bewohnte er den oberen Stock und hatte darunter die Praxis eingerichtet. Die Villa allein hätte völlig ausgereicht.«

»Warum dann der Anbau?«, fragte Norma verwirrt.

Grit lächelte. »Bedenken Sie die Treppe, die zur Villa hinaufführt. Eberhard wollte seinen Patienten die Stufen ersparen. Den alten Leuten und vor allem den zahlreichen Kriegsversehrten.«

»Sehr rücksichtsvoll.«

»Ich muss zugeben«, schränkte Grit ein, »ein wenig hat er dabei an die eigene Bequemlichkeit gedacht.«

»Inwiefern?«, fragte Norma mit wachsender Ungeduld.

»Nun ja, mein Großvater hatte ein verkrüppeltes Bein. Die Folge der Kinderlähmung, an der er als kleiner Junge erkrankt war. Vermutlich nahmen seine Beschwerden im Alter zu. Deswegen hat er, nachdem die Praxis verlegt worden war, seine Wohnung in der unteren Etage eingerichtet.«

»Was wurde aus den oberen Räumen?«

Grit schlug die Hände zusammen. »Dass ich daran nicht eher gedacht habe! Nachdem die Praxisräume eingerichtet waren, hat Eberhard das Obergeschoss nicht mehr genutzt. Deswegen hat man die Leiche damals nicht entdeckt. Aber muss es nicht ... gerochen haben?« Sie schüttelte sich angewidert.

Norma fiel ein Fall aus ihren frühen Polizeijahren ein, als eine Frau monatelang tot in ihrer Wohnung in einem Mehrfamilienhaus gelegen hatte und die Leiche erst durch Zufall gefunden worden war. Den Nachbarn war nichts aufgefallen. »Vielleicht hat die Vertäfelung den Leichengeruch zurückgehalten? Zumal wenn oben alle Zimmertüren geschlossen blieben. Abgesehen davon war Biebrich eine aufsteigende Industriestadt. Überall wurden Fabriken errichtet. Auf die Umwelt hat man keine Rücksicht genommen. Die Schornsteine schleuderten den schlimmsten Dreck in die Luft. Im Städtchen wird es nicht unbedingt nach Frühling geduftet haben.«

Grit machte eine entschlossene Miene und verkündete, als wäre jede andere Vorstellung undenkbar: »Mein Großvater hat von dem Toten absolut nichts bemerkt.«

Norma wollte sich nicht zu vorschnellen Schlüssen verleiten lassen, Grit andererseits nicht unnötig beunruhigen. »Wir können davon ausgehen, dass viele Leute von der leer stehenden Etage wussten. Patienten, Nachbarn, wer auch immer.«

»Und der Mörder! Er hat sich in die Villa hineingeschlichen und sein Opfer nach oben gelockt. Übernimmst du den Fall? – Oh, entschuldigen Sie bitte! Das Du ist mir so herausgerutscht, weil sich hier im Haus einfach alle duzen.«

Norma winkte ab. »Wir können gern beim Du bleiben, Grit. Und ja, ich übernehme den Fall, allerdings ohne Erfolgsgarantie. Ich werde in alle Richtungen ermitteln. Bist du damit einverstanden?«

Grit stimmte zu.

Norma fuhr fort: »Dazu kommt ein nicht unerhebliches Honorar für den Aufwand, der mich erwartet. Das ist nur der Anfang.« Mit dem Kopf deutete sie in Richtung der Papiere im Karton.

»Das ist es mir wert«, erklärte Grit entschlossen. »Du weißt, man hat mich für den Tony-Sender-Preis vorgeschlagen. Diese Anerkennung ist immens wichtig für unser Projekt. Jede Unklarheit rund um das Dr.-Hahlbrock-Haus würde uns schaden.«

»Wie wichtig ist dir persönlich die Auszeichnung?«

»Es geht weniger um mich selbst. Ich sehe mich als Stellvertreterin für alle Menschen, die sich für unsere Arbeit einsetzen.«

»Sieht Marlies Hebisch ihre Nominierung ebenso weit gefasst wie du?«

Grit grunzte genervt. »Für Marlies ist das ein ganz persönliches Ding.«

»Warum liegt ihr so viel daran?«

Grit erhob sich kurz, schüttelte die Beine aus und setzte sich wieder. Das habe mit Toni Sender zu tun, erklärte sie, Marlies' großem Idol und menschlichem Vorbild. Sie bewundere die Politikerin, und einen Preis in Tonis Namen zu bekommen, würde Marlies überglücklich machen. »Sie kennt sich so gut mit Toni aus, weil sie über Toni promoviert hat.«

Norma staunte. »Marlies hat ihre Doktorarbeit über Toni Sender geschrieben? Ich hätte ein psychologisches Thema erwartet.«

Grit lächelte hintergründig. »Das denkt wohl jeder, und ein Doktortitel schafft Vertrauen. Vor der Psychologie hat Marlies Soziologie studiert. Toni war ein Beispiel für die Wandlung des Frauenbildes in der Gesellschaft oder so ähnlich.«

Eine Spur Häme war nicht zu überhören und brachte Norma zur nächsten Frage. »Wie eng seid ihr befreundet?«

Grit prustete empört. »Kann man das noch Freundschaft nennen? Marlies führt sich auf wie eine Glucke.

Oft streiten wir heftiger, als ich mich jemals mit meiner Mutter gezankt habe, und das will was heißen. Ich habe es satt und lasse mich nicht länger bevormunden – was Marlies extrem gegen den Strich geht.«

»Deine Eltern sind verstorben, hast du bei unserer ersten Begegnung erwähnt. Wie war dein Verhältnis zu ihnen?«

Grit zögerte. »Zu meiner Mutter besser als zu meinem Vater.«

»Das klingt, als sei es zu beiden nicht besonders gut gewesen.«

»Obwohl sie tot sind – Wahrheit soll Wahrheit bleiben.«

»Und was ist die Wahrheit über deine Eltern?«

»Mein Vater war ein Tyrann«, bekannte Grit. »Dass die Villa zu einem Zufluchtsort ausgerechnet für Frauen geworden ist, würde ihn rasend machen. Ich bin überzeugt, er hat alles Weibliche gehasst. Aber sag mal, gehört mein Leben auch zu deinen Nachforschungen?«

»Entschuldige, es geht mich nichts an.«

»Schon gut, Norma. Wir können offen reden. Es ist kein Geheimnis, dass ich vor dem Abi von zu Hause abgehauen bin. Glaub mir, ich weiß, wie es ist, auf der Straße zu leben. Zu betteln und jeden Tag aufs Neue ums Überleben zu kämpfen. Wenn Marlies nicht gewesen wäre …«

»Sie hat sich um dich gekümmert?«

»Marlies war damals als Streetworkerin in Frankfurt unterwegs«, erklärte Grit, »und hat mich bei sich aufgenommen. Natürlich nicht von heute auf morgen. Es hat Monate gedauert, bis ich wieder im sogenannten normalen Leben angekommen war. Irgendwann hatte sie mich so weit, und ich bin zu ihr gezogen. Ich habe die Schule beendet und Sozialpädagogik studiert. Bin geworden, wer ich heute bin. Das alles verdanke ich Marlies – woran sie mich allerdings jeden Tag aufs Neue erinnert!« Sie schloss ein Schnaufen an, das verächtlich klang.

»Und die Villa verdankst du deiner Familie?«

Sofort fühlte Grit sich angegriffen und reagierte verschnupft, als würde die Villa ihr, der Ausreißerin, nicht zustehen. »Ich hätte das Erbe ausgeschlagen, wirklich! Ich wollte nichts haben, das mich an meinen Vater erinnert. Marlies hat mich überredet, das Haus anzunehmen, damit wir Frauen in Not helfen können. Was ist mit deinen Eltern, Norma?«

Norma schmunzelte über die Retourkutsche. »Meine Mutter lebt in Niedersachsen bei meinem Bruder. Er hat unseren Bauernhof übernommen.«

»Du bist also ein echtes Landei! Was ist mit deinem Vater?«

Er war auf der Suche nach seiner Tochter, die sich nach einer Zurechtweisung vor ihm versteckt hatte, auf dem Heuboden durch morsche Bretter gekracht. Doch diese Erklärung behielt sie für sich. »Er verunglückte tödlich, als ich ein Kind war. Darf ich fragen, was mit deinen Eltern geschehen ist? Wie sind sie gestorben?«

Grit stand auf und wandte sich dem Fenster zu. Das Surren des Autoverkehrs wurde vom Kreischen der Großsittiche durchbrochen, die sich in den Baumkronen stritten. Vertraute Laute in Wiesbaden. Die Nachkommen ausgebüxter Käfigvögel hatten vor Jahrzehnten den Schlosspark erobert und breiteten sich stetig in den Gärten und Grünanlagen aus.

»Mein Vater hat meine Mutter mit in den Tod genommen«, sagte Grit leise.

Norma erhob sich spontan, blieb einen Moment unschlüssig stehen und setzte sich auf die Schreibtischkante. »Was ist passiert?«

Mit dem Rücken zu ihr verschränkte Grit die Arme. »Es war wie immer: Er setzte seinen Willen durch, ohne jede Rücksicht auf andere. Irgendwann war es ihm in den Kopf gekommen, er müsse unbedingt fliegen lernen. Er war ein miserabler Autofahrer, keine Ahnung, wie er den Flugschein geschafft hat. Meine Mutter stand jedes Mal Todesängste aus, trotzdem hat er ihr keine Wahl gelassen. Es empfahl sich nicht, sich gegen ihn aufzulehnen. Anders als ich, ist sie nicht von ihm fortgekommen. Beide sind abgestürzt. In einen Wald beim Flughafen Egelsbach.«

Grits Schulterblätter zogen sich zusammen, sie schien für einen Augenblick zu erstarren. Bevor sie mehr dazu sagen konnte, klopfte jemand an die Tür.

Grit fuhr herum. »Ja, bitte?«

Franzi stürmte herein. »Kannst du sofort kommen, Grit? Verena hat eine SMS von ihrem Typen bekommen. ›Ich mach dich alle!‹, schreibt das Schwein. Verena ist fix und fertig vor Angst.«

»Ich bin gleich bei ihr«, versprach Grit und schickte das Mädchen wieder hinaus. An Norma gerichtet sagte sie: »Verena lässt sich immer aufs Neue auf den Kerl ein. Und jedes Mal bedroht er sie wieder. Ist es in Ordnung, wenn du allein zu meiner Großmutter gehst?«

Norma horchte auf. »Die schriftkundige Dame ist deine Großmutter? Bedeutet das, Dr. Hahlbrocks Witwe ist noch am Leben?«

Grit war sichtlich amüsiert. »Heute Morgen erschien sie mir putzmunter trotz ihrer 92 Jahre. Elfie war 37 Jahre jünger als mein Großvater Eberhard. Sie erwartet dich.«

Elfie Krumsiek wohnte in der Nachbarschaft. Grit beschrieb das Haus.

»Ist Krumsiek der Mädchenname?«, fragte Norma. »Oder hat sie wieder geheiratet?«

Eilig fasste Grit die Familiengeschichte zusammen. Ihr Großvater Eberhard war 1970 mit 85 Jahren gestorben. Sechs Jahre später, als 54-Jährige, hatte seine Witwe Elfie ihren Nachbarn geheiratet, den verwitweten Augenoptiker Krumsiek, und war aus der Villa Ophélie ins Haus nebenan gezogen.

Die Tür flog auf. Die Klinke knallte gegen den Büroschrank.

»Kommst du endlich? Verena ist völlig daneben!«, rief Franzi ins Zimmer hinein.

»Kannst du nicht anklopfen?«, schimpfte Grit. »Ich komme, wenn ich so weit bin.«

Franzi verschwand mit beleidigter Miene. Grit verdrehte die Augen und ging zur Tür.

»Einen Augenblick noch«, bat Norma. »Deine Großmutter ist hochbetagt. Weiß sie schon von der Mumie?«

Grits gekräuselte Locken wippten, als sie nickte. »Meine Großmutter hört das Gras wachsen. Sie bekommt alles mit, was in der Nachbarschaft vor sich geht. Selbstverständlich ist sie aufgeregt, sie hängt sehr an der Villa. Aber keine Sorge, Norma! Elfie ist eine starke Frau. So leicht wirft sie nichts aus der Bahn.«

Norma schaute auf die Uhr, was unnötig gewesen wäre. Ihr Magen vermeldete seit einer Weile, dass es längst Mittag war. »Darf ich sie um diese Zeit stören?«

»Sie hält keinen Mittagsschlaf, falls du das meinst.«

Norma wies auf den Karton. »Kann ich die Unterlagen später mit dem Wagen abholen?« Sie war gelaufen.

Zu Fuß ließ sich die Villa Ophélie vom Büro aus in zehn Minuten erreichen.

»Florian kann dir die Unterlagen gegen Abend ins Büro bringen«, bot Grit an und machte sich auf, bevor Franzi zum dritten Mal hereinschneite.

9

Norma flüchtete vor den aufdringlichen Medienleuten und erreichte mit wenigen Schritten das Gebäude nebenan, ein stattliches Doppelhaus mit einer geharkten Auffahrt, die von Buchsbaumpyramiden umsäumt wurde. Auf dem weißen Kies breitete sich das Herbstlaub der benachbarten Kastanien aus. Flache Stufen führten hinauf zu zwei pompösen Haustüren, die dicht nebeneinander lagen und im Grün des Buchsbaums lackiert waren. Zwei Namen waren in die bronzenen Türschilder geprägt: ›Gunther Krumsiek‹ stand an der rechten und ›E. Krumsiek‹ an der linken Tür. Norma klingelte links und musste nicht lange warten.

Sie hätte die Dame, die ihr die Haustür öffnete, mindestens zehn Jahre jünger geschätzt. Mit scharfem Blick musterte die 92-Jährige ihre Besucherin. Elegant gekleidet in eine weiße Hose und eine hellgraue Tunika, die ihre grazile Figur betonte, hielt sie sich sehr aufrecht. Das gewollt nachlässig aufgesteckte graue Haar umrahmte ein zartes, überraschend glattes Gesicht mit dezentem Make-up. Ein Zugeständnis an das Alter war der gedrechselte Stock, mit dem sie Norma gebieterisch heranwinkte.

»Da sind Sie ja endlich. Treten Sie ein!«

Norma zögerte. »Ich bin …«

»Ich weiß, wer Sie sind! Meine Enkelin hat Sie angekündigt. Eine Privatdetektivin, Norma Tann. Was für eine Rolle: Die ›Norma‹! Und wie oft durfte ich sie singen.

Nicht so grandios wie die Callas, das maße ich mir nicht an, aber es war jedes Mal ein wunderbarer Erfolg!«

»Sie haben Opern gesungen?«, entgegnete Norma verblüfft. »Die ›Norma‹ von Vincenzo Bellini?«

Sie hatte verschiedene Inszenierungen gesehen. Weniger aus Leidenschaft für die altertümlichen Verwicklungen zwischen Galliern und Römern als aus reinem Vergnügen an der Namensvetterin.

Elfie Krumsiek lächelte entzückt. »Die ›Norma‹ war meine Lieblingsrolle, wenn auch bei Weitem nicht die einzige. Ich war lange Zeit am Wiesbadener Staatstheater engagiert. Sehen Sie nur!«

Mit ausladender Geste führte sie Norma in den Flur, an dessen Wänden sich Bilderrahmen aneinanderreihten: Künstlerisch ambitionierte Fotografien von Theater- und Opernszenen, anrührend altmodisch. Auf so gut wie jeder Aufnahme war die sehr junge Elfie Krumsiek als Darstellerin zu erkennen. Die alte Dame ging die Reihe ab, erklärte eine Rolle nach der anderen und stimmte lautstark die dazugehörigen Arien an. Norma widerstand dem Drang, sich die Ohren zuzuhalten. Endlich brach die Sängerin ihren Vortrag ab. Die Kraft ihrer Stimme habe nachgelassen, meinte sie bedauernd, wohingegen es Norma schien, als sei weniger das stimmliche Volumen der Sängerin als die Präzision ihres Gehörs beeinträchtigt. In der Hoffnung, keine weiteren Gesangsausbrüche herauszufordern, deutete sie auf eine Schwarz-Weiß-Aufnahme, die einen groß gewachsenen Mann mit gezwirbeltem Schnauzbart zeigte.

»Mein erster Mann«, erklärte Elfie Krumsiek stolz. »Dr. Eberhard Hahlbrock, der ehrenwerte Biebricher Arzt. Sie müssen doch von ihm gehört haben!«

»Grit hat mir von ihm erzählt.« Norma fiel ein gerahmtes Programm des Wiesbadener Staatstheaters auf. »Eine Inszenierung von 1958. Hier wird die ›Norma‹ von einer Ophélie Hahlo gesungen. Eine Ihrer Kolleginnen?«

Elfie Krumsiek stützte sich stärker auf den Stock und lachte laut und herzlich. »Aber nein! Ophélie Hahlo ist mein Künstlername. Als Elfriede oder Elfie wollte ich nicht auftreten. Nicht jede Frau kann sich mit einem so hübschen Vornamen schmücken wie Sie, meine Liebe.«

Norma erfreute das Kompliment. Sie haderte oft genug mit ihrem Namen, der, wovon sie seit ihrer Kindheit überzeugt war, aus dem Katalog der Kuhnamen stammte und ebenso gut ein Kalb hätte treffen können. Nie im Leben hatten ihre Eltern an die Oper gedacht.

»Ophélie Hahlo also? Hahlo von Hahlbrock, nehme ich an? Sie wohnten damals in der Villa Ophélie. Das Haus wurde also nach Ihnen benannt?«

»Nein, nein«, widersprach Elfie Krumsiek milde. »Es war umgekehrt. Die Villa inspirierte mich zu meinem Künstlernamen! Sie trägt den Namen der Frau des Erbauers. Ophélie Dujardin war eine Pariser Opernsängerin. Sie starb 1891 in Schwermut, wie man es damals nannte. Ophélie war die Mutter meines ersten Mannes Eberhard. Er hat sie kaum kennenlernen dürfen.«

Der Bauherr, Eberhards Vater, hieß Johannes Hahlbrock, wie Norma aus den Bauplänen wusste. Der Chemiker.

Plötzlich schlug die Stimmung der alten Dame um. Theatralisch warf sie die Hände über den Kopf. »Diese grausige Mumie! Da habe ich jahrzehntelang in Gesellschaft einer Leiche gesungen! Der holzvertäfelte Raum war mein Probenraum. Auf der ersten Etage blieb ich ungestört. Ich fand das großartig.«

»Ihr Mann kam nie nach oben?«

»Eberhard hatte Last mit seinem verkrüppelten Bein. Er vermied Treppen, wenn möglich. Deswegen hat er von dem Toten auch nichts ahnen können«, fügte sie nachdrücklich hinzu.

»Vermutlich hieß der Mann Emil Grundke. Sagt Ihnen der Name etwas?«

Elfie Krumsiek schüttelte ratlos den Kopf. »Grundke? Emil? Nein, den kenne ich nicht.«

»Und Liesel Paschke, seine Verlobte?«

»Nie gehört.«

»Könnte Emil Grundke ein Patient Ihres Mannes gewesen sein?«

»Möglich, aber wie sollte man das heute noch nachvollziehen?«

»Gibt es vielleicht Krankenakten aus der Zeit?«

»Alle Unterlagen sind vernichtet worden, nachdem Eberhard die Praxis aufgegeben hatte«, sagte sie und umklammerte den Stock fester. »Mein Mann hatte gewiss nichts mit dem Toten zu tun. Trotzdem macht mir die Aufregung zu schaffen. Ich muss mich setzen. Kommen Sie! Reden wir bei einer Tasse Tee weiter.«

Sie bat Norma ins Wohnzimmer, das dank der antiken Möbel und bodenlangen Seidenvorhänge der Eleganz der Hausherrin angemessen war. Sie setzten sich an den Esstisch am Fenster. Die Gastgeberin ließ es sich nicht nehmen, eigenhändig Tee und Apfelkuchen zu servieren. Der Kuchen schmeckte köstlich und machte satt. Selbst gebacken, verkündete Elfie und griff erneut zum Tortenheber.

Nach dem zweiten Stück schob Norma den Teller beiseite. »Darf ich fragen, wann Sie und Eberhard geheiratet haben? Wann sind Sie in die Villa Ophélie gezogen?«

Elfie griff geziert nach der hauchdünnen Porzellantasse, nahm einen Schluck und begann zu erzählen: »Die Hochzeit fand im Sommer 1945 statt, kaum dass der Krieg vorbei war. Ich war 23, ein junges, dummes Ding, das sich auf einen 60-jährigen Junggesellen eingelassen hatte. Können Sie sich das Getratsche vorstellen? Ich habe ihn an seine Mutter erinnert, die so jung sterben musste, und er tat alles, um meine Karriere zu fördern. Er hat sogar ein Kindermädchen eingestellt, als wir ein Jahr später unsere Tochter Ingeborg bekamen. Er bestand darauf, dass ich weiterhin auftrat, womit er zu der Zeit, als junge Mütter ins Haus gehörten, sehr fortschrittlich dachte. Er befürchtete, ich könnte ohne die Bühne ebenfalls schwermütig werden. Und er liebte meine Stimme so sehr.«

Er sei überglücklich gewesen, als er mit 61 Jahren zum ersten Mal Vater wurde.

»Warum hat er so spät geheiratet? Lebte er vorher nur für seinen Beruf?«

Elfie lächelte gedankenverloren. »Das sicher auch. Die Medizin war sein Herzblut. Daneben gab es einen weiteren Grund. Eberhard trauerte lange seiner großen Liebe nach.«

Norma ergriff den zerbrechlichen Henkel, was, wie sie feststellte, in der Tat am besten mit albern abgespreiztem kleinem Finger funktionierte. »Weil die große Liebe einen anderen Mann bevorzugte?«

Elfie widersprach dieser naheliegenden Vermutung. »Eberhards Jugendliebe hat keinen Wert auf die Ehe gelegt, sie war sich selbst genug. In den ersten Jahren hat es mich sehr geschmerzt, auf ewig die zweite Besetzung zu spielen. Später arrangierte ich mich damit. Ich durfte singen, und das war das Wichtigste. Ich selbst habe Eberhard von ganzem Herzen geliebt. Er wiederum liebte mein Talent und meine Stimme. Seine Jugendliebe hat sein Denken bestimmt, sein Leben lang. Sogar auf dem Sterbebett war er in Gedanken bei ihr, obwohl sie seit sechs Jahren tot war und er sie 40 Jahre nicht gesehen hatte. Eberhard war wie besessen von dieser Frau. Toni selbst hat in ihm wohl nie mehr gesehen als einen verlässlichen Freund.«

Norma stellte die Tasse zurück. »Toni?«

»So nannte sie sich«, bekräftigte Elfie. »Ihr richtiger Name war Sidonie.«

»Sie sprechen von Toni Sender, der Politikerin?«

»Toni, ja! Die Senders wohnten in Biebrich. Toni lebte in Frankfurt, besuchte die Eltern aber oft. Dann sah man sie im Schlosspark spazieren gehen. Ich war ein Kind und bewunderte sie. 1933, als – wie Toni es nannte – die Barbaren an die Macht kamen, floh sie über die Tschechoslowakei nach Amerika.«

»Erzählen Sie mir mehr von ihr«, bat Norma.

Toni Sender sei eine sehr kleine Person gewesen, zart von Statur und mädchenhaft noch mit Mitte 40, als sie Deutschland verlassen musste, erinnerte sich Elfie. »Ihre Energie hatte etwas Sprühendes, Unaufhaltsames. Sie war sehr beliebt und zugleich in der politischen Debatte gefürchtet wegen ihres messerscharfen Verstands. Und wie sie reden konnte! Damals hat mir die Eifersucht den Blick getrübt. Heute kann ich nachvollziehen, warum Eberhard so beeindruckt von ihr war. Allerdings hatte sie nicht nur Freunde. Es gab sogar Morddrohungen gegen Toni.«

»Wegen ihrer politischen Ambitionen?«

Elfie nickte eifrig. »Toni war ihrer Zeit weit voraus. Bedenken Sie die Ansichten damals, dass Frauen ins Haus gehörten und in der Politik nichts verloren hatten. Bis 1918 durften Frauen nicht einmal wählen. Eine selbstbewusste Frau wie Toni eckte überall an. Für ihre politischen Gegner war sie ein rotes Tuch.« Sie hielt inne und schaute Norma fragend an. »Warum interessieren Sie sich für Toni Sender?«

Norma nippte am Tee, dessen blumiger Duft sie in der Nase kitzelte. »Wir haben bei der Mumie ein Porträt von Toni Sender gefunden.«

Die Gastgeberin schenkte nach und stellte die Kanne behutsam auf das Stövchen zurück. »Was hat das zu bedeuten?«

»Ich habe keinen Schimmer«, antwortete Norma aufrichtig. »Vielleicht kann uns der Brief weiterhelfen, den der Tote bei sich trug. Ich hoffe, Sie können die Schrift lesen.«

»Wenn Sie mir bitte meine Lesebrille holen? Sehen Sie auf dem Couchtisch nach.«

Norma stöberte die Brille unter der aktuellen Ausgabe des Wiesbadener Tagblatts auf. Der Bericht über die Mumie war aufgeschlagen. Sie kannte den Artikel, der in angenehm sachlichem Ton über den Fund berichtete. Von Sensationsgier keine Spur.

Zurück am Tisch nahm sie die Kopie des Briefs aus der Handtasche, strich das Blatt glatt und reichte es hinüber. Elfie brütete eine Weile stumm vor sich hin, bevor sie laut zu lesen begann. Norma hielt ihren Notizblock bereit. Sie kam sich vor wie eine Sekretärin beim Diktat und musste sich sputen, um mit Elfie mitzuhalten.

10

Bevor Norma sich verabschiedete, fragte sie Elfie nach der Adresse, die auf der Rückseite des Porträts notiert war. »Kennen Sie die Obere Kasernenstraße in Biebrich? Mir sagt der Straßenname nichts.«

»Das ist nicht verwunderlich«, meinte Elfie. »Die Straße wurde irgendwann umbenannt und heißt heute Stettiner Straße. Dort stand Tonis Elternhaus.«

»Und das Datum auf der Fotokarte? Der 29. November?«

Elfie verzog den blassrosa geschminkten Mund. »Wie könnte ich den Tag nicht kennen? Eberhard hat jeden 29. November zelebriert. Es ist Tonis Geburtstag. Am besten reden Sie mit meinem Stiefsohn. Gunther weiß eine Menge über Toni Sender. Er schreibt an einer Biografie, mit der er in jeder freien Minute beschäftigt ist. Geschichte ist seine Leidenschaft. Sofern ihm die Arbeit Zeit dafür lässt«, fügte sie hinzu. »Gunther ist Augenoptiker geworden wie sein Vater, mein zweiter Ehemann, und hat das Geschäft in Wiesbadens Innenstadt übernommen.«

»Ihr Sohn schreibt eine Biografie über Toni Sender?«, hakte Norma nach.

»Aus dem Blickwinkel meines früheren Mannes«, ergänzte Elfie stolz. »Eberhard hat Tonis Leben verfolgt und alles über sie aufgezeichnet.«

Norma fühlte sich überrumpelt. »Davon hat Grit nichts gesagt. Weiß sie denn nicht, dass ihr Onkel dieses Buch schreibt?«

»Ihr Stiefonkel«, stellte Elfie richtig. »Gunther ist mein Stiefsohn aus zweiter Ehe und nur 5 Jahre älter als Grit. Sie waren ihr Leben lang eifersüchtig aufeinander und können sich nicht ausstehen. Er will ihren Neubau im Garten verhindern, auch deswegen hasst sie ihn. Über die Buchpläne weiß sie Bescheid, ignoriert sie aber wie so vieles, das Gunther betrifft.«

Das also war der unliebsame Nachbar.

»Wie stehen Sie selbst zu Grits Bauplänen?«

Elfie lächelte betrübt. »Von mir aus darf Grit bauen, wo, was und wie hoch sie will. Eberhard hätte es bestimmt gefallen, was sich heute in der Villa tut. Er wollte immer und überall helfen. Aber Gunther neidet meiner Enkelin Grit alles. Und ich muss mich raushalten. Mir gehört hier nichts. Ich habe nur ein Wohnrecht in dieser Hälfte. Gunther hat das gesamte Haus geerbt.«

Das Doppelhaus hatte Elfies zweiter Mann Kurt Krumsiek schon vor der Ehe gebaut, erfuhr Norma. Bei der Hochzeit war Elfie 54 Jahre alt und Kurt 50. Der zweijährige Gunther war Halbwaise. Seine Mutter, Kurts 36-jährige Ehefrau, war auf der Wilhelmstraße unter einen Lastwagen geraten und hatte über Monate im Koma gelegen, bevor sie starb.

Elfie berichtete weiter: »Ich wohnte damals allein in der Villa Ophélie. Eberhard war seit sechs Jahren tot, und meine Tochter Inge hatte sich ihre Wohnung im Praxisanbau eingerichtet.«

Sie hatte auf den kleinen Gunther aufgepasst, wenn dessen Vater im Krankenhaus bei seiner Frau war. Die Beziehung zu Kurt Krumsiek entwickelte sich allmählich. Er blieb zum Essen, sie kam auf einen Wein abends zu ihm, beide suchten einen Weg aus der Einsamkeit. Nach dem

Tod der jungen Frau warteten sie nicht lange bis zur Hochzeit. Sie habe alles gegeben, um Gunther eine gute Mutter zu sein, obwohl sie eher in die Generation der Großmütter gehört habe, versicherte Elfie.

Norma verließ das Haus in gehobener Stimmung. Verrückt, wie sich die Dinge manchmal entwickelten. Sie hatte oft genug erlebt, wie sich zunächst einfach erscheinende Fälle immer wirrer verstrickten. Umso schöner, wenn man bei einem scheinbar hoffnungslos verworrenen Knäuel plötzlich das richtige Stück Schnur zu fassen bekam. Der Besuch bei Elfie war ein solches Ende, genauer gesagt, ein solcher Anfang. Zuversichtlich lief sie durch die Autokolonne, die auf der Rheingaustraße von einer Baustelle ausgebremst wurde, und spazierte durch eine Seitengasse zum Rhein hinunter. Vor einer mannshohen Mauer, die die Uferbebauung vor Hochwasser schützte, entdeckte Norma eine sonnenbeschienene Bank. Sie setzte sich und klappte das Notebook auf. Das Gespräch hatte Elfie Krumsiek aufgewühlt, und Norma war eine Weile bei der alten Dame geblieben. Nun übertrug sie vom Notizblock ins Notebook, was Elfie theatralisch vorgelesen hatte.

Bad Homburg, der 23. November 1918

Mein lieber Emil,
ich schicke dir diesen Brief nach Frankfurt zu deiner Schwester. Sicher wirst du zu ihr gehen, wenn du von der Front heimkommst. Überall sieht man entlassene Soldaten, so armselige Gestalten. Ob manch einer davongelaufen ist, danach sollte man nicht fragen, ist meine Meinung. Ich

*kann dir nur wünschen, du kommst heil zurück, und die
zerschossene Hand macht dir keinen großen Kummer mehr.
Es gibt dermaßen viele Kriegsversehrte, und nur die mussten nicht zurück an Front, die es ganz schlimm getroffen
hat. Deine Mutter ist im Juli an der Spanischen Grippe verstorben, habe ich von Frankfurter Nachbarn gehört. Mein
Beileid. Die Frau hat ihr Leben lang schuften müssen und
ist bettelarm gestorben. Aber deine Schwester und ihre
Tochter werden dir sicherlich zur Seite stehen.*

*Es ist über ein Jahr her, da bin ich aus Frankfurt fortge-
zogen und seitdem hier in Homburg in Stellung. Die Stadt
hat Schick und darf sich sogar ›Bad‹ nennen seit sechs Jahren. Es geht mir gut hier. Das ist auch der Anlass, dir diesen Brief zu schreiben. Es ist viel geschehen, seit wir uns
vor drei Jahren verlobt haben. Der Krieg hat alles verän-
dert. Ich muss sehen, wie ich zurechtkomme. Ich will ehrlich sein, Emil. Mein Arbeitgeber ist Witwer. Er hat drei
kleine Söhne, er braucht eine Frau, auch für das Geschäft-
liche. Die Metzgerei läuft bestens. Der Laden ist prächtig,
liegt in der Louisenstraße. Wir haben zu essen, den ganzen Krieg über musste ich nicht hungern. Er ist ein guter
Mann, und ich wäre versorgt. Du kannst mit der kaputten Hand nicht mehr als Maurergeselle arbeiten, hast du
mir geschrieben. Wie willst du eine Familie ernähren? Du
musst einen Weg finden, Emil, und Geld verdienen. Sonst
sehe ich keine Zukunft für uns beide. So leid es mir tut.
Ich habe so viel Hunger und Elend gesehen. Zu Weihnachten will mein Metzgermeister mich heiraten. Lass dir
nicht zu lange Zeit.*

Alles Gute wünscht dir deine Liesel

Norma wandte den Blick vom Bildschirm ab. Sie schaute zum Rhein hinüber, wo zwei Lastkähne tief im Wasser liegend aneinander vorbeiglitten. Ein schwarzer Spitz raste kläffend über das Deck, bis der andere Kahn überholt war. Was mochte einem Mann durch den Kopf gehen, fragte sie sich, der von der Front heimkehrt, an der er trotz der Kriegsverletzung weiterhin hatte dienen müssen, der im erlernten Beruf nicht mehr gebraucht wird und von der Verlobten vor die Wahl gestellt wird: Entweder du bringst Geld, oder ich heirate einen anderen. Aber wer wollte sich, aus heutiger Sicht, anmaßen, eine Frau wie Liesel Paschke zu verurteilen? Erst kommt das Fressen, dann kommt die Moral, hatte Bert Brecht zehn Jahre später formuliert.

Wie hat Emil reagiert? Etwas Naheliegendes hat er jedenfalls nicht getan: den Brief in tausend Stücke zu zerfetzen, zu verbrennen oder sonst wie zu vernichten. Nein, er hat ihn aufgehoben und bei sich getragen. Warum? Weil Emil nicht sofort hat klein beigeben wollen? Weil er darauf gehofft hat, Liesel umzustimmen? Indem er ihr die schwere Goldkette vor die Nase hielt?

Der Schmuck konnte kein Erbstück der Mutter gewesen sein, da sie bettelarm gestorben war, wie Liesel schreibt. Eher Diebesgut. Oder Lohn? Dr. Hahlbrock hatte seine Villa umgebaut. Hatte Emil bei ihm Arbeit als Maurer gesucht? Gut vorstellbar, dass sich Emil von Frankfurt nach Biebrich aufgemacht hatte, um Geld zu verdienen. Hahlbrock, der selbst behindert war, hatte vielleicht Mitgefühl mit dem entlassenen Soldaten, der sich mit der kaputten Hand beim Mauern und Verputzen schwertun würde. Letzteres hatte Elfie für möglich gehalten, die nicht müde geworden war, ihren Eberhard als großen Menschenfreund und hilfsbereit bis zur Selbstaufgabe zu schildern. Es hätte

gut zu Eberhard gepasst, einem armen Tropf vorübergehend Lohn und Brot zu geben. Was keinesfalls erklärte,
wie Emil in den Verschlag geraten war. Oder warum er
sich bewaffnet hatte.

Norma seufzte unwillkürlich. Der Faden erwies sich
als enttäuschend kurz.

In der wärmenden Herbstsonne überflog sie noch einmal den Brief, in dem es ausschließlich um Liesel und
Emil ging. Aufs Neue fragte sie sich, wie das Porträt aus
Emils Jackentasche zu alldem passen mochte. Mehr Hin-
tergründe zu Toni Sender konnten nicht schaden. Warum
nicht den Experten persönlich befragen? Sie packte Block
und Notebook in die Umhängetasche und ging das kurze
Wegstück zurück.

Auf ihr Läuten öffnete niemand. Vielleicht wusste Elfie
Krumsiek, wo der Stiefsohn zu erreichen wäre. Doch
Norma kam nicht dazu, nebenan zu klingeln. Dort stand
die Haustür einen Spalt offen, und drinnen im Flur wurde
lautstark gestritten.

Die Stimme der alten Dame bebte vor Aufregung. »Was
verlangst du, Gunther? Ich habe dir alle Briefe ausgehän-
digt, die Eberhard an Toni geschrieben hat.«

»Trotzdem fehlt ein Umschlag!«, bellte eine zornige
Männerstimme.

»Das kann nicht sein!«

»Und ob! Eberhard hatte alle Briefe durchnummeriert.
Die Sammlung ist komplett. Bis auf diesen einen Brief
an Toni. Die Lücke liegt zwischen Ende November und
Anfang Dezember 1918.«

»Dann hat Eberhard sich mit der Nummer vertan!«

»Das glaubst du selbst nicht, Mutter! So pedantisch, wie
du ihn immer schilderst.«

»Eberhard hat über die Jahrzehnte Hunderte von Briefen geschrieben. Was ist so schlimm daran, wenn einer fehlt?«

Das entrüstete Schnauben, das bis zu Norma nach draußen drang, musste von Gunther kommen. Laut schimpfte er: »Was so schlimm daran ist, fragst du? Allerhand! Weil irgendetwas passiert sein muss, das er womöglich in diesem Brief beschreibt. Danach ändert sich nämlich sein Stil. Danach wird er wortkarg und spröde. Irgendetwas hat ihn aus der Bahn geworfen.«

Was Temperament und Stimmvolumen betraf, schenkten sich Stiefmutter und Stiefsohn nichts. Elfie gab ein gellendes Bühnengelächter von sich, das Normas Hände unwillkürlich in Richtung Ohren zucken ließ, und kreischte: »Was für ein Unsinn! Eberhard hat sich von nichts und niemandem aus der Bahn werfen lassen. Anstatt mir mit Unterstellungen zu kommen, solltest du mir dankbar sein. Weil ich dir diesen Schatz überlassen habe, du Hobbyforscher!«

»Hobbyforscher?«, erregte er sich. »Ich bin Historiker. Ich habe ein Fernstudium abgeschlossen. An die Uni wolltet ihr mich ja nicht lassen, Vater und du. Ich musste den Laden übernehmen. Nur das zählte für Vater. Du hast mich nie unterstützt.«

»Immer dieselbe Leier! Wie undankbar du bist, mein Sohn! Ich hätte die Briefe besser Marlies gegeben! Bekniet hat sie mich deswegen. Angefleht hat sie mich!«

Wütend meldete sich der Stiefsohn zu Wort. »Du nennst mich undankbar? Weil ich nachfrage? Du wolltest unbedingt, dass die Briefe an die Öffentlichkeit kommen. Damit ich deinem Eberhard, dem Arzt und Menschenfreund, mit Tonis Biografie ein Denkmal setze. Aber ich werde ihn mit allen seinen Facetten schildern. Falls es einen dunklen Fleck gibt ...«

»Ich weiß nicht, was du meinst. Eberhard hatte eine reine Weste. Auf ihn lasse ich nichts kommen!«

Norma hatte still auf dem Treppenpodest abgewartet. Sie fuhr herum, als plötzlich hinter ihr der Kies unter leichten Schritten knirschte.

Zögernd kam Grit näher. »Ich komme wohl ungelegen. Macht Gunther mal wieder Stress?«

Norma trat ihr entgegen. Sie verbarg ihre Verärgerung nicht. »Du hättest mir von diesen Briefen an Toni Sender erzählen müssen. Unsere Zusammenarbeit stelle ich mir anders vor: offen und ohne Geheimniskrämerei.«

»Jetzt weißt du es ja.«

»So geht das nicht, Grit! Wenn du kein Vertrauen zu mir hast, gebe ich den Auftrag auf der Stelle wieder ab.«

Erschrocken widersprach Grit: »Nein, Norma, das möchte ich auf keinen Fall. Der Tod dieses Mannes muss aufgeklärt werden. Diese Ungewissheit ist unerträglich, und sie schadet unserem Ruf.«

»Dann erkläre mir bitte, was es mit diesen Briefen auf sich hat.«

»Im Keller der Villa lagerten Kisten mit Sachen meines Großvaters. Ich wollte Platz schaffen und den alten Krempel endlich fortwerfen. Dabei bin ich auf mehrere Blechkisten mit unzähligen Briefen gestoßen. Ich habe alles zu meiner Großmutter gebracht. Wenn ich geahnt hätte, dass sie Gunther die Briefe überlässt, hätte ich sie besser im Kamin verfeuert.«

»Gleich mehrere Kisten?«

»Unglaublich, wie viel der Großvater geschrieben hat. Elfie will dieses Buch unbedingt veröffentlicht haben. Bei ihr dreht sich alles um Eberhard und sein Renommee. Sie möchte ihn als Supermann beschrieben wissen. Gunther allerdings droht mit Realismus pur – die Wahrheit liegt wohl irgendwo dazwischen«, fügte sie hinzu. »Es gibt zweierlei Arten von Briefen: zum einen Tonis Antworten aus einem Briefwechsel zwischen ihr und Eberhard. Das sind vor allem Schreiben aus der Zeit, als Toni in Paris lebte. Den größten Brocken machen Briefe aus, die Toni vermutlich nie zu Gesicht bekommen hat. Sie waren alle an sie gerichtet, aber Eberhard hat offenbar keinen einzigen abgeschickt.«

»Hast du die Briefe gelesen?«

Grit wehrte ab. »Um Himmels willen, da wäre ich Tage beschäftigt gewesen. Was ich darüber weiß, hat mir Elfie erzählt. Und sie hat es von Gunther gehört. Zum Lesen alter Briefe habe ich überhaupt keine Zeit. Anders Marlies! Sie würde die Briefe liebend gern haben, um sich tief in die Welt ihres Idols zu vergraben.«

11

Sonntag, der 26. August 1900

Über dem Kopfsteinpflaster flirrte die Luft. In den Duft nach Sommer mischte sich der Gestank von Pferdeäpfeln. Eberhard drückte sich im Schatten einer Fassade herum. Er fuhr sich mit dem Handrücken über die Stirn und widerstand dem Drang, den Schweiß mit dem Ärmel abzuwischen. Mit verschmutztem Hemd dürfte er sich nicht nach Hause wagen. Wie gern wäre er hinunter zum Rheinufer gelaufen, wo die Arbeiterkinder sonntags von morgens bis abends im Wasser planschten. An einem so brütend heißen Augustnachmittag fanden sich auch Kinder der besseren Gesellschaft ein – Sonntagsstaat hin oder her. Zu den wildesten hatte Heinrich Meyer gehört, dessen Vater Chemiker war, wie Eberhards Vater, und ebenfalls bei den Albert Werken in Stellung. Seit Heinrich Meyer am ersten warmen Sommertag von einem Strudel erfasst und wie eine junge Katze davongespült worden war, durfte Eberhard sich dem Fluss nur noch auf Sichtweite nähern. Ein Verbot, an das er sich halten sollte. Die anderen Kinder würden ihn sowieso hänseln. So wie im Frühjahr, als Heinrich das große Wort geführt hatte. Eberhard hallte die Häme noch immer durch den Kopf.

»Eberhard, das Hinkebein, Eberhard, das Stinkeschwein, Eberhard, der Humpelfuß, macht der ganzen Stadt Verdruss«, hatte Heinrich ebenso poesielos wie unbarmherzig gereimt und mit einer solchen Inbrunst von sich gegeben, dass sich im Handumdrehen alle Kinder dem Spottgesang angeschlossen hatten.

Beinahe alle Kinder. Ein Mädchen hatte nicht mitgemacht und sogar versucht, die anderen davon abzubringen: Sidonie Sender, die Tochter vom Kaufmann Moritz Sender, der in der Oberen Kasernenstraße mit Tuch und Konfektionsware handelte und das wohlhabende Biebrich zu seiner Kundschaft zählte. Darunter auch Eberhards Vater, der sich die besten Anzüge leisten konnte, seit er mit Patentbeteiligungen zu Geld gekommen war. Man sah Sidonie selten auf der Straße spielen. Wenn sie es tat, war sie auf der Stelle mit Heinrich in Streit geraten. Halb so groß wie der Bursche, hatte sie sich vor ihm aufgebaut, die Fäuste in die Taille gestemmt und ihn in Grund und Boden geschimpft. Eberhards Trauer hatte sich in Grenzen gehalten, als der Rhein sich Heinrich geholt hatte. Er dachte selten an ihn und an das, was ihm widerfahren war, und lieber und immer öfter an Sidonie.

Eberhard schlich am Schaufenster der Tuchhandlung vorbei, das gegen das Sonnenlicht mit Stoffen verhängt war, und spähte in die Einfahrt. Mit kurzen Schritten, bei denen das Humpeln weniger auffiel, wagte sich der Junge in den Sender'schen Hof, der von einer ausladenden Baumkrone beschirmt wurde. Auf der Gasse ratterte ein Fuhrwerk vorbei, und in der Nachbarschaft kläffte ein Hund. Doch aus dem Wohnhaus drang kein Laut ins Freie. Eberhard fasste sich ein Herz, hinkte voran und tauchte in den Schatten des Zweiggeflechts ein, das die baufällige Gartenhütte unter seine Fittiche genommen hatte. Im Schutz des Baumdachs stützte er sich an den borkigen Stamm. Sorgsam darauf bedacht, nicht mit dem Hemd an die Moos bewachsene Rinde zu geraten, atmete er den herben Geruch von Holz und Fäulnis ein.

»Was machst du hier?«

Erschrocken fuhr er zusammen. Ein helles Lachen von irgendwoher. Hektisch schaute er sich nach allen Seiten um.

»Eberhard, hier oben!«

Endlich erspähte er hoch über sich zwei bloße Füße, die sich gegen eine Astgabel drückten. Unbekümmert wie ein Gassenjunge und zart wie eine junge Drossel hockte Sidonie auf einem Ast und schaute belustigt auf ihn herab. Abgesehen von den nackten Füßen war sie so fein gekleidet, wie es sich für die Tochter eines angesehenen Biebricher Tuchhändlers geziemte.

Er legte den Kopf in den Nacken und versuchte, die Höhe abzuschätzen. Das war auf jeden Fall viel zu weit oben für ein Mädchen von elf Jahren.

»Hier ist ein Platz frei, falls du dich traust«, neckte sie ihn.

Er griff nach dem erstbesten Ast.

»Nein, warte!«, hielt sie ihn besorgt zurück. »Ich habe nicht daran gedacht, dass du … dass dein Bein …«

›Eberhard, der Humpelfuß.‹ Ob auch ihr der Reim im Ohr klang? Ihm wurde noch heißer als ohnehin in der Sommerglut.

»Na und? So gut wie ein Mädchen klettere ich allemal.«

Er ließ sich nicht abbringen und zog und stemmte sich Ast für Ast den Baum hinauf, angeleitet von Sidonie, die seinen Aufstieg mit bangem Blick verfolgte, während sein lahmes Bein hintendreinschlenkerte. Atemlos kam er oben an. Ungeschickt ließ er sich auf einen dicken Ast nieder und schlang einen Arm um den Stamm, um mit der anderen Hand aus halbwegs sicherer Position den unnützen Fuß in eine Astgabel zu klemmen. Nachdem er mit dem gesunden Fuß Halt gefunden hatte, fächelte er sich mit einem Zweig Luft zu. Sein Gesicht brannte vor Schweiß. Nie zuvor hatte ihn eine Anstrengung so glücklich gemacht.

Das Mädchen zupfte an seinem Hemdsärmel, der von grünen und braunen Flecken übersät war. »Deine Eltern werden ärgerlich sein.«

»Ach was!«, widersprach er leichthin. »Mein Vater schimpft nie!«

»Hast du es gut! Meine Eltern sind gnadenlos streng. Immer muss ich gehorchen. Und deine Mutter?«

»Sie hat niemals geschimpft. Sie ist tot.« Die erste Aussage war gelogen. Die zweite entsprach der Wahrheit.

»Das tut mir leid, das mit deiner Mutter«, meinte das Mädchen bekümmert.

»Meine Mutter hieß Ophélie. Sie kam aus Paris und war Opernsängerin!«

Sidonie zeigte sich beeindruckt. »Hast du Geschwister?«

Er schüttelte den Kopf. »Da ist niemand sonst. Nur mein Vater und die Aufwärterin.«

»Wenigstens hat man seine Ruhe«, überlegte Sidonie laut. »Eigentlich sollte ich mit in den Schlosspark. Benno, mein keiner Bruder, will andauernd Schwäne gucken. Meine Schwestern Jenny und Recha haben sich nicht gedrückt. Sie sind dermaßen brav!«

Er schaute sie bewundernd an. Bei aller Zartheit erschien sie ihm alles andere als brav. Sein Herz klopfte bis zum Hals, die Wangen brannten wie Feuer. Am liebsten hätte er Schuhe und Strümpfe fortgeworfen und die nackigen Sohlen neben den Mädchenfüßen gegen den Ast gestemmt.

Dann allerdings hätte Sidonie die verkümmerte Wade und den nutzlosen Fuß zu sehen bekommen.

Das Mädchen plapperte über den Baum. »Meine Mutter will ihn am liebsten fort haben. Und das Gartenhaus abreißen.«

»Oh, wie schade! Warum?«

»Um im Garten ein Mietshaus zu bauen. Aber daraus wird nichts. Mein Maulbeerbaum bleibt!«

Eberhard änderte seine Sitzposition. Der Ast drückte in die Oberschenkel. Das Glücksgefühl ebbte ab. »Was macht dich so sicher?«

»Weil es uns orthodoxen Juden verboten ist, Bäume zu fällen. Das untersagt unser Glaube. Bäume sind etwas Einzigartiges.« Dabei warf sie ihre dunklen Zöpfe über die Schultern zurück und lächelte.

»Sidonie …«, begann er.

»Toni!«

»Wie bitte?«

»Den Namen habe ich mir selbst gegeben.«

»Ähm … Toni … Du bist so anders als die anderen Mädchen. Du kletterst auf Bäume, du bist … als ob dir die Welt offenstehen würde.«

Was redete er da. Sie schien es ihm nicht übel zu nehmen, sondern nickte zustimmend und schien zufrieden mit seiner Einschätzung.

Unvermittelt sprang sie auf und balancierte freihändig auf den Stamm zu. »Ich gehe jetzt, Eberhard. Wenn meine Familie zurückkommt, muss ich im Haus sein.«

Flink wie ein Eichhörnchen kletterte sie hinunter. Eberhard folgte langsam und umständlich. Als er schließlich auf sicherem Boden stand, war von Sidonie – Toni – nichts mehr zu sehen. Er humpelte nach Hause in der Hoffnung, der Vater halte seinen Nachmittagsschlaf und Magda sei zurück aus Schierstein, wo sie sonntagnachmittags ihre Mutter besuchte. Vielleicht ließ sie sich überreden, ihm ein sauberes Hemd herauszusuchen. Wenn nicht, wäre ihm der Rohrstock sicher. Doch die Begegnung mit Toni war jeden Preis wert. Er würde dem Schmerz tapfer entgegensehen.

Wie ein Soldat der kommenden Schlacht.

12

Die Haustür flog auf, und heraus stürmte ein untersetzter Mann Anfang 40, mit hochrotem Kopf. Auf der Halbglatze glänzten Schweißperlen. Der verbliebene dunkle Haarkranz hing ihm struppig bis in den Hemdkragen.

Auf der Treppe stoppte er abrupt und funkelte Grit wütend an. »Eine Leiche in der Villa, gratuliere! Hoffentlich wird man deinen Laden dichtmachen, und ich habe endlich meine Ruhe.«

»Da täuscht du dich gewaltig«, fauchte Grit. »Du machst mir mein Projekt nicht kaputt!«

Sie schlängelte sie sich an ihm vorbei mit den Worten: »Ich muss mich jetzt um meine Großmutter kümmern«, und entschwand durch die Haustür.

Sein Blick fiel auf Norma.

Sie stellte sich vor und gab offen zu, in Grits Auftrag Nachforschungen über den Toten anzustellen. »Ich würde von Ihnen gern mehr über Toni Sender erfahren. Ihre Stiefmutter hat die Biografie erwähnt, an der Sie arbeiten.«

Sein Zorn war verraucht. Er machte ein halbwegs freundliches Gesicht. »Ja, daran schreibe ich, sobald mir mein Geschäft die Zeit dafür lässt. Warum interessiert Sie das?«

»Der Tote trug Toni Senders Porträt bei sich.«

Er öffnete den Mund, bis sich sein fülliges Gesicht vor Verblüffung streckte, und klappte ihn wieder zu. »Das ist mir neu!«

»Ihrer Mutter hatte ich davon erzählt. Ihnen hat sie demnach nichts gesagt?«

Er legte ein zerknirschtes Lächeln auf, das ihn für den Moment sympathisch machte. »Ich habe sie gar nicht zu Wort kommen lassen und sofort mit meinen Vorwürfen überfallen.«

Er sei nicht gewillt, seiner Nachbarin in die Hände zu arbeiten, erklärte er gestelzt, ohne Grits Namen zu nennen. Andererseits liege ihm jede Information um und über Toni Sender am Herzen.

»Können Sie sich einen Grund vorstellen, warum der Maurergeselle Emil Grundke das Porträt bei sich trug?«, fragte Norma.

»Weil Toni eine wahrhaftige Fürsprecherin der kleinen Leute war!«, rief er mit glänzenden Augen. »Vielleicht war er ein Fan, wie man heute sagen würde.« Er betrachtete sie prüfend. »Begleiten Sie mich ins Städtchen? Auf den Spuren von Toni Sender.«

Der kürzeste Weg führte quer durch den Schlosspark. Norma schraubte ihre Energie zurück, um auf Krumsieks Höhe zu bleiben. Sein Schneckentempo machte sie nervös. Ihr übergewichtiger Begleiter geriet ins Schnaufen, behauptete aber nachdrücklich, er schwinge in aller Herrgottsfrühe im Park die Walkingstöcke, um etwas für seine Gesundheit zu tun.

»Was zeichnete diese Frau aus?«, fragte sie, als sie die Treppe erreichten, die zur hinteren Schlossfassade hinaufführte. »Was war das Besondere ihrer Persönlichkeit?«

Krumsiek wurde noch langsamer, um beim Erklimmen der Stufen nicht in Atemnot zu geraten. »Bedenken Sie, in welcher Zeit Toni aufwuchs. Sie war die Tochter einer jüdischen Familie, die den Aufstieg in die bürgerliche Gesellschaft geschafft hatte. Toni wurde 1888 geboren. Erst 19 Jahre zuvor, als Nassau preußisch wurde, waren die Juden rechtlich den anderen Bürgern überhaupt gleichgestellt worden. Die Familie Sender war bei christlichen Biebrichern anerkannt und dennoch fest im jüdischen Glauben und den Traditionen verankert. Tonis Vater Moritz war Vorsteher der jüdischen Gemeinde und zugleich ein geschätztes Mitglied der freiwilligen Feuerwehr.«

»Die junge Toni hätte es sich also bequem im bürgerlichen Leben einrichten können«, schloss Norma daraus. »Stattdessen wurde sie eine kämpferische Sozialistin.«

Oben angelangt hielt Krumsiek inne und tupfte sich die feuchte Stirn ab. »Ein freies, selbstbestimmtes Leben, das war ihr Ziel. Dabei beschränkte sich der Wunsch nach Freiheit nicht auf die eigene Person. Sie wollte die benachteiligten Menschen daran teilhaben lassen, und dafür gab sie alles. Und sie setzte sich zur Zeit des Ersten Weltkriegs vehement für den Frieden ein. Für ihre Ideale riskierte sie ihr Leben.«

Norma horchte auf. »Es gab Morddrohungen, sagte Ihre Mutter.«

»Tonis Sicherheit wurde von politischen Gegnern gefährdet, die sie aus dem Weg räumen wollten. Selbst später, als Abgeordnete des Reichstags, blieb sie von Drohbriefen nicht verschont. Als die Nazis an die Macht kamen, musste sie aus Deutschland fliehen. 1933 ging sie in die USA, wo sie ihre politische Arbeit für die Vereinten Nationen fortsetzte.«

Gemächlich spazierten sie am Schlosshof entlang. Die Zweige der mächtigen Trauerbuche, die einen Teil des Westflügels verdeckte, wölbten sich als dicht gewebte Kuppel bis zum Boden herab. Wenige Minuten später durchschritten sie die Rathausstraße, die sich vom Rheinufer in Richtung Norden schnurgerade durch Biebrichs historisches Zentrum zog. Vor einer unscheinbaren Hausfassade blieb Krumsiek stehen.

»Hier befand sich bis zum 9. November 1938 die Biebricher Synagoge. Das Innere wurde von den Nazis zerschlagen und verbrannt. Die Ruine des Hauses hat man später abgerissen. Zur Erinnerung an die Synagoge gibt es diese Stele.«

Das Mahnmal stand auf dem Gehweg: eine Stahlkonstruktion, die schmale, leuchtend rote Glasscheiben einfasste.

»Natürlich kenne ich die Stele«, bemerkte Norma, die oft zu Besorgungen in der Rathausstraße unterwegs war und gern in türkischen und griechischen Läden einkaufte.

An der Hauswand war eine Bronzetafel eingelassen. Norma trat näher heran. Ihr Blick blieb am letzten Satz haften: »›Die 130 Mitglieder der Gemeinde wurden aus ihrer Heimat vertrieben oder starben in Konzentrationslagern.‹«

Krumsiek schaute ihr über die Schulter. »Toni war zu der Zeit zum Glück schon in Amerika und in Sicherheit.«

»Was ist aus ihren Eltern geworden?«

»Der Vater Moritz musste den Naziterror nicht mehr erleben. Er starb 1929. Tonis Mutter Marie ging zurück in ihre Schweizer Heimat.«

»Wo wohnten die Senders?«

»Nicht weit von hier. Möchten Sie das Haus sehen?«

»Aber gern!«

Der weitere Weg führte in die Stettiner Straße, die parallel zur Rathausstraße verlief.

Krumsiek wies Norma auf einen zweistöckigen Altbau hin. »Toni Senders Geburtshaus.«

Sie blieb auf dem Gehweg stehen. Ihr Blick wanderte über die schlichte, hell verputzte Fassade. Wenige Stufen führten zu einer Ladentür hinauf. Der Ladenraum war ausgeräumt.

»Wie kommen Sie mit Tonis Biografie voran?«

Krumsiek hielt neben ihr inne und strahlte sie an. »Ich überarbeite das Manuskript. Es war eine Herausforderung. Schließlich habe ich mein Geschäft und kann nur nebenher schreiben.«

»Worauf gründen Ihre Recherchen? Es gibt eine Autobiografie von Toni Sender …«

»… die mir selbstverständlich als Grundlage dient«, unterbrach er sie überschwänglich. »Ich war oft im Stadtarchiv, vor allem aber baue ich auf Dr. Hahlbrocks Aufzeichnungen. Er war wie besessen von Toni. Was er schreibt, zeigt sie von einer sehr privaten Seite. Es ist ein unglaublicher Schatz, den meine Stiefmutter mir anvertraut hat. Die Veröffentlichung wird eine kleine Sensation, das können Sie mir glauben.«

Norma schlang die Arme um den Körper. Ein frischer Wind zog vom Rhein herauf, und der Himmel rüstete sich für den nächsten Schauer. »Dürfte ich mir Ihre Aufzeichnungen ansehen, Herr Krumsiek?«

Sein Lächeln löste sich auf. Entgeistert starrte er sie an. »Sie haben Vorstellungen! Ausgeschlossen, Frau Tann. Bisher hat niemand auch nur eine Zeile zu Gesicht bekommen. Übrigens erst recht nicht Marlies Hebisch.«

»Die Toni Sender so sehr schätzt?«

Ein abfälliges Schnauben. »Die Hebisch spielt sich auf wie ein neidischer Teenager. Weil sie über Toni Sender promoviert hat, meint sie, einen alleinigen Anspruch auf Tonis Person zu haben. Und da komme ich als Historiker und habe die Frechheit, eine Biografie ihres Idols zu schreiben!«

»Also liegen Sie mit beiden Frauen über Kreuz? Mit Grit und mit Marlies?«

Er lachte spöttisch. »Grit bekommt Wind von beiden Seiten. Marlies nimmt ihr die Nominierung übel.«

»Sie meinen, die Nominierung für den Tony-Sender-Preis?«

Er nickte. »Nach außen scheinen Grit und Marlies ein Herz und eine Seele zu sein. Doch diese Auszeichnung treibt einen tiefen Keil zwischen die beiden. Falls Grit den Preis bekommt, wird die Hebisch schäumen vor Wut.«

Sieh an!, dachte Norma, die kühle, so beherrscht agierende Therapeutin ließ sich zu Missgunst und Eifersucht hinreißen. Auch nur ein Mensch …

Krumsiek redete sich in Rage. »Die Hebisch hat Elfie umgarnt, weil sie die Briefe unbedingt haben wollte. Aber immerhin bin ich nicht nur Elfies Stiefsohn, sondern auch studierter Historiker. Wo könnte das Material besser aufgehoben sein als bei mir? Jetzt sprüht Marlies Gift und Galle, sobald die Sprache auf meine Buchpläne kommt. Sie befürchtet, ich könnte etwas Negatives über Toni schreiben.«

»Haben Sie das vor?«

»Nach dem bisherigen Stand gibt es dafür keinen Grund. Falls es so wäre? Keine Frage! Ich bin Historiker, bei mir zählen Fakten, keine Schönfärbereien. Ob es der Hebisch nun passt oder nicht.« Er wirkte seltsam zufrieden, als bereite ihm der Zwist mehr Vergnügen als Ärger.

»Ist dieser Dauerstreit mit der Nachbarschaft nicht anstrengend?«, fasste Norma zusammen.

Mit einem Schlenker wich er einem korpulenten Paar aus, das den Gehweg vereinnahmte, und sagte, als die Leute vorbeigetrottet waren: »An mir liegt es nicht! Ich bin ein friedliebender Mensch. Deswegen habe ich bisher auch nichts gegen die Illegalen unternommen, die in der Villa wohnen.«

»Ist das so?«

»Immer mal wieder, da bin ich mir sicher. Eine Anzeige würde Grit die Polizei auf den Hals hetzen, aber so weit muss es nicht kommen. Sie sollte lieber von ihrer fixen Idee abkommen, mir dieses Holzhaus vor die Nase zu setzen.«

Wie er sich wohl während der Nazidiktatur verhalten hätte?, schoss es Norma durch den Kopf. Hätte er einen jüdischen Nachbarn versteckt? Oder ihn ausgeliefert? Aber derartige Fragen waren unangemessen. Aus heutiger Sicht schien es leicht, über die Menschen von damals zu richten. Und gegen Grits mutmaßliche heimliche Gäste wäre das Recht auf seiner Seite – sofern es diese Leute überhaupt gab. Bisher hatte er nichts unternommen und drohte nur. Das allerdings mit einer miesen Erpressung.

Sie hörte den Misston in der eigenen Stimme. »Sie haben mit Ihrer Stiefmutter gestritten, weil ein Brief fehlt.«

Er verschränkte die Arme vor dem Bauch. »Ja, dieser verschollene Brief von Ende November! 1918! Er hat eine Bedeutung, das spüre ich, und ich will auf keine Fakten verzichten. Das bin ich als Historiker der Wahrheit schuldig. Ich befürchte, Elfie hat ihn versteckt.«

»Sie denken, sie könnte Ihnen den Brief absichtlich vorenthalten? Womöglich weil etwas für Eberhard Nachteiliges drinsteht?«

Zwei Mädchen überquerten die Straße und näherten sich dem Haus, jedes mit seinem Smartphone beschäftigt und ohne einen Blick für den Mann und die Frau vor der Tür.

Krumsiek wartete, bis sie vorbeigeschlurft waren. »Meine Stiefmutter streitet das ab.«

»Sind Sie sicher, dass der Name Emil Grundke nicht in Eberhards Briefen vorkommt?«

»Auf mein Namensgedächtnis kann ich mich verlassen. Von einem Grundke habe ich vor dem Fund dieser Leiche nie zuvor gehört oder gelesen. Ich muss weiter, Frau Tann.«

Sie bedankte sich für seine Zeit und sah seiner behäbigen Gestalt hinterher. Wie gern würde sie in sein Manuskript hineinschauen, um mehr über Eberhard Hahlbrock zu erfahren. Was mochte ihn dazu getrieben haben, Tonis Leben zu verfolgen? Aufrichtige Zuneigung? Verschmähte Liebe? Bewunderung? Und wie passte Emil Grundke hinein? Als Rivale womöglich? War Emil, der Verlobung mit Liesel zum Trotz, in Toni verliebt und wollte Eberhard aus dem Weg räumen? Mittels eines gezielten Schusses aus der Offizierspistole – was schiefging, und Emil vom Täter zum Opfer machte?

Genug spekuliert! Sie lief hinunter zum Flussufer und

legte einen Zwischenstopp im italienischen Café an der Ecke ein.

13

Am späten Nachmittag kehrte Norma ins Büro zurück. Der Eisbecher hatte ihr Appetit auf eine kräftige Dosis Koffein zum Nachtisch gemacht. Der Kaffeeautomat hatte auf dem Sideboard hinter dem Schreibtisch seinen Platz gefunden. Kaum setzte sich das Mahlwerk knirschend in Gang, entdeckte sie Grits jungen Helfer vor dem Eingang. In den Armen balancierte er einen Karton. Norma ging zur Tür und sah durch die Scheibe. In einer der wenigen Parkbuchten, die die schmale Gasse zu bieten hatte, stand ein blauer Kastenwagen mit der Aufschrift ›Dr.-Hahl-brock-Haus‹.

Sie öffnete dem Besucher und trat beiseite. »Sie heißen Florian, nicht wahr? Kommen Sie herein.«

»Grit schickt mich. Ich soll Ihnen die Unterlagen der Villa bringen.«

Auf ihre Bitte hin stellte er den Karton auf einem Regal ab. Neugierig schaute er sich um und schnüffelte wie ein Kaninchen. »Das riecht aber lecker!«

Die Selbsteinladung amüsierte sie. »Möchten Sie einen Espresso? Oder lieber einen Cappuccino?«

»Latte macchiato wäre toll, wenn's geht.«

»Damit geht alles«, erklärte Norma stolz und fischte aus dem Schrankfach einen großen Becher.

Florian studierte derweil das Bücherbord, in dem sich Belletristik an kriminalistische Fachliteratur reihte. »Bemerkenswerte Romane haben Sie da. Einige kenne ich.«

»Ach, Sie lesen?«, entfuhr es ihr, während sie mit Becher und Milchtüte hantierte.

Mit einem entschiedenen Ruck schubste Florian einen Band zurück. »Denken Sie, weil ich Holztafeln von der Wand schraube, bin ich zu blöd zum Bücherlesen?«

Zum Glück konnte er ihr errötetes Gesicht nicht sehen. »Entschuldigung, ich wollte Sie mit meiner Bemerkung nicht kränken.«

»Immer locker bleiben!«, rief die junge Stimme hinter ihrem Rücken. »Wäre ja nichts dabei, wenn ich nach Feierabend vor der Glotze chillen würde.«

»Aber Sie lesen lieber?«

»Sofern ich dazu komme! Wenn ich eigentlich frei hätte, maloche ich oft auf dem Bau. Tagsüber bin ich an der Uni oder hocke am PC. Ich studiere an der EBS in Oestrich-Winkel. Für Bücher bleibt viel zu wenig Zeit.«

Wie ein Student sah er in seinem Blaumann tatsächlich nicht aus. Sie kannte die Universität für Wirtschaft und Recht im Rheingau vom Hörensagen. »Das ist eine private Universität. Da brauchen Sie den Zuverdienst sicherlich für die Studiengebühren?«

Florian grinste frech. »Nee, das Studiengeld zahlen meine Alten komplett. Ich arbeite für das, was man sonst so zum Überleben braucht: Klamotten, Smartphone …«

»So, das Smartphone ist also überlebenswichtig«, meinte Norma belustigt und fügte mit strengem Blick hinzu: »Zum Beispiel, um den Fund einer Mumie ins Internet zu stellen und damit Presse und Fernsehen aufzuscheuchen!«

»Das war ich nicht«, beteuerte er treuherzig. »Glauben Sie, mich nervt dieser Auflauf vorm Tor nicht? Ich bin kaum mit dem Rad durchgekommen. Ein Reporter hat mir für Innenaufnahmen der Villa sogar Geld angeboten.«

»Und Ihre Antwort?«

»Ich habe abgelehnt – obwohl ich jeden Cent gebrauchen kann. Meine Eltern knausern bei allem, dabei haben sie's dicke genug. Meine Mutter mit ihrem Fitnessstudio. Mein Alter mit seinem Job. Trotzdem muss ich ihnen das Geld für das Bike zurückzahlen.«

Er suchte ihren Blick, ganz der geschundene, vernachlässigte Sohn.

Norma wandte sich wieder der Maschine zu. Die Milch zischte. Der Kaffee lief und verströmte sein verlockendes Aroma.

Florian zückte sein Smartphone und hielt ihr ein Foto unter die Nase. »Sehen Sie mal! Klasse Teil, nicht wahr? Dafür schufte ich frühmorgens und spätabends in der Villa.«

»Sieht schick und teuer aus. Und bleibt doch nur ein Fahrrad.«

Florian rollte mit den Augen. »Sie reden wie mein Vater! Er ist öko und steht voll auf Radfahren. Ganz gemütlich mit der ältesten Gurke. Mir reicht das nicht!«

Klingt vernünftig, der Vater, dachte Norma. Einer, der seinem Sohn viele Chancen bietet, aber nicht jeden Stein beiseite räumt. Sie reichte ihm den Becher. »Hier, Ihr Latte macchiato. Wie sind Sie eigentlich an den Job in der Villa Ophélie gekommen?«

»Über Marlies Hebisch«, erzählte Florian, während er den Milchschaum löffelte. Die Psychologin sei Kundin im Fitnessstudio seiner Mutter gewesen, bevor sie sich eigene Geräte gekauft habe. Ab und zu bediene er an der Getränkebar und sei mit Marlies ins Gespräch gekommen. Marlies sei außerordentlich hilfsbereit. »Ich bin froh über den Job in der Villa. Grit zahlt gut, und sonst hätte ich Franzi nicht kennengelernt.«

Jetzt war er es, der errötete.

Er wechselte das Thema. »Was wissen Sie über die Mumie?«

Norma verriet nicht mehr als das, was in den Zeitungen und Internetportalen nachzulesen war, und knüpfte ihrerseits eine Frage an. »Wie kommt man in der Villa damit klar?«

»Die Bewohnerinnen sind sehr aufgeregt, das kann man sich ja vorstellen«, berichtete er. »Verena wagt sich aus Angst vor ihrem Exfreund sowieso kaum aus dem Haus. Jetzt schließt sie ihre Zimmertür dreimal ab. Auch Franzi fürchtet sich. Das ist natürlich völlig irrational. Der Mörder liegt doch seit mindestens einem halben Jahrhundert auf dem Friedhof. Trotzdem lässt sie sich kaum beruhigen.« In seiner Stimme hielten sich Sorge und Mitgefühl die Waage.

Norma lächelte verständnisvoll. »Sie mögen Franzi sehr, nicht wahr?«

Der Junge nickte und strahlte sie an. »Wir sind seit vier Wochen und drei Tagen zusammen.«

»Was macht Franzi beruflich? Studiert sie auch?«

Er schüttelte den Kopf. »Sie hat kein Abi, ist zu früh runter von der Schule. Wegen Stress mit den Eltern. Grit hat sie auf der Straße aufgelesen und mitgenommen. Jetzt jobbt sie ab und zu in einer Kneipe, geht in der Nachbarschaft putzen oder hilft in der Villa aus. Grit findet das okay so. Wenn es allerdings nach Marlies ginge, müsste Franzi zurück auf die Schule oder eine Lehre machen. Marlies macht ihr richtig Druck und streitet sich deswegen mit

Grit herum. Aber Franzi lässt sich nicht vereinnahmen. Sie hat ihren eigenen Kopf.« Der Stolz auf die eigenwillige Freundin schwang unverhohlen mit.

»Und wie denken Sie über Franzis Zukunft?«

»Ist ihr Ding!« Er griff zum Löffel und kratzte sorgfältig den letzten Rest Milchschaum aus dem Becher.

»Noch einen Latte macchiato?«

Florian stellte den Becher ab und sprang auf. »Danke, nein. War nett bei Ihnen, aber ich muss gehen. Franzi wartet.«

Sie begleitete ihn zur Tür. Hoch über dem Schlosspark färbte sich der Himmel rot. Die Gasse lag im Schatten, und der Wind hatte sich beruhigt. Während Florian zum Wagen stapfte, hielt Norma nach dem Kater Ausschau, der sich aber nirgends blicken ließ. Vielleicht war er oben bei Eva und schlummerte in seinem Lieblingssessel. Eva wohnte auf der mittleren Etage, die zwischen dem Büro und Normas gemütlicher Dachwohnung lag. Die Ehre seiner Zuneigung verteilte Leopold halbwegs gerecht zwischen seinen beiden Menschen.

Am frühen Abend maunzte er auf dem Dachfenster über dem Küchentisch; ermüdet von seinen Streifzügen über die Dächer. Norma hatte ein Abendessen kochen wollen, sich jedoch in den Unterlagen festgelesen, als sie den rundlichen Fleck bemerkte, der sich schwarz vom Nachthimmel abhob. Sie ließ den Kater herein, bevor er sein Protestgeheul anstimmen konnte. Sein dichter, blaugrauer Pelz fühlte sich feucht und kühl an. Mit dem Kater auf den Knien blätterte sie in den Handwerkerrechnungen aus den Jahren 1916 bis 1918. Die von Hand beschrifteten Zettel waren mühsam zu entziffern. Auf einem der Belege listete ein Schreinermeister aus Wiesbaden die Posten für die Wandvertäfelung im Obergeschoss auf, ohne die Zeilen für Beträge auszufüllen. Mitte November 1918 waren die Arbeiten abgeschlossen worden. Wie Elfie Krumsiek erwähnt hatte, wollte Eberhard, der mit seinem lahmen Bein das Treppensteigen scheute, das Obergeschoss nicht mehr persönlich bewohnen. Aus den übrigen Belegen war zu schließen, dass Eberhard allein in dem Haus lebte. Der Herr Dr. war Junggeselle, der Vater verstorben. Warum also ließ er ein Zimmer, das er nicht nutzen wollte, so repräsentativ herrichten? Und ohne einen Pfennig dafür zu zahlen?

Die Haustürklingel unterbrach ihre Grübelei. Seit einmal über den Hausflur im Büro eingebrochen worden war, bestand Eva darauf, dass die Haustür grundsätzlich abgeschlossen blieb. Nun musste Norma bei jedem Läuten aus dem Dachgeschoss bis nach unten laufen.

Der späte Besucher war Timon. Er hauchte ihr einen freundschaftlichen Kuss auf die Wange. »Ich habe Neuigkeiten. Lädst du mich zu einem Espresso aus deiner Supermaschine ein?«

Sie hatte ihm per SMS fröhlich von der Ankunft des guten Stücks berichtet. »Gern, gehen wir ins Büro.«

Drinnen nahm Timon auf dem Schreibtisch Platz. Die Beine übereinandergeschlagen und unternehmungslustig mit den Zehen wippend, sah er zu, wie Norma zwei Espressotässchen füllte. Definitiv das allerletzte Koffein für heute, schwor sie sich, als sie den Kaffee zum Besuchertisch trug. Sonst würde sie in der Nacht kein Auge zumachen. Timon verließ den Schreibtisch und folgte ihr.

»Was gibt es?«, fragte sie, als sie sich gegenübersaßen. Er habe ein paar Infos zu dem Flugblatt recherchiert, erklärte er gut gelaunt und griff nach der Tasse. Das Aroma erschnuppernd, sagte er: »Ich weiß jetzt, wer sich hinter dem Aktionskomitee verbirgt.«

Gespannt beugte Norma sich vor. »Wie hast du das herausgefunden?«

Timon schmunzelte zufrieden. »Ein Schulfreund ist Historiker und hat mir auf die Sprünge geholfen. Das Flugblatt wurde am 9. November 1918 veröffentlicht, also in den ersten Tagen der Novemberrevolution. Herausgeber war die Frankfurter USPD.«

»Die Unabhängige Sozialdemokratische Partei Deutschlands?«

Er nickte. »Die Partei war 1917 gegründet worden. Man wollte bei der Revolution ein Wörtchen mitreden und hat das in Frankfurt wohl auch erreicht. Spannend für unseren Fall ist, wer das Flugblatt verfasst hat.«

»Und wer? Nun sag schon!«

Er nippte genüsslich am Espresso, bevor er antwortete: »Daran waren zwei junge Leute beteiligt. Der eine hieß Georg Plotke. Er war Dramaturg am Frankfurter Schauspielhaus, also jemand, der sich mit Sprache auskannte. Allerdings soll er sich ziemlich gequält haben mit dem Text. Letztendlich war es eine Frau, die den Aufruf formuliert hat. Du kennst ihr Porträt.«

»Toni Sender also! Sag mir mal, warum mich das nicht überrascht. Ständig und überall taucht diese Frau auf.«

Er stellte die Tasse ab. »Hör zu, was ich von meinem Freund erfahren habe. Toni Sender hat die Novemberrevolution aktiv vorangetrieben. Sie hat sich den Soldaten in den Weg gestellt, die eine Demonstration zerschlagen sollten, und die Männer tatsächlich zum friedlichen Mitmarschieren animiert. Außerdem war sie in den Arbeiterräten aktiv. Bald darauf wurde sie ins Frankfurter Stadtparlament gewählt.«

Normas Respekt vor Toni wuchs mit jeder Information. »Sie muss eine sehr mutige Frau gewesen sein. Kämpferisch und einflussreich. Jemand wie sie hatte viele Bewunderer. Aber eine so engagierte Politikerin eckte auch an, zumal in solchen Zeiten des Umbruchs, als es um alles oder nichts ging. Die Kehrseite der Medaille war: Toni Sender hatte sicher viele Neider und Feinde.«

Schweigend genossen sie den Kaffee, bis Norma nachdenklich sagte: »Mir geht die Waffe nicht aus dem Kopf. Womöglich hatte Emil Grundke sie einem gefallenen Offizier abgenommen. Aber warum? Was wollte er damit?«

Timon zuckte mit den Schultern. »Um sich selbst zu schützen vielleicht? Er kam von der Front, war möglicherweise traumatisiert.«

»Seine Verlobte setzte ihn unter Druck. Die liebe Liesel wollte keinen armen Schlucker zum Mann. Hier, sieh mal!«

Sie holte das Notebook vom Schreibtisch und öffnete die Datei mit dem Brieftext. Timon las ihn aufmerksam.

»Wir haben es mit zwei Experten für Toni Sender zu tun«, sagte Norma, als Timon aufschaute. »Da ist Marlies Hebisch, die ihre Doktorarbeit über Toni geschrieben hat, und es gibt den Optikermeister Gunther Krumsiek, Elfie Krumsieks Stiefsohn.«

»Wieso er?«, fragte Timon verblüfft.

»Na, er hat diese Briefe!«

»Welche Briefe? Norma, was für Neuigkeiten hast du noch zu bieten?«

Sie fasste zusammen, was sie bisher wusste. »Übrigens hat sich Krumsiek bei seiner Mutter darüber beklagt, dass ein Brief fehlt, und zwar von Ende November 1918.«

»Möglicherweise also aus der Zeit, als Emil Grundke sterben musste. Wenn wir davon ausgehen, dass er Liesels Brief erst kurz zuvor bekommen hatte. Was könnte das bedeuten?«

»Keine Ahnung!«

Er lächelte verschmitzt. »Es beruhigt mich, dass dir ausnahmsweise keine wilde Theorie einfällt. Hast du gar keinen Hunger?«

Norma knurrte seit geraumer Zeit der Magen. »Wie ein Wolf!«

Er sprang auf. »Dann nichts wie los! Mein Kühlschrank ist gut gefüllt.«

Das ließ sie sich nicht zweimal sagen. Außer Elfies Kuchen hatte sie tagsüber nichts gegessen. Timon kochte vorzüglich und für sie extra vegetarisch. Und sie konnte etwas Ablenkung gebrauchen. Am kommenden Morgen erwartete sie ein unangenehmer Termin: eine Therapiesitzung bei Marlies Hebisch.

14

Freitag, der 11. Oktober

Marlies reichte ein Papiertaschentuch herüber und musterte sie mit mütterlichem Gesichtsausdruck. »Geht es wieder?«

Norma schniefte und tupfte sich die Augen trocken. Sie fühlte sich ausgelaugt und zugleich unendlich erleichtert. Der Drang, sich ihrem Gegenüber wie ein Kind in die Arme zu werfen, schien übermächtig. Sie steckte das Taschentuch ein und umklammerte die Armlehnen. Mit zusammengekniffenen Augen lauschte sie der warmherzigen Stimme ihrer Therapeutin.

»Sie haben das sehr gut gemacht, Norma! Ich weiß, wie schwer es ist, das Geschehen in der Vorstellung erneut durchzustehen: die Hitze des Dschungels und der Gestank nach Verwesung. Die Stimmen der Entführer und die hasserfüllten Blicke. Das Zittern Ihrer Beine, und wie Ihr Herzschlag aussetzt, als der Mann droht, Sie zu erschießen. Nach allen diesen Details musste ich Sie fragen. Machen Sie sich stets bewusst: Die Erinnerung ist der Weg zur Heilung.«

Norma öffnete die Augen. Ihr Blick klärte sich und begegnete dem der Therapeutin, in deren wohlwollende Miene sich ein selbstzufriedener Zug mischte. Zu Recht, wie Norma gern einräumen wollte. Immerhin war es Marlies' Verdienst, dass sie dem fiesen Anblick des Comandante nicht ausgewichen war. Dass sie das Klicken des Schlagbolzens ausgehalten hatte. Und das Erstaunen, weil der Schuss ausgeblieben war. Ob absichtlich oder weil die Patrone versagt hatte, hätte nur der Comandante erklären können, der allerdings der Befreiungsaktion der kolumbianischen Polizei nicht hatte entkommen können.

»Er soll auf ewig in der Hölle schmoren, dieser armselige Wurm.«

»Zorn kann sehr heilsam sein.« Marlies nickte ihr aufmunternd zu. »Was spüren Sie außerdem?«

Norma schaute auf das Wasserglas auf dem Tisch. Ihre Kehle brannte, doch ihr fehlte die Kraft, danach zu greifen. »Ich fühle Scham. Und so viel Trauer, weil hinterher alles kaputt gegangen ist. Vor allem aber eine Mordswut auf Arthur.«

»Was hatten Sie von ihm erwartet?«

Was für eine Frage! Norma starrte die Therapeutin empört an. »Was ich erwartet hatte? Arthur war mein Ehemann. Schutz hatte ich erwartet! Er sollte sich um mich kümmern! Mir Kraft und Hoffnung geben.«

»Stattdessen mussten Sie ihn stützen. Sie mussten die Starke sein.«

Langsam streckte Norma den Arm aus, kostete einen Schluck. Das Wasser erfrischte und beruhigte sie. »Worüber beschwere ich mich eigentlich? Er war Kunsthistoriker und ich die Polizistin, darauf geschult, in kritischen Situationen die Nerven zu behalten. Ich wollte ihm gar keine Chance geben, den Beschützer zu spielen. Stattdessen habe ich ihn mit Vorwürfen überschüttet. Anstatt zusammenzuhalten, haben wir uns nur gestritten. Weil er mich reingerissen hat in die Geschichte. Und mich verraten hat. Sein Leben wollte er tauschen gegen meines! Er wollte sich freikaufen!«

»Wie denken Sie in diesem Augenblick darüber?«

Norma ließ sich mit der Antwort Zeit, bis sie zögernd sagte: »Wir haben beide Fehler gemacht. Es war eine extreme Situation, die Arthur völlig überforderte. Zermürbt durch Hunger und Durst, den Dreck und die widerlichen Insekten war er nicht er selbst. Ich möchte ihm verzeihen, obwohl ich ihm das nicht mehr sagen kann.«

Wieder kamen ihr die Tränen. So abgrundtief unglücklich geweint hatte sie zuletzt, als der Vater durch den Heuboden gestürzt und am Genickbruch gestorben war. Bei der Erinnerung daran heulte sie auch noch um den Unglückswurm, der trotzig in seinem Versteck gehockt und Vaters Rufe ignoriert hatte. Sie nahm kaum wahr, wie Marlies ihr aus dem Sessel half und sie in das Zimmer nebenan führte. Dort ließ sie sich überreden, sich eine Weile auf der Liege auszuruhen. Marlies reichte ihr eine Wolldecke und ließ sie allein.

Als Norma aufwachte, wusste sie für einen panischen Moment nicht, wo sie war. Die Bilder in ihrem Kopf waren lebhaft und beunruhigend, aber auszuhalten. Als sich Arthur in ihre Gedanken drängte, jagte sie ihn nicht wie sonst davon, sondern nahm ihn, wenn auch zögerlich, in Empfang. Wir werden reden, versprach sie ihm im Stillen. Nicht sofort, aber später. Wir haben alle Zeit der Welt.

Auf dem Wandbord neben der Couch lag ihre Handtasche. Sie nahm das Handy heraus, das sie vor der Sitzung auf stumm geschaltet hatte. Die Uhr zeigte 11.25 Uhr an, das hieß, sie hatte fast eine Stunde geschlafen. Nachrichten waren nicht eingegangen. Sie hatte gehofft, Timon würde sich melden. Sie schob die Decke beiseite und blieb für einige tiefe Atemzüge hocken, bevor sie vorsichtig aufstand. Ihr Kopf schmerzte, sie fühlte sich schwindelig und zugleich stark und gelassen – eine verwirrende Kombination.

Vorsichtshalber lauschte sie an der Tür, die unmittelbar in den Therapieraum führte. Keinesfalls wollte sie in eine Sitzung hineinplatzen. Nichts war zu hören, also huschte sie durch das leere Zimmer. Marlies steckte vermutlich in ihrem Büro, das gleich vorn am Ausgang lag. Im Flur nahm Norma ihre Jacke von der Garderobe und hatte die Tür beinahe erreicht, als sie kehrtmachte und das Gästebad betrat. Bevor sie sich auf der Straße blicken ließ, wollte sie sich das verquollene Gesicht waschen. Aus dem Spiegel schaute ihr eine entkräftete Norma mit geröteten Augen entgegen. Der zerzauste Blondschopf ließ sich dank der Bürste, die sich in der Handtasche fand, halbwegs bändigen.

Im Flur tat sich etwas. Sie linste durch den Türspalt. Marlies stand auf der Schwelle zum Büro und schaute auf Grit, die Norma den Rücken zuwandte. In ihrem derangierten Zustand hatte Norma nicht die geringste Lust auf eine Begegnung mit ihr.

Grit straffte die Schultern. »Sind wir allein?«

Flink kontrollierte die Therapeutin die Garderobe. »Wie es aussieht, ist meine letzte Patientin gegangen. Was ist los? Du platzt ja vor Begeisterung.«

»Stell dir vor, Marlies!«, schnatterte Grit ausgelassen. »Vor einer Viertelstunde kam der Anruf. Vor dir steht die neue Tony-Sender-Preisträgerin.«

Marlies zuckte zusammen. »Du? Wieso du? Ich dachte …«

»Marlies, ich weiß, du hast dir genauso Hoffnungen gemacht. Aber was spielt das für eine Rolle, ob du ausgezeichnet wirst oder ich? Im Mittelpunkt steht unser gemeinsames Projekt.«

Marlies' Miene versteinerte sich. »Was redest du da! Mir geht es um Toni Sender und nur um Toni Sender. Die Frau ist mein Idol, seit ich ihre Biografie gelesen habe. Mit 13! Im englischen Original! Von da an wollte ich sein wie sie: frei, unabhängig und unbeirrbar in meinen Zielen. Die Auszeichnung sollte die Krönung sein für die Beziehung zwischen mir und ihr.«

Grit lachte verblüfft auf. »Für die Beziehung zwischen dir und Toni Sender? Was redest du für einen Stuss! Bei der Preisverleihung geht es nicht um die Person Toni Sender. Es ist die Anerkennung für unsere Arbeit. Wir helfen den Frauen, die …«

Marlies fiel ihr ins Wort. »Spar dir das Gesülze für die Ehrung auf! Warum engagierst du dich denn? In Wahrheit willst du es deinem Vater heimzahlen! Er hat dich und deine Mutter gedemütigt und misshandelt. Deswegen spielst du die gute Seele und lädst Gewaltopfer dorthin ein, wo dir dasselbe zugestoßen ist. Auf diese Weise therapierst du dich selbst. Das ist dein wahrer Antrieb!«

Grits lockiger Haarschopf geriet in Bewegung. »Und wenn es so wäre? Was spielt das für eine Rolle, wenn das Ergebnis stimmt? Tatsache ist, ich beschütze die Frauen und biete ihnen eine Zuflucht. Nur das zählt für sie, nicht meine persönlichen Gründe. Und genauso sieht das die Jury.«

Marlies machte einen angriffslustigen Ausfallschritt. »Vergiss nicht, wer dich aus der Gosse geholt hat! Ohne mich hättest du weiter geklaut und dich verkauft! Ich habe an die verdreckte, verlogene Hure geglaubt, die du warst. Und das ist der Dank?«

Grit hatte sich gefasst – oder der Streit hatte ihr jede Kraft genommen. Mit emotionsloser Stimme sagte sie: »Du bringst einiges durcheinander, meine Liebe. Meine Vergangenheit hat mit der Auszeichnung absolut nichts zu tun. Du unterstellst mir, ich helfe den Frauen aus egoistischen Gründen? Schau dich selbst an! Du mit deinem Helfersyndrom kannst doch gar nicht anders, als gefallene Engel auf die Beine zu stellen. Früher stand ich in deinem Fokus, jetzt hängst du dich an Franzi ran. Sie will deine Fürsorge aber nicht, kapier das endlich. Und ich brauche dich auch nicht mehr.«

Sie rauschte an der Therapeutin vorbei und stürmte aus der Praxis. Marlies starrte ihr wortlos nach, bis sie sich in den Therapieraum zurückzog und Norma die Gelegenheit gab, sich unbemerkt davonzumachen.

15

Norma legte einen Stopp in ihrer Wohnung ein, um sich geduscht und umgezogen erneut unter Menschen zu begeben. Sie mochte nichts essen, die Sitzung lag ihr schwer im Magen. Stattdessen ging sie hinunter ins Büro, schaute die E-Mails durch und genoss zwei aufmunternde Latte macchiatos. Allmählich kehrten ihre Kräfte zurück, und mit einem Mal fühlte sie sich wie befreit. Timon sollte ruhig erfahren, wie kaltblütig sie sich dem Comandante entgegengestellt und dessen geifernde Blicke abgeschmettert hatte. Ohne Timons Überredungskünste hätte sie sich niemals auf die Therapie eingelassen. Sie musste ihm danken, unbedingt und sofort. Leider war er weder im Labor noch auf seinem Handy zu erreichen.

Gegen 14 Uhr verließ sie das Büro, holte den Wagen aus dem Innenhof und fuhr über die Biebricher Allee in Richtung Stadtmitte. Sie stellte ihn im Luisenparkhaus ab und spazierte in die Fußgängerzone. Obwohl sie die Adresse der antiquarischen Buchhandlung kannte, musste sie eine Weile suchen, bis sie den Laden schließlich in einem Hinterhaus ausfindig gemacht hatte.

»Sie haben bestimmt hauptsächlich Stammkunden«, begrüßte sie den jungen Mann, der vor einer Bücherwand auf der Leiter stand und sich in den überbordenden Fächern zu schaffen machte. »Aus Versehen kommt sicher niemand hier herein.«

Vorsichtig hangelte er sich die Sprossen hinunter. »Sie haben mich gefunden!«

»Kein Wunder, ich bin Privatdetektivin!«

Er lachte und hielt ihre Bemerkung für einen Scherz. Sie ließ ihn in dem Glauben und fragte nach der Toni-Sender-Biografie, die sie bestellt hatte.

Nachdenklich zupfte er an seinem Ziegenbärtchen. »So, so, die ›Autobiografie einer deutschen Rebellin‹! Warten Sie, wo habe ich das Buch doch gleich …«

Er tauchte hinter dem Tresen ab, auf dem sich Bücher in den verschiedensten Formaten zu einsturzgefährdeten Türmen aufschichteten, hantierte im Untergrund herum und tauchte mit geröteten Wangen und einem rosafarbenen Taschenbuch wieder auf. »Da haben wir sie: Toni Sender! Wussten Sie, dass die Dame in Biebrich aufgewachsen ist?«

»Ja, sie stammte aus meiner Nachbarschaft.«

Norma nahm das Buch neugierig entgegen und hätte am liebsten gleich darin gelesen. Doch sie begnügte sich mit einem kurzen Blättern durch sehr viel klein gedruckten Text, in den sich einige historische Schwarz-Weiß-Fotos mischten. Sie zahlte und verließ den Laden. Draußen versuchte sie es wiederum bei Timon. Nach wie vor ging er nicht ans Handy, doch wenigstens nahm jemand das Labortelefon ab.

»Geiger«, meldete sich eine Männerstimme. »Apparat Dr. Frywaldt.«

Timon habe sich den Nachmittag frei genommen, erfuhr Norma. Davon hatte er gestern bei Abendessen gar nichts erzählt. Es passte nicht zu einem Arbeitstier wie ihm, sich aus einer Laune heraus aus dem Büro zu stehlen. Womöglich war er krank und musste zum Arzt? Oder seine Exfrau machte ihm Ärger.

Bei dem Gedanken an das hervorragende Thai-Curry, das er ihr serviert hatte, stellte sich umgehend ihr Appetit ein. In der Goldgasse, mitten in Wiesbadens Altstadt, würde sie auch nach 14.30 Uhr etwas Warmes bekommen. Sie entschied sich für eine Pizzeria, in der sie sich gelegentlich mit Wolfert und Milano traf. Der Gastraum war, ungeachtet der fortgeschrittenen Mittagszeit, gut besucht. Der aufmerksame Kellner führte sie zu einem freien Tisch am Fenster. Norma bestellte eine Pizza mit Rucola und Schafskäse und nahm sich, während sie auf das Essen wartete, die Biografie vor.

Als sie aufsah, bemerkte sie ein Paar, das von seinem Tisch aufstand. Galant half der Mann der Frau in den hellen Mantel, der ebenso teuer und geschmackvoll aussah wie das dunkle Kostüm der grazilen Blondine. Mit solcher Eleganz konnte ihr Begleiter, der Jeans trug und ein um die Hüften schlackerndes schwarzes Hemd, bei Weitem nicht mithalten. So also sah Timons freier Nachmittag aus: Unerfreulich sympathisch und umwerfend hübsch! Norma hätte sich vor Schreck beinahe am Rucola verschluckt. Sie duckte sich unwillkürlich, aber er schaute gar nicht in ihre Richtung, war wie gebannt von seiner Begleiterin, während sie das Lokal verließen. Die Ex, die Norma von einem Foto aus Timons Wohnung kannte, konnte die Dame nicht sein. Jeanette war schmal und dunkelhaarig, und er hätte weder sie noch eine flüchtige Bekannte oder Kollegin dermaßen innig umarmt und auf die Wange geküsst wie die schicke Unbekannte, bevor sich ihre Wege trennten. Norma verfolgte ihn mit Blicken, bis er außer Sicht geriet, und biss sich auf die Lippen. Was hast du gehofft, Norma Tann, wie lange ein Mann wie Timon frei herumläuft? Die Konkurrenz schläft nicht.

Toni Sender verschwand in der Handtasche. Für die Gedankenwelt der ›deutschen Rebellin‹ stand Norma jetzt nicht mehr der Sinn. Eben noch im Hochgefühl durch den Sieg über den Comandante war sie im Sturzflug in ein schwarzes Loch geknallt. Verstimmt knabberte sie an der Pizza herum. Der Appetit war ihr gründlich vergangen. Sie zahlte das Essen, das sie kaum angerührt hatte, und lief auf dem schnellsten Weg ins Parkhaus. Plötzlich meldete sich ihr Handy. Sie warf einen kurzen Blick auf das Display und beschloss, den Anruf zu ignorieren. Doch Timon blieb hartnäckig. Kaum saß sie im Auto, versuchte er es erneut.

»Was ist?«, fragte sie kühl.

Er habe nach einer Teambesprechung vergessen, sein Handy zu aktivieren, erklärte er, und eben erst ihre Anrufe entdeckt.

Heuchler!, dachte sie. Sie war nicht einmal wütend, nur unfassbar enttäuscht.

»Ich bin auf dem Weg ins Büro«, flötete er. »Was wolltest du mir sagen?«

»Hat sich erledigt.«

Ein verwundertes Schweigen, dem die eindringliche Frage folgte, was mit ihr los sei. »Macht dir die Therapie zu schaffen? Geht es dir nicht gut?«

Er klang so liebevoll besorgt – hätte sie ihn nicht gesehen, wäre sie prompt auf den Schmusekurs hereingefallen.

»Warum sagst du nichts, Norma? Soll ich zu dir kommen?«

»Bloß nicht! Keine Zeit!«

»Ich kann in fünf Minuten bei dir sein, Norma! Lass uns reden und …«

Mit einem Fingertippen schnitt sie ihm das Wort ab und raste mit quietschenden Reifen aus der Tiefgarage heraus.

Wie hatte Marlies geraten: Zorn kann sehr heilsam sein. Und einem die Augen öffnen! Was für eine blöde Gans sie gewesen war, auf Timon zu warten wie auf den Märchenprinzen. Statt noch länger die Wunden seiner Scheidung zu lecken, war er längst wieder durch die freie Wildbahn gestreift. Und zur willigen Beute geworden.

Du hast es vermasselt, Norma!

In seiner Scheinheiligkeit brachte er es fertig, vor dem Haus auf sie zu warten. Sie bog nicht in ihre Straße ab, sondern brauste am Schloss vorbei und parkte vor der Villa Ophélie. Die ausharrenden Reporter und Fernsehleute richteten ihre Blicke hoffnungsvoll auf Norma, als sie aus ihrem Kleinwagen stieg. Ohne die Leute zu beachten, eilte sie auf das Doppelhaus zu und klingelte bei Gunther Krumsiek. Vielleicht ließ er sie wenigstens einen Blick auf Eberhards Briefe werfen. Doch nicht Gunther Krumsiek öffnete. Es erschien seine Stiefmutter, von Kopf bis Fuß in Schwarz gekleidet. Selbst der Stock, der ihr Halt gab, war rabenschwarz lackiert. Im freien Arm trug sie einen üppigen Strauß schneeweißer Lilien.

Überrascht blieb sie auf der Türschwelle stehen. »Frau Tann, wie gern würde ich Sie auf einen Tee einladen, aber ich muss mich auf den Weg machen. Ich habe Gunther nur schnell die Post ins Haus gelegt.«

Norma erkundigte sich nach dem Stiefsohn.

Bereitwillig gab Elfie Auskunft. »Gunther ist zu einer Optikermesse nach Frankfurt gefahren. Ich warte auf das Taxi zum Nordfriedhof. Heute ist Eberhards Geburtstag. In meinem Alter besuche ich ihn nur noch einmal im Jahr. Da kommt der Wagen!«

Sie hob den Stock und winkte dem Fahrer gebieterisch, der die Parklücke hinter Normas Auto ansteuerte. Norma half ihr die Stufen hinunter. Der Fahrer stieg aus und öffnete zuvorkommend die Wagentür.

Auf halbem Weg hielt die alte Dame inne. »Ach, ich habe den Schlüssel vergessen, wie konnte ich nur! Bitte, Frau Tann, würden Sie ihn mir holen? Sie finden ihn im Flur. Greifen Sie sich einfach den größten.«

Sie reichte Norma ihren Haustürschlüssel. Norma öffnete die Tür und betrat den Flur. Das Schlüsselbrett hing inmitten der Theaterfotos. Zwischen herkömmlichen Schlüsseln baumelte ein handlanges Ungetüm aus Schmiedeeisen, dessen verschnörkelte Form dem Portal einer Rheingauer Burg zur Ehre gereicht hätte. Verwundert nahm Norma das antike Stück mit hinaus, um es gemeinsam mit dem Haustürschlüssel an Elfie zu übergeben, die inzwischen im Taxi Platz genommen hatte.

Norma sah zu, wie Elfie das sperrige Metallstück in der Handtasche versenkte. »Wozu brauchen Sie für den Friedhofsbesuch einen solchen Schlüssel?«

Elfie lächelte entzückt. »Er gehört zum Mausoleum. Das Mausoleum der Familie Hahlbrock. An seinem Geburtstag lege ich meinem Eberhard seine Lieblingsblumen direkt auf den Sarg.«

Norma, die sofort das Bild einer gespenstischen Vampirgruft vor Augen hatte, entgegnete trocken: »Warum auch nicht? Übrigens steht bei Ihrem Sohn die Haustür offen.«

Elfie erschrak. »Wo habe ich nur meinen Kopf? Tun Sie mir den Gefallen und ziehen Sie sie bitte zu, Norma!«

Der Taxifahrer gab Gas und wich den Reportern aus, die sich um Florian auf seinem chromblitzenden Mountainbike scharten. Auf Norma achtete niemand. Mit wenigen Schritten war sie an Krumsieks Haustür.

16

Samstag, der 12. Oktober

Penetrantes Türklingeln riss sie am Samstagmorgen aus den Träumen. Ein früher Herbststurm hatte mit heftigem Regenschauer auf das Dachfenster getrommelt und ihr eine unruhige Nacht beschert. Sie schubste den Kater fort, der schwer und warm auf ihrem Bauch geruht hatte und nun protestierend die Krallen ausfuhr. Das Handy zeigte 7:15 Uhr an. Es war auf stumm geschaltet und listete eine Reihe unbeantworteter Anrufe auf: Timons Versuche vom Vortag – und aktuelle Anrufe von Milano und Wolfert! Der letzte war vor sieben Minuten eingegangen. Im Nu war sie aus dem Bett, streifte Jeans und Shirt über und lief barfuß zur Haustür hinunter. Draußen zog über den Dächern die Dämmerung auf. Die Luft war feucht und kühl. Schwaches Laternenlicht beleuchtete den Streifenwagen, der vor dem Haus auf dem Gehweg parkte.

Davor stand ein Polizist und trat ungeduldig von einem Fuß auf den anderen. Er lief auf Norma zu, als er sie erblickte. »Frau Tann?«

»Ja, bitte?«

Der junge Mann schien erleichtert, weil er sie aufgestöbert hatte. »Hauptkommissar Wolfert schickt mich. Ob Sie in den Schlosspark kommen könnten. Er und Hauptkommissar Milano erwarten Sie dort.«

»Worum geht es?«

»Darüber wird man Sie vor Ort in Kenntnis setzen«, lautete die hölzerne Antwort.

»Nehmen Sie mich mit? Ich bin sofort wieder da.« Ohne eine Antwort abzuwarten, flitzte sie die Treppe hinauf.

Auf dem mittleren Flur hatte sich Eva eingefunden, noch im Pyjama, mit verquollenem Gesicht. »Was für ein Lärm so früh am Samstag!«

Norma stutzte. »Es ist Wochenende, und du bist zu Hause? Warum bist du nicht wie sonst bei deinem Freund in Köln?«

»Er ist auf einer Tagung. Was ist hier los?«

Norma huschte an ihr vorbei. »Die Polizei will was von mir. Mehr kann ich dir nicht sagen. Bin selbst überrascht.«

»Ist Poldi bei dir?«

»Na klar!«

»Immer steckt er bei dir!«, rief Eva ihr nach. »Sag ihm, wenn er sich weiterhin nur zum Futtern bei mir blicken lässt, kann er sich demnächst die Dosen selbst aufmachen!«

Norma zog sich blitzschnell fertig an, dachte an die Regenjacke und setzte den mies gelaunten Kater im Treppenhaus aus. Fünf Minuten später war sie wieder unten. Der Streifenwagen hatte gewartet. Unterwegs versuchte sie gar nicht erst, den wortkargen Polizisten in ein Gespräch zu verwickeln. Der Fahrer nahm den Weg außen herum über die Stettiner Straße und die Straße der Republik bis zur Äppelallee. Unterwegs quietschten die Scheibenwischer unablässig gegen den erneut einsetzenden Regen an. Das Tor des Hauptportals stand weit offen. Zwei Polizistinnen sicherten die Durchfahrt und ließen den Streifenwagen nach einem kritischen Blick auf Norma passieren. Im Schritttempo rollte der Wagen auf die Burgruine zu, die der Gartenarchitekt Friedrich Ludwig von Sckell zu Anfang des 19. Jahrhunderts als morbiden Gegenpart zum heiteren Barockschloss in den Landschaftspark gebaut hatte. Der großflächige Teich ergänzte die romantische Komposition, deren Wirkung noch verstärkt wurde, als wie auf ein geheimes Zeichen der Regen aussetzte und sich die gezackten Linien der Zinnen als Schattenrisse gegen die Morgensonne abzeichneten. Ein Fußweg führte zwischen der Burg und dem Mosburgteich hindurch. Eine hohe, buschige Eibe erhob sich neben dem Weg. Ringsherum gingen die Spezialisten der Tatortgruppe im Licht einiger Scheinwerfer emsig ihrer Arbeit nach. Da war jemand gestorben, hatte sterben müssen. Und Norma kannte die Person. Wäre sie sonst hier?

Sie stieg aus dem Wagen und hielt nach zwei Personen Ausschau: einer schlaksigen, dürren Gestalt und einem wuchtigen Schwergewicht, bis sie hinter sich ein vertrautes Schnaufen und eine brummige Stimme vernahm.

»Warum zum Teufel gehst du nicht ans Telefon, wenn man dich braucht?«

Sie fuhr herum. »Luigi, wer ist hier gestorben?«

»Sprich mit Wolfert, ich habe zu arbeiten.« Er deutete mit erhobenem Arm auf den Lichtfleck neben der Eibe.

Norma ging darauf zu. Von einem Toten war nichts zu sehen. Vermutlich lag er bereits im Leichenwagen, der ein Stück entfernt auf der Wiese parkte. Wolfert hielt sich am Teichufer auf und beobachtete die Spezialisten, bis er Norma bemerkte und sie heranwinkte.

»Du kennst ihn, Norma.«

Timon!, schoss ihr durch den Kopf. Bitte nicht Timon! Ihr Herz krampfte sich zusammen. »Dirk! Kein Rätselraten unter diesen Umständen.«

Hoch in den Platanen, die das Ufer säumten, begrüßte eine Papageienfamilie den Tag mit einer krächzenden Diskussion.

Wolfert schaute hinauf, als wäre ihm die Ablenkung willkommen. »Also hat Luigi dir nichts erklärt. Hätte ich mir denken können. Immer bleibt alles an mir hängen.«

»Dirk, bitte!«

Sein Blick kehrte zu ihr zurück. Er blinzelte hinter den Brillengläsern. »Also gut, Norma. Reden wir Klartext. Gestern Nachmittag bist du in Gunther Krumsieks Haus eingestiegen. Du wurdest beobachtet. Und heute Morgen liegt der Mann im Schlosspark.«

»Wie?«

Er nahm ihre Frage wörtlich. »Tot! Ihm wurde in den Rücken geschossen.«

Krumsiek also, nicht Timon. Für einen Moment verspürte Norma Erleichterung. »Du denkst doch nicht, ich sei irgendwie in Krumsieks Ableben verwickelt?«

Der zweite Blick. Lang und übermüdet. Womöglich hatte er die halbe Nacht über komplizierten Fällen gebrütet, bevor man ihn in den Park geschickt hatte. Damals zu ihrer Polizeizeit hatte er zu viel gearbeitet und sich zum Feierabend und fürs Wochenende mit Akten eingedeckt. Das Einzige, was ihn neben der Arbeit begeisterte, war die Biologie kleiner, pelziger Nachtgeschöpfe. In warmen Sommernächten, so hatte er Norma einmal anvertraut, kannte er nichts Schöneres, als die Nachtstunden am Neroberg zu verbringen und nach Fledermäusen Ausschau zu halten.

Er räusperte sich verlegen. »Klären wir das besser sofort, Norma. Hast du etwas mit Krumsieks Tod zu tun?«

Sie schnappte nach Luft. »Selbstverständlich nicht! Wer hat ihn entdeckt?«

»Der Jagdhund eines Joggers hat den Toten aufgestöbert und lauthals verbellt«, erklärte Wolfert mit wiedererlangter Sachlichkeit. »Das Opfer lag bäuchlings mit dem Oberkörper im Teich, das Gesicht unter Wasser. Ob der Schuss tödlich war oder ob Krumsiek verletzt in den Weiher stürzte und ertrank, muss die Gerichtsmedizin klären.«

»Wie ist das abgelaufen?«

Wolfert wies mit dem Zeigefinger auf den buschigen Eibenbaum am Spazierpfad. »Ich gehe davon aus, dass der Täter sich hinter dem Stamm versteckt und dem Opfer aufgelauert hat.«

Die Zweige reichten bis zum Boden. Im spärlichen Morgenlicht ein sicheres Versteck. Am Ufer stand eine Bank, etwa zwölf Schritte von dem Baum entfernt. Womöglich hatte Krumsiek dort eine Verschnaufpause eingelegt, war danach aufgestanden, an das Wasser herangetreten … und dann der Schuss.

»Gibt es einen Verdacht?«, fragte sie. »Irgendeine Spur? Augenzeugen?«

»Den Schuss haben einige Frühsportler und Gassigeher mitbekommen, ihn aber für Böller oder Ähnliches gehalten und sich nichts dabei gedacht. Außerdem war ein Student hier unterwegs, der das Opfer persönlich gekannt hat. Und ebenso dich, Norma! Er hat uns sofort deinen heimlichen Besuch bei Krumsiek aufgetischt.«

»Sportlicher Typ? Mittelgroß? Kurze, braune Haare? Grüne Augen? Mit Luxusfahrrad? Spezialist für das Auffinden von Mumien?«

Wolfert nickte bestätigend. »Florian Neef.«

Also hatte Florian mitbekommen, wie sie sich in Krumsieks Haus geschlichen hatte, ärgerte sich Norma über die eigene Unvorsichtigkeit. »Was wollte er so früh im Park?«

»Angeblich war er auf dem Weg ins Dr.-Hahlbrock-Haus, um dort seinem Job nachzugehen.« Inzwischen war es hell genug, um die Falten auf Wolferts gerunzelter Stirn zu studieren. »Er hat dich gesehen, Norma! Gestern Nachmittag. Oder willst du den Einbruch abstreiten?«

Sie hob resignierend die Hände.

»Mensch, Norma!«, polterte Milano, der an ihre Seite getreten war. »Wenn du illegale Dinger drehst, solltest du dich nicht erwischen lassen.«

Wolfert bedachte den Kollegen mit einem strafenden Blick. Das Missfallen galt Milanos klammheimlicher Zustimmung ihrer großzügigen Auslegung des Hausfriedens, war Norma sich sicher.

Sie musste ihrem Ärger Luft machen. »Was blieb mir anderes übrig? Ich ermittle im Mordfall Emil Grundke – wozu ihr mich angestiftet habt! Schon vergessen? Der Justiz ist der Tote egal, weil man seinen Mörder nicht mehr belangen kann. Mord war es trotzdem. Wie soll ich vorankommen bei der Spurenlage nach 100 Jahren? Ich muss nach jedem Strohhalm greifen. Wenn dann zufällig eine Haustür offen steht …«

»… bei einem Mann, der am folgenden Morgen erschossen wird!«, fuhr Wolfert dazwischen. Er nahm die Brille ab und rieb sich die Augen. »Über den Einbruch reden wir später. Würdest du dir den Toten bitte ansehen? Er hat keine Papiere bei sich. Ich möchte sichergehen, dass es tatsächlich Krumsiek ist, bevor wir mit den Angehörigen reden. Bisher wurde er nur von Florian Neef identifiziert.«

Die Kommissare begleiteten sie zum Leichenwagen, in dessen Nähe sich zwei Männer in schwarzen Anzügen bereithielten. Der Ältere nickte ihr zurückhaltend zu. Er hatte auch die Mumie abgeholt und mochte sich fragen, was diese Frau innerhalb weniger Tage mit zwei Mordopfern zu schaffen hatte. Auf einen Wink Wolferts öffnete sein junger Kollege die hintere Tür. Gemeinsam zogen die Bestatter den dunkelgrauen Metallsarg um ein Drittel hervor und hoben den Deckel herunter, bevor sie sich diskret entfernten.

Norma trat an den Sarg heran. Krumsiek lag auf dem Rücken. Sein Mondgesicht wirkte aufgedunsen. Irgendjemand hatte ihm die Augen geschlossen. Über den gewölbten Brustkorb spannte sich eine türkisfarbene Sportjacke, der dünne Stoff trocknete bereits. Die stämmigen Beine stecken in einer dunklen Jogginghose und endeten in klobigen Laufschuhen. An seine Seite schmiegten sich wie zwei treue Gefährten die Walkingstöcke. Nun musste Elfie Krumsiek als 92-Jährige ihren Stiefsohn beerdigen. Zum Glück hatte sie ihre Enkelin Grit, die ihr zur Seite stehen würde.

»Das ist Gunther Krumsiek, kein Zweifel.«

Norma betrachtete das Schlüsselband, das der Tote um den Hals trug. Der Kunststoffkarabiner ruhte nackt auf dem glänzenden Jackenstoff. »Kein Schlüssel! Habt ihr ihn abgenommen?«

»Von wegen«, knurrte Milano. »Da hing nichts dran, und die Kollegen haben ringsum keinen Schlüssel und auch sonst nichts Besonderes gefunden.«

»Also hat der Mörder den Schlüssel gestohlen«, vermutete Norma. »Habt ihr jemanden zum Haus geschickt?«

Eine despektierliche Frage, die nicht dazu beitrug, Milanos Laune zu heben. Er sah sie entrüstet an. Wolfert spielte nicht den Beleidigten und erklärte gelassen, Luigi habe, sobald ihm der fehlende Schlüssel aufgefallen war, die Kollegen der Fahndung zu Krumsieks Adresse bestellt.

»Und?«, fragte Norma, ohne den Blick von dem Toten zu nehmen.

»Die Kollegen observieren die Wohnung«, antwortete Wolfert. »Bisher ist niemand dort aufgetaucht. Möglicherweise ist uns der Täter zuvorgekommen. Zeit genug hatte er.«

Milano wandte sich an die Bestatter. »Sie können fahren. Bringen Sie die Leiche ins LKA. Dr. Frywaldt erwartet Sie.«

Die Männer schlossen den Sarg und stiegen in den Wagen. Die Kommissare blieben an Normas Seite.

Wolfert wandte sich an Norma. »Was kannst du uns über Krumsiek sagen? Familienstand, Beruf und so weiter?«

»Gunther Krumsiek ist Single, soweit ich weiß. Optikermeister mit eigenem Geschäft und Hobbyhistoriker. Er arbeitet an einer Biografie über Toni Sender.«

Milano horchte auf. »Verstehe! Der Strohhalm, nach dem du greifst, ist das Porträt, das bei der Mumie lag. Deswegen bist du also bei Krumsiek eingestiegen.«

»Ich bin dort nicht eingestiegen«, beharrte sie. »Die Tür stand offen. Wie gesagt, eine Gelegenheit, …«

»… die dir welche Erkenntnisse verschafft hat?«

»Leider so gut wie keine.«

Wahrheitsgemäß erzählte sie von der erfolglosen Aktion. Den Zugang zum Computer hatte ein Passwort vereitelt. Weder ›Toni‹ noch ›Elfie‹ oder ›Ophélie‹ hatten ihr auf die Schnelle Zugriff verschafft. Auch zwölf verheißungsvolle Aktenordner lieferten keine Erkenntnisse, denn sie standen zwar gut sichtbar, aber unerreichbar hinter einer verschlossenen Glastür. Was drin war, verrieten die mit Jahreszahlen und weiteren Angaben versehenen

Ordnerrücken: Eberhard Hahlbrocks Briefsammlung an Toni Sender.

Rasch klärte sie die Kommissare über die Bedeutung der Briefe auf.

Milano fragte nach dem Manuskript.

»Neben den Ordnern mit den Briefen gab es einen weiteren mit der Bezeichnung ›Manuskript T. S. Biografie‹«, berichtete sie. »Auch da bin ich nicht herangekommen. Aber nun könnt ihr euch ja Zugriff zu den Unterlagen verschaffen.«

Milano sagte: »Wir sehen uns später in der Wohnung um. Weißt du etwas über eventuelle Feinde, die Krumsiek hatte?«

»Marlies Hebisch neidet ihm die Briefe, und Grit zankt mit ihm herum, weil er ihren Neubau verhindern will.«

Wolfert mischte sich ein. »Darauf geb ich nicht viel. Wenn Streit unter Nachbarn ein Mordmotiv wäre, würden die deutschen Dörfer und Städte veröden.«

»Es gibt sicher eine Sonderkommission?«, vermutete Norma.

Wolfert nickte. »Du kennst die Abläufe, davon ist auszugehen. Auf uns wartet eine Menge Arbeit. Als Erstes müssen wir Zeugen auftreiben. Ein Mord mitten im Schlosspark! Es kann nicht sein, dass niemand etwas beobachtet hat.«

»Und einiges wird uns vielleicht das Opfer selbst verraten«, fügte Milano hoffnungsvoll hinzu. »Mal sehen, was der Doppeldoktor herausfinden wird. Ist dir in der Wohnung irgendetwas aufgefallen?«

Norma verneinte. »Da war nichts Bemerkenswertes. Etwas solltet ihr aber noch wissen.«

»Worum geht's?«, fragte Wolfert gespannt.

»Die Briefe sind nicht komplett. Krumsiek hat mir erzählt, dass ein Brief fehlt. Deswegen hatte er eine Auseinandersetzung mit seiner Stiefmutter. Er warf ihr vor, sie habe den Brief absichtlich unterschlagen.«

»Aus welchem Grund sollte sie das tun?«, fragte Milano.

Norma hob ratlos die Schultern. »Keine Ahnung. Auf jeden Fall war Krumsiek davon überzeugt, dass der abhandengekommene Brief eine spezielle Bedeutung haben müsste.«

»Nun, das spielt für Krumsiek keine Rolle mehr«, sagte Milano und fügte unwillig hinzu: »Wir müssen die Stiefmutter über seinen Tod informieren, bevor es ein lieber Nachbar tut.«

Wolfert rückte die Brille zurecht. »Wohl ist mir dabei nicht. Hoffentlich bekommt die alte Dame keinen Schock.«

»Bittet Grit Blancke dazu«, schlug Norma vor. »Die Enkelin.«

»Gute Idee! Lass uns fahren, Luigi!« Wolfert wandte sich ab und eilte einem Streifenwagen entgegen.

Norma hielt Milano zurück. »Eine Bitte, Luigi!«

Er betrachtete sie mit wissendem Blick. »Weil du es bist, Norma. Ich sehe zu, dass ich deinen Einbruch aus den Akten heraushalte.«

»Danke, das weiß ich zu schätzen. Aber ich wollte auf etwas anderes hinaus.«

Er schaute zu Wolfert herüber, der beim Wagen wartete und dem Kollegen ungeduldig winkte. »Übertreib es nicht, Norma.«

»Die Briefe, Luigi! Ich brauche unbedingt die Briefe.«

»Sie braucht die Briefe. Unbedingt«, echote Milano. »Warum so bescheiden, Norma. Warum verlangst du nicht gleich das komplette Manuskript?«

Sie lächelte ungeniert. »Wenn es keine Mühe macht, gern!«

Der dicke Kommissar entfernte sich kopfschüttelnd.

17

Sonntag, der 1. Dezember 1901

Sonntags erwachte Eberhard in aller Herrgottsfrühe. Die
Morgenstunden schleppten sich dahin. Beim schweigsa-
men Frühstück mit dem Vater, während des Fußmarsches
zur evangelischen Kirche nach Mosbach und vor allem im
Gottesdienst selbst schien die Zeit stillzustehen. Anschließend kehrte Johannes Hahlbrock zum Frühschoppen in
den ›Kaiser Adolf‹ ein. Ungeduldig harrte der Junge in der
Villa Ophélie aus, bis der Vater zum Essen nach Hause
kam und sich danach zur Mittagsruhe zurückzog. Sobald
Magda zu ihrer Mutter nach Schierstein aufbrach, schlich
Eberhard sich aus dem Haus. Mit der bangen Furcht, Toni
habe sich vielleicht nicht von ihren Familienpflichten los-
eisen können, trabte er durch das Städtchen. Wenn er im
Schutz der Gartenhütte Kieselsteinchen an ihr Fenster
warf, gefiel es Toni, ihn zappeln zu lassen. Nicht selten
ließ sie sich gar nicht blicken, obwohl sie offensichtlich
daheim war.

Je besser er sie kennenlernte, desto mehr erstaunte und
beeindruckte sie ihn. Trotz (oder vielleicht sogar wegen?)
ihres Dickkopfs! Auf der Biebricher Höheren-Töchter-
Schule zählte sie zu den begabtesten Schülerinnen. Zu
ihren unglaublichen Zukunftsplänen gehörte der Wunsch,
einen Beruf zu erlernen. Was für ein Unfug! Zu arbeiten
schickte sich nicht für eine bürgerliche Frau – auch nicht

für eine bürgerliche Frau jüdischen Glaubens – und kam einer Schande für die Familie gefährlich nahe. Und wäre absolut unnötig! Schließlich würde er sie heiraten und – als berühmter Arzt – bestens für sie und die Kinderschar sorgen. In harmonischer Eintracht lebten sie in der Villa Ophélie. (Ohne den Vater, der in Eberhards Zukunftsträumen nicht vorkam.) Magda bekochte und verwöhnte die Familie, und Toni widmete sich den lieben Tag lang ihren (wenn auch überflüssigen) Studien. Abends saßen sie, nachdem er tagsüber die Kranken von ihren Leiden geheilt hatte, gemeinsam am Kachelofen und plauderten über Gott und die Welt.

Selbst im Unterricht ließ er sich von Tagträumen entführen. Bis Dr. Prinzhorn ihn mit einer Kopfnuss in die Realität zurückholte.

»Was ist los mit meinem Klassenprimus?«, sinnierte der Lateinlehrer und zwirbelte die Enden seines Schnauzbarts in die Höhe. »Magst du dich nicht gelegentlich am Lernen beteiligen? Sonst wirst du niemals Medizin studieren.«

Auch Dr. Prinzhorn ging zum Stammtisch in den ›Kaiser Adolf‹. Eberhard musste die Hirngespinste zügeln. Eines Nachts, als ihn die süßen Gedankenströme nicht loslassen wollten, stand er auf, lauschte im Flur dem sägenden Schnarchen seines Vaters und setzte sich an den Schreibtisch. Bei Kerzenlicht füllte er Seite für Seite. Als er die Blätter überflog, wurde ihm bewusst, dass es ein sehr langer Brief an Toni geworden war, in dem er ihre gemeinsamen Stunden schilderte.

Seit dieser Nacht schrieb er beinahe täglich. Sorgfältig nummerierte und datierte er jeden Umschlag und steckte ihn zu den anderen in einen Blechkasten unter dem Bett, wo sie vor Magda sicher waren (dort wischte sie die Dielen nicht, wie die flockige Staubschicht bewies.) Die ersten Briefe war er mit der allergrößten Sorgfalt angegangen. Hatte bedächtig jeden Satz erwogen, ihn gedreht und gewendet und vor sich hin gemurmelt, bis er annehmbar klang, und danach auf der Schiefertafel vorgeschrieben, bevor er ihn aufs Papier bannte. Ein literarisches Meisterwerk, um Tonis Herz zu erfreuen. Nach dem zweiten Lesen zerriss er die Blätter in Fetzen und begann von vorn. Ein Vorgehen, das ihn bald entmutigte. Er beschloss, seine Briefe als Entwürfe zu betrachten und später ins Reine zu schreiben. Auch dieses Verfahren hielt er nur kurze Zeit durch. Warum nicht einfach drauflos formulieren und die Briefe vorerst für sich behalten? Um sie Toni als Brautgeschenk zu überreichen. Feierlich in einem Überseekoffer, um den eine rote Samtschleife gebunden war. Eine beglückende Vorstellung, von der er ihr im nächsten Brief umgehend berichtete. Dabei kam ihm der Gedanke, die Übergabe hinauszuschieben, bis das erste Kind geboren wäre. Oder das zweite. Auf jeden Fall bis zum ersten Stammhalter. Er könnte genauso gut bis zur Silberhochzeit warten. Diese Vorstellung erleichterte ihn ungemein. Toni bekäme die Briefe – in ferner Zukunft. Bis dahin gehörten sie ihm allein.

Mit dieser Entscheidung ging es ihm prächtig. Tagsüber blieb der Kopf frei für die Schule. Er brauchte ein gutes Zeugnis für das Studium. Vor allem aber wollte er neben Toni nicht wie ein Stümper dastehen. Selbst nachdem sie eine Klasse übersprungen hatte, war sie Klassenbeste geblieben. Mit ihren gescheiten, forschen Reden zog sie ihn in ihren Bann. Meistens ging es um das, was sie als ungerecht verurteilte, wie den Lohn der Arbeiterfrauen bei

Albert, jener Düngemittelfabrik, in der Eberhards Vater angestellt war.

Mit einer gewissen Beunruhigung erinnerte er sich an das letzte Treffen.

»Sieh nur deinen Vater an!«, hatte sie gerufen und mit einer Straußenfeder den Staub von der Kommode gewedelt, die als Rednerpult zweckentfremdet worden war.

Über Tonis Kopf trommelten dicke Regentropfen aufs Dachfenster. Eberhard hatte zum ersten Mal mit auf den Dachboden gedurft, Tonis geliebter Zufluchtsort. Nervös blätterte er in einem Heft der ›Gartenlaube‹, das sich zwischen die zerfledderten Bände von Goethes und Schillers Gesamtausgaben geschummelt hatte. Sein Herz pochte vor lauter Glück, in Tonis Nähe zu sein. Und aus Angst vor Entdeckung! Im Fall der Fälle würde er schnurstracks hinter einem Schrank verschwinden. Er lauschte angestrengt, ohne etwas anderes zu hören als den prasselnden Regen und das irritierende Knacken des Dachgebälks.

Und mittendrin eine leidenschaftliche Mädchenstimme! Tonis zarte Gestalt, zur Hälfte verdeckt von der Kommode, wuchs um eine Handbreit, als sie sich auf die Zehenspitzen reckte. »Dein Vater ist Chemiker und bekommt ein hohes Gehalt. Er verdient so viel Geld, dass es für eure Villa Ophélie reichte.«

Eberhard fühlte sich persönlich angegriffen. »Vater hat chemische Formeln erfunden. Er ist an den Patenten beteiligt. Er hat hart dafür gearbeitet.«

Ein Einwand, den Toni nicht gelten lassen wollte. »Die Arbeiterinnen schuften sechs Tage in der Woche von morgens bis abends in der Fabrikhalle. Und der Lohn reicht nicht aus, um die Kinder sattzubekommen.«

Beunruhigt legte Eberhard die ›Gartenlaube‹ zurück. »Du wirst mir doch keine Sozialistin? Das dürfte ich nicht erlauben, wenn ich dein Ehemann bin.« Sozialisten seien üble Umstürzler, sagte sein Vater. Und dass Frauen nichts in der Politik verloren hätten, sowieso.

»Ach, Eberhard, du bist ein lieber Freund. Aber ich werde nicht heiraten. Dich nicht und keinen anderen.«

»In ein paar Jahren wirst du deine Meinung ändern.«

»Ich weiß schon jetzt, was ich will und was nicht«, lautete die schnippische Antwort. »Auf keinen Fall eine Aussteuer!«

»Das sieht deine Mutter bestimmt anders.«

Ihr Lächeln wirkte nachsichtig. »Sie nimmt mich nicht ernst.«

Eine wachsende Besorgnis darüber, Toni würde womöglich keine Vernunft annehmen und seine Zukunftspläne durchkreuzen, begann in ihm zu bohren. Sie käme mit ihrem Dickkopf durch jede Wand, wenn sie es darauf anlegte. Und den Starrsinn würde sie auch für den absurden Plan brauchen, mit dem sie ihn gleich darauf schockierte.

»Im Frühjahr gehe ich nach Frankfurt auf die Handelsschule«, verkündete sie mit blitzenden Augen. »Dann ist es endlich vorbei mit dem öden Unterricht hier in Biebrich.«

»Du hast keine Ahnung von Wirtschaft!« Mehr fiel ihm vor Schreck nicht ein.

»Die Hauptsache sind die 60 Kilometer bis zu Hause. In Frankfurt kann ich mein Leben selbst in die Hand nehmen.«

»Du bist ein Kind!«, wandte er verzweifelt ein. »Man wird dich auf der Handelsschule gar nicht annehmen.«

»Und ob! Wenn ich mein Abschlusszeugnis bekomme, bin ich schon 13. Mit den guten Noten können sie mich nicht abweisen.«

Er schüttelte den Kopf. »Du hast vor gar nichts Respekt, Toni, nicht wahr! Warum bist du nur so, wie du bist?«

Sie lachte ihr helles Kinderlachen. »In meiner Schule hing einmal ein Plakat mit dem Spruch: ›Nichts halb zu tun ist edler Geister Art.‹ Daran will ich mich halten.«

Bei der ersten günstigen Gelegenheit wollte sie mit den Eltern sprechen. So streng sich ihr Vater auch gab, im Grunde seines Herzens war er ein sanfter, gutmütiger Mann. Toni war zuversichtlich, ihren Willen durchzusetzen und ihn dazu zu bringen, sie nach Frankfurt zu begleiten und mit der Schulleitung zu reden. Die Aufnahme an der Handelsschule könne nur eine Formsache sein.

Mit prickelnder Vorfreude eilte er nun die Kasernenstraße entlang. Am vorigen Freitag, dem 29. November, hatte Toni ihren 13. Geburtstag gefeiert. In der Nacht zum Sonntag hatte ein heftiger Frühwintersturm schwere Regenschauer durch das Städtchen getrieben und den Rhein bedrohlich aus seinem Bett gehoben. Nun zum Mittag war das Wetter umgeschlagen. Aprilwetter im Winter! Ob sie im Sonnenschein in den Maulbeerbaum klettern könnten? Seine Hoffnung, Toni zu sehen, wuchs beträchtlich, als er auf der anderen Straßenseite die Familie Sender erspähte. Der Kaufmann hatte sich bei seiner Gattin Marie untergehakt. Ins Gespräch vertieft, lächelten sie sich an. Recha ging voraus und führte den Schwänegucker Benedikt an der Hand, Jenny spazierte hinterher. Toni war nicht dabei!

Sie erwartete ihn im Hof – das Gesicht nass von Tränen. Wo der Maulbeerbaum gestanden hatte, erhob sich ein Trümmerhaufen aus Ästen, Herbstlaub und geborstenem Holz. Das Gartenhaus war zusammengebrochen. Der Baum hatte es unter sich begraben.

Toni trocknete sich die Augen. »Der Sturm hat ihn gefällt. Nun kann Mutter ihr Mietshaus bauen.«

18

Samstag, der 12. Oktober

Mit langen Schritten ließ Norma die kriminalistische Betriebsamkeit rings um die Mosburg hinter sich. Ohne Wolferts oder Milanos Zustimmung würde sie kaum an weitere Informationen herankommen.

Sie machte einen Zwischenstopp in der kleinen Bäckerei, die ihrem Büro gegenüberlag.

Die Bäckersfrau sah ihr erwartungsvoll entgegen. »Frau Tann, haben Sie das gehört? Im Schlosspark hat man eine Tote gefunden!«

»Von einer toten Frau weiß ich nichts«, gab Norma arglos zurück.

»Entsetzlich! Wo leben wir denn?« Die Bäckersfrau rang die Hände, bevor sie sich nach einer Tüte bückte. »Was darf es heute sein? Croissants oder Brötchen? Kurier oder Tagblatt?« Sie wusste, Norma liebte die Abwechslung.

»Heute gern das Tagblatt. Und zwei Croissants dazu.«

»Bei der Mosburg stehen Polizeiwagen«, schnatterte die Bäckersfrau und legte Zeitung und Papiertüte auf den Tresen. »Der Teich ist abgesperrt, hat mir ein Kunde erzählt. Die Frau wurde erwürgt!« Sie setzte ein betroffenes Gesicht auf.

Norma reichte einen Geldschein hinüber. »Tatsächlich?«

Kopfschüttelnd zählte die Bäckersfrau das Wechselgeld ab. »Wo kann man sich heutzutage als Frau noch hinwagen? Grässlich! Wer macht so was? Hoffentlich kriegt man den Kerl schnell!«

»Haben Sie Vertrauen in die Polizeiarbeit!«

Norma verließ den Laden und ging hinauf in ihre Wohnung. Sie war kaum mit dem Frühstück fertig, als Milano anrief.

»Wir brauchen dich, Norma. Kannst du sofort herkommen?«

»Sicher! Wohin?«

»Zu Krumsiek. Vor dem Haus ist der Teufel los. Lass besser den Wagen stehen!«

Sie schnappte sich eine Jacke und joggte über die Rheinpromenade in wenigen Minuten zu Krumsieks Haus. Straße und Gehweg waren von Polizeiwagen und zivilen Fahrzeugen verstellt. Dazwischen drängten sich zahllose Menschen. Norma erkannte in der Menge mehrere Gesichter wieder. Die Reporterschar, die so lange vor der Villa gelauert hatte, war kurzerhand ein Grundstück weiter gezogen und durch etliche Neuankömmlinge verstärkt worden. Das Reporterteam eines Fernsehsenders, von dem Norma noch nie im Leben gehört hatte, stürmte ihr entgegen und machte die Kamera bereit. Ein Mädchen mit himbeerroten Lippen und aufgebauschtem Haar hielt ihr ein Mikrofon unter die Nase und fragte säuselnd, ob ihr das Verbrechen vor der Haustür nicht Angst mache.

Norma wimmelte die Leute ab und fühlte sich von hundert Blicken verfolgt, als sie sich den Weg zu dem Plastikstreifen bahnte, der die Auffahrt zum Haus absperrte. Dahinter hielten drei Uniformierte die Leute zurück.

Sie winkte einem der Polizisten zu und nannte ihren Namen. »Ich werde erwartet.«

Höflich hob er das rot-weiße Band hoch. »Ich bin informiert. Bitte, kommen Sie!«

Milano nahm sie vor der Haustür in Empfang.

Mit dem Daumen deutete sie hinter sich. »Krumsieks Tod hat sich blitzschnell herumgesprochen.«

Er zuckte resigniert mit den Schultern. »Dank SMS, Twitter, Facebook und was weiß ich noch. Irgendwann wird die Meute früher als der Täter am Tatort sein.«

Die Räume im Erdgeschoss waren spiegelbildlich zur Wohnung der Stiefmutter angeordnet, wusste Norma von ihrer heimlichen Erkundung. Die Tür zum Wohnzimmer war angelehnt. Von drinnen hörte man Wolferts beruhigende Stimme und Elfie Krumsieks verstörtes Nachfragen.

»Grit ist doch dabei?«, fragte Norma besorgt.

Milano grunzte verärgert. »Die Enkeltochter war nirgends aufzutreiben.«

Norma wusste, Wolfert würde so behutsam wie möglich vorgehen. Trotzdem sollte Grit in dieser Situation an der Seite der Großmutter sein.

Sie zog das Handy hervor. »Ich rufe sie an!«

Milano verdrehte die Augen. »Wenn du mehr erreichst als die Kollegen … Und?«

»Nur die Mailbox!«

»Sag ich doch. Komm, sieh dir das hier an!«

Er stieß die Tür zu Krumsieks Arbeitsraum auf. Vor dem Fenster befand sich der Schreibtisch, der von der geschlossenen Jalousie beschattet wurde. An einer Wand hing ein offenes Bücherregal. Die Ecke dahinter wurde von einem abgenutzten Ledersessel ausgefüllt. Darauf lagen eine Aktentasche und ein kleiner Koffer. Norma ging vor dem halbhohen Büroschrank an der Wand gegenüber in die Knie. Die Glastüren, die bei ihrem Besuch abgeschlossen gewesen waren, standen weit offen.

Sie schaute in das leere Schrankfach, das blitzblank war bis auf das Pulver der Spurensicherung. »Ausgeräumt, aber nicht von euch. Stimmt's?«

Hinter ihr rührte sich Milano. »Da ist uns jemand zuvorgekommen. Von dir gibt es hoffentlich keine Fingerabdrücke?«

»Keine Sorge, Luigi. Ich war vorsichtig. Wie derjenige, der die Ordner geklaut hat, befürchte ich. Das Manuskript ist auch fort. Hoffentlich gibt es eine Datei dazu.«

»Unsere Technikfreaks haben den Rechner eingetütet. Vielleicht sind darauf die entsprechenden Textdateien gespeichert. Warten wir's ab. Fällt dir sonst etwas auf?«

Sie erhob sich. »Die Jalousie war gestern hochgezogen. Aktentasche und Koffer habe ich nicht gesehen.«

Milano nickte zustimmend. »Elfie Krumsiek ist, wie sie aussagt, früh zu Bett gegangen und hat den Stiefsohn gestern Abend nicht mehr zu Gesicht bekommen. Aber er muss hier gewesen sein. Im Koffer sind Brillenmuster mit einer aktuellen Preisliste samt Messerabatt; in der Aktentasche stecken der Katalog und die Eintrittskarte.«

»Lass mich laut denken, Luigi.«

Er grinste. »Ich mag es, wenn du denkst.«

Sie ließ sich nicht beirren. »Krumsiek kommt von der Messe nach Hause, legt seine Unterlagen im Arbeitszimmer ab. Er lässt die Jalousie herab und setzt sich an den Schreibtisch. Vielleicht, um eine Weile an seinem Buch zu arbeiten. Am nächsten Morgen will er früh raus, um im Schlosspark seine Walkingrunde zu drehen. Von Ort und Zeit müssen viele gewusst haben. Er hat sich bestimmt nicht nur vor mir mit seinem Sportprogramm gebrüstet. In aller Herrgottsfrühe walkt er los. Sein Mörder lauert ihm auf, gibt den Schuss ab, nimmt Krumsiek die Schlüssel ab und eilt zum Haus. Er geht ins Arbeitszimmer, schließt den Schrank auf und greift sich die Ordner.«

»Wer sagt uns, dass der Mörder im Haus war?«, rief Wolfert, der dazugekommen war und ihren Überlegungen gelauscht hatte. »Die Ordner könnte Krumsiek selbst am Abend aus dem Haus geschafft haben. Aus welchen Gründen auch immer.«

»Wer sonst als der Mörder sollte den Schlüssel gestohlen haben?«

»Ein Gelegenheitsdieb. Sonst war bei dem Toten nichts zu holen. Ein Hausschlüssel ist besser als nichts.«

»Du meinst also, der Mord hat nichts mit der Biografie und den Briefen zu tun, Dirk?«

»Das ist deine fixe Idee, Norma! Du beschäftigst dich mit dem Mumienfall. Es liegt in der Natur des Menschen, Zusammenhänge herzustellen, wo gar keine sind.«

»Du willst also von alltäglichen Motiven ausgehen: berufliches Umfeld, Beziehungen zu Frauen, finanzielle Probleme?«

»Wir müssen für alle Richtungen offen sein«, bestätigte er. »Am besten fangen wir mit entlassenen Mitarbeitern und missgünstigen Konkurrenten an.«

»Wir müssen die Waffe finden«, warf Milano ein. »Ich baue auf den Teich.«

Norma lächelte ihm zu. »Optimist! Ich hätte sie in den Rhein geworfen. Sucht ihr auch nach den Ordnern?«

»Wir nehmen uns Krumsieks Geschäftsräume vor«, verkündete Wolfert. »Falls wir etwas entdecken …«

»… dann erfährst du davon«, ergänzte Milano großzügig. »Dafür wirst du die Soko mit deinen fulminanten Erkenntnissen über die Mumie auf dem Laufenden halten.«

Sie begegnete seinem spöttischen Blick. »Auf mich könnt ihr wie immer zählen.«

19

Am späten Vormittag stieg sie in die Joggingschuhe und trabte zum Schlosspark. Der Wind hatte sich gelegt. Seit den Morgenstunden hatte es nicht mehr geregnet, und zwischen den Wolken ließ sich zaghaft die Sonne blicken. Norma brauchte Bewegung und wollte bei der Gelegenheit am Tatort vorbeischauen. Wie bei jeder Laufrunde hielt sie hinter dem Schloss inne und schaute auf die Parklandschaft. Sie liebte den Ausblick über die Wiesen hinweg bis hinunter zur Mosburg, deren kantige Silhouette mit dem Herbstlaub verschmolz. Dieses Mal mischte sich blaues Blinklicht in den Farbklang der Natur. Mehrere Einsatzwagen säumten das Teichufer. Sie trottete voran und hielt nach den Exkollegen Ausschau, bis sie hinter einem Streifenwagen Milanos massigen Oberkörper entdeckte. Wolfert hielt sich in einer Gruppe uniformierter und zivil gekleideter Personen am Ufer auf. Alle spähten auf den Weiher hinaus und beobachteten zwei Taucher, die sich aus dem Wasser erhoben. Der Wasserspiegel reichte den Männern bis zur Hüfte. Sie verständigten sich mit knappen Gesten, bevor sie in die Knie sanken und sich wieder den Blicken entzogen. Ein Trupp Schutzpolizisten sicherte den Einsatzort zwischen Ruine und Teich gegen Schaulustige ab. Der mürrische, junge Mann, der Norma am Morgen abgeholt hatte, ließ sie nach kurzem Zögern passieren.

Milano wandte der Suchaktion den Rücken zu. Sie fragte sich, was er an dem Streifenwagen zu schaffen hatte.

Als sie näher herangekommen war, bemerkte sie die Thermoskanne auf dem Autodach. Dampf entstieg dem Becher, den Milano sich an die Lippen setzte, bevor er beherzt in ein belegtes Brötchen biss. Mit zwei Happen verschwand es in den Hamsterbacken.

Ein satter Milano war ein gut gelaunter Milano! Als hätte er ihre Gedanken gelesen, wischte er sich mit dem Handrücken über den Mund. »Ohne Mittagsimbiss bin ich kein Mensch.«

»Lass es dir schmecken, Luigi! Noch keine Spur von der Waffe?«

»Die Froschmänner suchen mit Hochdruck.«

Norma drehte sich zum Wasser um. Wie aus dem Nichts erschien eine in Schwarz gehüllte Gestalt, die den tropfnassen Oberkörper aufrichtete, umherblickte, den Leuten an Land ein Zeichen gab und mit leisem Plätschern wieder abtauchte. Das Knistern in ihrem Rücken verriet ihr, dass sich Milano erneut mit der Brötchentüte beschäftigte.

Mampfend sagte er: »Wenn sich in den nächsten Stunden nichts tut, lassen wir das Wasser abpumpen und buddeln uns durch den Schlick. Keine appetitliche Vorstellung!«

Sie richtete ihre Aufmerksamkeit wieder auf den schwergewichtigen Kommissar. »Du denkst tatsächlich, die Waffe liegt im Teich?«

Er kaute, schluckte und sagte dann: »Der erstbeste Einfall muss nicht falsch sein.«

Norma malte sich aus, wie es abgelaufen sein könnte: Der Mörder schleicht sich heran, zielt und drückt ab. In den Rücken getroffen, geht Krumsiek in die Knie und kippt mit dem Gesicht voran ins Wasser. Der Täter springt vor, nimmt seinem hilflosen Opfer den Schlüssel ab und schleudert die Waffe im hohen Bogen in den Weiher.

»Du meinst also, der Täter wollte die Waffe schnellstens loswerden, und der Teich war die erstbeste Gelegenheit?«

»Er musste damit rechnen, aufgespürt zu werden. Es war schon einiges los im Park.«

»Gibt es etwas Neues?«

Milano zerknüllte die leere Tüte. »Timon hat einen kurzen Vorbericht zur Leiche abgegeben. Der Schuss war nicht sofort tödlich. Krumsiek ist ertrunken. Der Mann hätte eine Chance gehabt, wenn ihm rasch geholfen worden wäre. Obwohl ihm aus allernächster Nähe in den Rücken geschossen wurde. Der Mörder war höchstens fünf Schritte entfernt.«

Ein Plätschern lenkte ihren Blick wieder zum Teich hinüber. Ein Taucher stelzte wie ein Watvogel dem Ufer entgegen.

»Aus so kurzem Abstand kann man kaum daneben treffen. Es muss kein besonders geübter Schütze gewesen sein«, vermutete Norma.

»Vor allem spricht das für Kaltschnäuzigkeit.«

»Oder für extremen Hass. Was gibt es außerdem?«

Er nickte mit grimmiger Zufriedenheit. »Wir haben die Kugel. Der Doppeldoktor hat das Projektil aus Krumsieks Lunge gepult.«

»Welches Kaliber?«

Milano kam nicht dazu, ihr zu antworten.

»Fund!«, brüllte ein Mann am Teichufer.

»Fund!«, wiederholte er lautstark. Es war einer der Kriminaltechniker, der das Schilf durchstöbert hatte.

Sie eilte Milano nach, der seine Pfunde mit beachtlicher Flinkheit auf den Weiher zubewegte, zu dem auch alle anderen strebten. Eine Polizistin wollte Norma aufhalten, ließ sie aber dank Milanos Hinweis, sie sei eine wichtige

Zeugin, folgen. Wolfert war Milano ein paar Schritte voraus gewesen und streifte eilig die Latexhandschuhe über. Ein Polizist reichte ihm eine Plastiktüte.

Wolfert ließ das Beweisstück in die Tüte fallen. »Ein Sechser im Lotto ist nichts dagegen, dieses winzige Ding aus dem Schlamm zu angeln. Gratuliere, Kollege!«

Er reichte den Fund an Milano weiter.

Norma erhaschte einen Blick auf die Messinghülse. »Die Patrone muss nicht zwangsläufig mit dem Mord zu tun haben. Es könnte ein Zufall sein.«

Milano beugte den fleischigen Kopf zu dem Fundstück herab. »Mag sein. Trotzdem passt die Hülse wie die Faust aufs Auge zu der Kugel in Krumsieks Lunge. Was sagt dir das Kaliber .22 lfB, Frau Kommissarin a. D.?«

»22er lang für Büchsen. Ein sogenanntes Kleinkaliber für Pistolen, wie sie von Sportschützen gebraucht werden.«

Wolfert nahm die Tüte wieder entgegen. »Das wäre die harmlose Verwendung.«

»Mir fällt zu dem Kaliber etwas ganz anderes ein«, knurrte Milano. »Kein schöner Tod, wenn man davon getroffen wird. Die Kugel verformt sich im Körper, platzt auf und verursacht schlimme Wunden. Ich könnte mir als Tatwaffe zum Beispiel die gute, alte Beretta 71 vorstellen.«

Verwundert sah Norma von einem zum anderen. »War sie nicht in den 1980er-Jahren die bevorzugte Waffe des israelischen Mossads? Du glaubst doch nicht …?«

»Ich glaube grundsätzlich gar nichts«, knurrte Milano. »Ich möchte nur daran erinnern, dass die Beretta wegen ihrer geringen Größe außerdem ein beliebtes Handwerkzeug von Profikillern war und ist.« Er grinste verwegen.

»Den Mossad lassen wir vorerst aus dem Spiel. So weit will ich mich nicht aus dem Fenster lehnen. Bleiben die Profikiller.«

Norma schüttelte skeptisch den Kopf. »Bei allem Respekt, Luigi, tickst du noch richtig? Ein Auftragsmord im Biebricher Schlosspark? Das Opfer ein unbescholtener Optikermeister?«

»Wir werden jedem Verdacht nachgehen«, sagte Wolfert, wie stets auf Gelassenheit bedacht. »Die Hülse kommt umgehend zur Kriminaltechnik.«

Norma kannte das Vorgehen. Das Projektil aus Krumsieks Körper und die Hülse würden mit anderen Asservaten verglichen. Im glücklichsten Fall führte der Kugelvergleich zu einer Waffe, die bereits in ein Verbrechen verwickelt war.

Wolfert wandte sich an die Kollegen. »Kurze Pause, Leute! Danach kümmern wir uns weiter um die Waffe.«

Norma zog den Reißverschluss der Laufjacke höher. Nach der Anspannung merkte sie erst jetzt, wie ausgekühlt sie war. »Sind die Briefe in Krumsieks Laden gefunden worden?«

»Keine Spur davon«, antwortete Milano.

»Und das Manuskript?«

»Die Festplatte wurde gelöscht. Offenbar hat jemand das Passwort geknackt. Die Computerkollegen sind dabei, die Daten zu rekonstruieren. Mal sehen, ob uns das weiterbringt.«

»Habt ihr mit Marlies Hebisch gesprochen? Krumsiek hat behauptet, sie sei neidisch wie ein Teenager und könne nicht ertragen, dass er an einer Biografie ihres Idols arbeite.«

»Alles zu seiner Zeit, Norma! Wir lassen niemanden aus.

Selbst eine so renommierte Psychologin wie die Hebisch nicht. Auch Grit Blancke wird vernommen, wenn wir sie endlich zu fassen kriegen.«

Er beugte sich ihr entgegen. Seine Stimme vibrierte in tiefster Stimmlage. »Timon hat nach dir gefragt. Du reagierst nicht auf seine Anrufe. Macht der Doppeldoktor dir Ärger? Was ist los, Norma?«

Sie trat unwillkürlich einen Schritt zurück. »Ich frage mich, was mit dir los ist, Luigi! Seit wann kümmert dich das Zwischenmenschliche?«

Er wirkte betrübt. »Kannst du mir erklären, warum mich alle für einen groben Klotz halten?«

Schon tat ihr leid, was sie gesagt hatte. »Unsinn, Luigi! Mir bist du ein wahrer Freund.«

Im Gehen winkte sie ihm zu. Verblüfft darüber, wie aufrichtig sie das gemeint hatte.

20

Februar und Mai 1910

Die Polizeiknüppel prügelten auf den Rücken der schmächtigen, jungen Frau nieder. Brüllend, als spürte er die Schmerzen am eigenen Leib, warf Eberhard sich der Menschenmenge entgegen, die vor den Hieben zurückwich und ihn wie eine Flutwelle mit sich riss. Fort von Toni.

»Wollen Sie uns Bürgern die Straße verbieten?«

Mit dieser provokanten Frage hatte sie sich einem Polizeitrupp entgegengestellt. Dessen brutale Reaktion entsetzte Eberhard. Er war an diesem eisigen Februarabend mit dem Zug nach Frankfurt gekommen, weil er Schwierigkeiten befürchtet hatte. Toni hatte unbedingt daran teilnehmen wollen, an ihrer ersten Demonstration überhaupt, zu der die linksgerichteten Parteien aufgerufen hatten. Bei ihrem Temperament musste man damit rechnen, dass sie mit der Obrigkeit aneinandergeriet. Eberhard verstand Tonis Zorn. Ihre Reden gegen das Unrecht der Welt hatten seinen Gerechtigkeitssinn geschärft. Auch er hielt die preußischen Wahlgesetze für rückständig. Ein Mann galt als stimmberechtigt, wenn er mindestens 24 Jahre alt war, keine Armenunterstützung erhielt und über die bürgerlichen Rechte verfügte. Jeder Wahlberechtigte wurde in eine von drei Klassen eingeteilt. In welche, hing vom Einkommen ab. Die Wahl selbst verlief über Wahlmänner. Ein laut Toni empörendes System, das den Feudalismus am Leben erhalte und der Schwerindustrie die Herrschaft sichere. Das Verfahren führte dazu, dass die wenigen sehr Reichen die meisten Sitze im Landtag ergatterten, dicht darauf folgten die Wohlhabenden. Die Armen und Besitzlosen, die die überwältigende Mehrheit der Bevölkerung ausmachten, mussten sich mit wenigen Vertretern ihrer Interessen begnügen. Frauen durften weder wählen noch gewählt werden.

Nun musste er aus der Ferne zusehen, wie Toni geschlagen wurde. Zwei Demonstranten rissen sie von den Polizisten fort und gerieten dadurch selbst in den Prügelhagel. Toni wollte sich in ein Haus flüchten, scheiterte aber an der verschlossenen Tür und rannte weiter. In dem Tumult verlor er sie aus den Augen. Es grenzte an ein Wunder, dass er sie in der Menschenmenge überhaupt gefunden hatte. Stundenlang war er durch die Stadt geirrt, bis er schließlich am Abend auf der Zeil mitten in den Demonstrationszug geraten war. Er fühlte sich unbehaglich. All diese Menschen, hauptsächlich Männer und nur wenige Frauen, der Kleidung und Sprache nach vor allem aus der Arbeiterschicht, erschienen ihm, dem Studenten der Medizin, fremd. Er verfügte nicht über Tonis Offenheit und die Unvoreingenommenheit, mit der sie jedem Menschen begegnete – ganz gleich, woher er kam, woran er glaubte und für welche Überzeugung er eintrat. Zudem war diese Demonstration verboten! Falls er festgenommen würde, hätte er jede Menge Ärger zu erwarten. Toni allein war der Grund, warum er dieses Wagnis in Kauf nahm. Er fühlte sich als ihr Beschützer, auch wenn sie jegliche Fürsorge ablehnte.

Die Polizisten schwärmten aus, suchten sich wahllos neue Opfer und schlugen und traten auf die am Boden liegenden Gestalten ein. Drei Beamte stürmten auf Eberhard los, der kehrtmachte und um sein Leben lief. Weit kam er nicht. Eine Hand packte ihn an der Schulter und riss ihn zu Boden. Er stürzte hart auf die Seite, spürte in seiner Panik keinen Schmerz. Nur die Todesangst, die sein Blut erstarren ließ, als einer der Männer den Schlagstock anhob. Er sah in das wutverzerrte Gesicht über sich, wollte stumm beten, aber kein Psalm fiel ihm ein. In seinem Kopf war nichts als Angst und die Vorstellung aufplatzender Schädel. Sein Schädel. Der Polizist hob den Stock höher und holte zum Hieb aus. Eberhard krümmte sich und warf die Arme über Kopf.

»Lass ihn, das ist nur ein Krüppel!«, rief eine barsche Stimme. »Los, kommt, dort drüben! Nehmen wir die!«

Als er aufsah, hatten sich die Polizisten abgewandt, um Jagd auf Männer und Frauen auf gesunden Beinen zu machen. Mit zitternden Knien rappelte er sich auf. Zum ersten Mal in seinem Leben verspürte er eine zärtliche Zuneigung zu seinem Unglücksbein.

In einer Seitengasse lag ein junger Mann auf dem Pflaster. Das Blut strömte über sein Gesicht, und die Frau an seiner Seite weinte und schrie. Eberhard verband den Verletzten notdürftig mit einem Stofftaschentuch und beruhigte die Frau, bis sie imstande schien, ihren Mann nach Hause zu bringen. Auf der Suche nach Toni traf er auf weitere Verwundete und half, wo er konnte. Von Toni keine Spur! In größter Sorge hastete er durch die Straßen. Sogar in ihrer Pension fragte er nach, was ihr Ärger einbringen würde, weil Männerbesuche unerwünscht waren. Das Fräulein Sender sei nicht zu Hause, fertigte man ihn barsch ab.

Spät in der Nacht klingelte er bei Leah, einer Freundin, bei der Toni immer dann unterkam, wenn sie in der eigenen Pension nicht mehr eingelassen wurde. Sie selbst in der kältesten Winternacht auszusperren, war der – nach Tonis Überzeugung – vergebliche Versuch der Hauswirtin, die mit ihren Eltern verwandt war, die 21-Jährige zu disziplinieren.

Toni sei in Sicherheit, konnte Leah ihn beruhigen. »Wir haben uns kurz gesehen. Sie hält sich bei einer Familie versteckt.«

»Wie geht es ihr?«, fragte er, die Bilder der zerschlagenen und blutigen Körper im Kopf.

»Der Rücken tut ihr weh. Vor allem ist sie furchtbar wütend. Eines Tages wird es eine freie Bürgerschaft geben. Dafür will sie weiterhin kämpfen.«

Es wurde Mai, bis er sie wiedersah. Bis dahin schrieben sie sich. Längst war es selbstverständlich für ihn, zweierlei Briefe zu verfassen. Die geheimen, die er für sich behielt, und die anderen, die nüchternen Briefe, die er abschickte. Oft, wenn auch nicht immer, kam Antwort. So erfuhr er, dass Toni am 1. Mai ihre Eltern besuchen wollte. Sie freute sich auf jeden Besuch – und reiste meistens im Streit wieder ab. Andauernd schmiedete sie neue Zukunftspläne, die ihr vor allem Unabhängigkeit einbringen sollten – sehr zum Missfallen der Eltern. Das neueste Luftschloss war der Wunsch, Nationalökonomie zu studieren.

Am Morgen des ersten Maitags, eines Sonntags, wartete er auf der Rheinpromenade in der bangen Hoffnung, Toni würde ihn nicht versetzen. Er studierte in Heidelberg, und die Fahrten nach Biebrich waren teuer, was er sich nicht oft leisten konnte. Ihre Begegnungen hatten sich gewandelt. Als 21-jährige Angestellte einer Immobilienfirma kletterte sie nicht mehr auf Bäume. Und sich zu ihr auf den Dachboden zu schleichen ... unvorstellbar – außer in seinen intimsten Gedankenspielen. So kam es nur zu kurzen Aufeinandertreffen bei der Mosburg oder zu Spaziergängen am Rhein entlang.

Es war ein strahlender Tag, alles schien auf den Beinen. Vor dem Schiffsanleger sammelten sich die Leute. Familien mit Kindern hielten nach dem Ausflugsdampfer Ausschau. Eberhard stand im Schatten einer Platane. Beinahe wäre Toni an ihm vorbeigehastet. Sie wirkte nervös.

»Wieder Krach mit den Eltern?«, fragte er mitfühlend.

Sie lächelte angespannt. »Nun ja, ich habe gelogen und behauptet, ich wollte zu dem Konzert im Schlosspark.«

»Stattdessen willst du mich sehen!« Er konnte sein Glück kaum fassen.

Toni warf einen Blick über die Schulter. »Ich habe keine Zeit, Eberhard. Gleich beginnt die sozialistische Maidemonstration. Komm doch mit!«

Auffordernd schaute sie ihm in die Augen. Dafür musste sie den Blick heben. Er war mehr als zwei Köpfe größer als sie. Eberhard wurde unbehaglich. Die ›Frankfurter Blutnacht‹ war ihm in schlimmster Erinnerung, und er mochte sich nicht vorstellen, was geschehen würde, wenn sein Vater erführe, dass sich sein Sohn mit den ›Sozis‹ abgab. Andererseits war es die einzige Gelegenheit, eine Weile in Tonis Nähe zu sein. Am Abend müssten beide wieder fort. Er wagte es – und genoss die Stunden an ihrer Seite, ohne viel von den politischen Reden mitzubekommen. Selbst Toni gab zu, es sei eine fade Veranstaltung gewesen. Immerhin, sie habe ihre Pflicht getan.

»Wieso deine Pflicht?«, wunderte er sich.

»Ich bin jetzt Mitglied der Sozialdemokratischen Partei«, erklärte sie mit Stolz.

Auf dem Rückweg rang er ihr das Versprechen ab, sich vor dem Abreise am Bahnhof zu treffen. Sein Zug ging eine Stunde später als ihrer, aber er wollte rechtzeitig dort sein. Als Toni kam, wirkte sie verstört. Irgendjemand hatte sie bei der Maidemonstration bemerkt und nichts Besseres zu tun gehabt, als sie bei den Eltern anzuschwärzen.

»Ich hätte mich unter den Pöbel begeben«, berichtete sie von dem Empfang zu Hause und schluchzte in sein Taschentuch. »Mein Benehmen würde Vaters Geschäft ruinieren.«

Nicht zu Unrecht, wusste Eberhard. Die Tochter des geschätzten Kaufmanns auf einer sozialistischen Veranstaltung: Jeder ehrbare Biebricher hielte das für skandalös. Und wenn sein Vater davon erführe? Die Zeiten des Rohrstocks waren vorüber, doch der Zuschuss fürs Studium ließe sich von jetzt auf gleich streichen. Er wischte sich den Schweiß von der Stirn.

Zornig knüllte Toni das Taschentuch zusammen. »Es reicht, Eberhard. Ich gehe fort!«

»Wie … fort?«, fragte er verwirrt. »Wohin denn, Toni?«

»Nach Frankreich«, erklärte sie mit fester Stimme. »Ich gehe in das Land der großen Revolution. Wenn ich Freiheit finden will, muss ich nach Paris.«

21

Samstag, der 12. Oktober

Durch die Biebricher Gassen trabte Norma zurück zur Wohnung. Als sie sich im Schlafzimmer auszog, maunzte der Kater vor dem Dachfenster. Sie klopfte gegen die Scheibe, damit er sich zur Seite bequemte und sie ihm öffnen konnte. Schwer ließ er sich aufs Bett plumpsen, um dann in die Küche zu stolzieren und es sich dort in seinem Korb einzurichten. Norma duschte und aß danach einen Joghurt zu Mittag. Auf ihrem Handy entdeckte sie eine SMS von Timon. Er kündigte an, in einer halben Stunde bei ihr zu sein.

Ob es um die Ermittlungen gehe?, tippte sie wortkarg zurück.

Seine Antwort erschien Sekunden später: ›Ich muss mit dir reden, Norma. Bitte! Rein privat.‹

Also nichts über Mord und Mumie. Wollte er ihr von seiner neuen Liebe vorschwärmen?

»Nee, kein Bedarf! Der hat sie doch nicht alle!«, schimpfte sie so laut, dass Leopold den Kopf hob.

Ihre Antwort fiel abweisend aus: ›Bin unterwegs auf Emils Spuren.‹

Kurzentschlossen schnappte sie sich Jacke und Auto-schlüssel, lenkte den Wagen aus dem Innenhof und fuhr bald darauf über die A 66 in Richtung Frankfurt. Mit jedem Kilometer wuchs die Lust auf diesen Ausflug. In

Frankfurt war sie seit Monaten nicht gewesen und in Bad Homburg zuletzt vor einem Jahr, als sie mit Lutz mitgefahren war, der dort gemeinsam mit dem Autor ein Buch über die Vergangenheit der Stadt als Kurort vorgestellt hatte. Dem Autor, ein gescheit dreinblickender Journalist, war es gelungen, in seinen Anekdoten die Geschichte aufleben zu lassen. Ob Krumsiek ebenso anschaulich hatte schreiben können? Wie auch immer es um sein Talent bestellt gewesen war: Um die Briefe und das Manuskript wäre es schade, falls alles vernichtet worden wäre. Wem könnte das Verschwinden der Briefe gelegen kommen? Krumsieks Mörder? Wer um Himmels willen hatte diesen Mann erschossen, der so harmlos gewirkt hatte? Milanos Profikiller? Was für eine irrwitzige Vorstellung!

Diese und andere Fragen schossen ihr durch den Kopf, unterbrochen von Gedankenblitzen an Timon. Sie gab Gas, bis der kleine Wagen dröhnte und schepperte. Sein Protest gegen hohe Geschwindigkeiten. Zusätzlich drehte sie das Radio auf.

»Timon, du ignoranter Depp!«, schrie sie gegen den Lärm an und trommelte mit der Faust gegen das Lenkrad. »Warum hast du uns nicht wenigstens eine Chance gegeben?«

Mehrspurig ging es hinein in die Innenstadt. Der weithin sichtbare Messeturm diente ihr als Orientierung. Am Mainufer kam ihr eine Parklücke gerade recht. Mit steigender Laune spazierte Norma dem Eisernen Steg entgegen und folgte einem Grüppchen asiatischer Damen durch eine Gasse auf den Römerberg, hinein in Frankfurts altstädtisches Herz, in das die Bomben des Zweiten Weltkriegs so zerstörerische Lücken gerissen hatten. Mittendrin prangte der historische ›Römer‹, dem der Platz seinen Namen verdankte: Frankfurts berühmtes Rathaus. Norma hielt nach der Bendergasse Ausschau, die vom Römerberg abzweigen musste. Das Straßenschild war bald entdeckt. Von der Gasse selbst, in der einst Emil Grundkes Schwester gewohnt hatte, war kaum mehr als der Name übrig. Als schmaler Fußweg führte sie auf das Rondell der Kunsthalle Schirn zu und geradewegs durch das Gebäude hindurch. Von den Fachwerkhäusern, die hier gestanden haben mochten, war nichts geblieben.

Eine Stunde später war sie unterwegs nach Bad Homburg. Das propere Gründerzeithaus in der Louisenstraße, das einst die Schlachterei beherbergt hatte, diente nun als Sitz einer Immobiliengesellschaft. Samstagnachmittags war das Büro geschlossen, und eine Privatwohnung, bei der sie hätte klingeln können, gab es nicht. Trotzdem bereute sie den Ausflug nicht. Die Ablenkung hatte ihr gutgetan.

Zurück in Biebrich fuhr sie zum Doppelhaus der Krumsieks, das von den Medienleuten und ihrem Equipment belagert wurde. Sie machte sich Sorgen um Elfie. Nachdem Wolfert der alten Dame die Nachricht vom Tod ihres Stiefsohns überbracht hatte, war sie kaum ansprechbar gewesen. Vielleicht war es besser, vor einem Besuch bei Grit vorzufühlen, unter deren Mobilnummer allerdings unablässig die Mailbox ranging.

Norma ließ den Wagen in einer Seitenstraße stehen und spazierte zur Villa. Das hohe Eisentor war wie gewöhnlich verschlossen, also drückte sie auf den Klingelknopf. Der Sturm der vergangenen Nacht hatte den blassgrünen Rasen mit Tupfen aus rötlichem Herbstlaub verziert. Es dauerte eine Weile, bis sich die Haustür auftat. In provozierender

Gemächlichkeit stieg Franzi die Stufen der Außentreppe hinunter und schlurfte auf das Tor zu. In den Fingerspitzen, die aus dem überlangen Pulloverärmel herausschauten, klimperte ein Schlüsselbund.

»Sind Sie allein?«, näselte Franzi mit argwöhnischem Blick aus blauen Augen, deren Wimpern zu pechschwarzen Balken zusammengetuscht waren.

Norma blickte sich demonstrativ um. »Siehst du jemanden? Die Reporter kümmern sich nur noch um Krumsiek. Ich möchte Grit sprechen. Ist sie zu Hause?«

»Keine Ahnung«, antwortete Franzi und kräuselte kindlich die Nase.

Norma blieb nur Geduld. »Darf ich trotzdem reinkommen?«

Franzi zögerte und kaute auf der Unterlippe herum. Endlich ließ sie sich überreden, behielt aber wachsam die Straße im Blick, während sie das Tor aufschloss und hinter Norma hastig den Schlüssel umdrehte, als rechnete sie jeden Augenblick mit einem Überfall aus dem Nichts.

»Wir haben solche Angst«, erklärte sie deutlich zugänglicher, als sie sich hinter dem sicheren Zaun befanden. »Erst die Mumie, dann der Mord im Schlosspark. Nicht dass es mir um den Widerling leidtäte. Aber man muss ihn ja nicht gleich umbringen!«

Etwas an Franzis Tonfall ließ Norma aufhorchen. Sie blieb abrupt stehen. »Wie meinst du das? Hat Krumsiek dir etwas getan?«

Franzi errötete unter der wachsweißen Schminke und sah wie ertappt zur Seite. »Man soll ja nichts Schlechtes über Tote …«

»Franzi! Hier geht es um Mord! Wenn du etwas zu sagen hast, dann raus damit.«

Nervös zupfte das Mädchen am Pullover herum und zog die Ärmel bis über die Fingerspitzen. An der Schulter lösten sich die grobgestrickten Maschen auf. »Ich weiß nicht.«

»Franzi, du kannst mir vertrauen.«

Hinter einem Fenster bewegte sich die Gardine, was auch dem Mädchen nicht entging.

»Nicht hier und nicht jetzt«, flüsterte Franzi hastig. »Später. Hinten im Garten. Der Pavillon.«

Im Haus lief sie die Treppe hinauf, um nach Grit zu suchen, während Norma in der Diele wartete. Der Boden war immer noch blanker Estrich. Neben der Haustür stapelten sich Kartons mit Bodenfliesen, der oberste war aufgerissen. Grit hatte sich gegenüber Marlies durchgesetzt und jene dunkel marmorierten Platten bestellt, die Norma spontan befürwortet hatte.

Franzi kehrte zurück. Sie wirkte beunruhigt. »Grit ist nicht da. Heute hat sie noch keiner gesehen, sagt Verena.«

»Sie wird bei ihrer Großmutter sein«, vermutete Norma.

»Eben nicht! Verena war selbst bis eben drüben bei Frau Krumsiek.«

»Vielleicht trifft Grit sich mit Marlies?«

Franzi machte ein besorgtes Gesicht. »Bei Marlies ist sie nicht, und Marlies weiß nicht, wo sie steckt, meint Verena. Das passt nicht zu Grit. Sonst sagt sie immer Bescheid, wenn sie weggeht und wann sie wiederkommt.« Erneut knabberte das Mädchen auf der Unterlippe herum.

Norma nahm Franzis Vorschlag von vorhin auf. »Lass uns später im Garten reden. Grit hat bestimmt nichts dagegen, wenn ich in ihrem Büro auf sie warte.«

Ohne die Antwort abzuwarten, durchquerte Norma die Diele und stieg die Stufen in den Anbau hinunter.

Vorsichtshalber klopfte sie an, ehe sie den Raum betrat, die Tür hinter sich zuzog und ans Fenster herantrat. Auf der Fensterbank breiteten sich Papierstapel mit Handwerkerrechnungen und Prospekte über Baumaterialien aus.

Gründlich durchstöberte sie die Unterlagen auf dem Schreibtisch nach einem Hinweis, wo Grit sich aufhalten könnte, ohne etwas zu finden. Auch hinter den Schranktüren gab es nichts Besonderes zu entdecken, bis ihr in einem Fach ein Tresor auffiel. Der Metallkorpus war an der Wand befestigt, die Tür geschlossen. Impulsiv fasste sie an den Griff und zog daran. Zu ihrer Überraschung ließ sich die Tür bewegen. Im oberen Fach lag ein Stapel Schnellhefter mit allerlei Dokumenten. Das untere Fach war leer bis auf eine abgegriffene Lederschatulle. Norma nahm das Kästchen heraus und trug es zum Schreibtisch. Was ihren Herzschlag in die Höhe trieb, war der Name einer italienischen Firma, der in kantigen Lettern in den Deckel geprägt war. Ein italienischer Name, der für einen der größten Waffenproduzenten Italiens stand.

Beretta.

Mit angehaltenem Atem hob sie den Deckel an. Zum Vorschein kam eine Pistole in handlicher Größe aus stumpfem, schwarzem Metall. Gegen den zierlichen, kurzen Lauf erschien der Griff übergroß und klobig. ›Beretta 71‹ war in großen Buchstaben in den Lauf gestanzt. Neben der Waffe lag eine Packung mit Patronen, die leer war bis auf wenige Schuss – im Kaliber .22 lfB!

Wolfert ging sofort ans Telefon. Im Hintergrund waren Stimmen und ein Plätschern zu hören. »Was gibt's, Norma?«

»Noch immer keine Reaktion von Grit!«

»Hmm«, brummte er besorgt. »Und sonst?«

»Arbeit! Schick die Taucher nach Hause.«

Sie rückten mit Blaulicht an. Vorneweg Milano und Wolfert im Zivilfahrzeug und im Gefolge ein Streifenwagen. Franzi schloss mit zittrigen Fingern das Tor auf und zog, assistiert von Norma, die schweren Flügel beiseite, um die Autos auf das Grundstück zu lassen. Vor und in der Villa sorgte das Polizeiaufgebot für helle Aufregung. Draußen wechselten die Fernsehteams flugs den Standort, und drinnen huschten einige Bewohnerinnen hektisch in ihre Zimmer. Die anderen Frauen näherten sich Norma mit verängstigten Gesichtern.

Verena führte den kleinen Trupp an. »Hat dieser Aufmarsch mit Grit zu tun? Ist ihr was zugestoßen? Wir machen uns solche Sorgen!«

»Im Augenblick geht es um etwas, das ich in Grits Büro gefunden habe«, gab Norma ausweichend zur Antwort.

Verenas Wangen färbten sich blass und wechselten schlagartig ins Tomatenrot. Sie öffnete den Mund, als wollte sie etwas sagen, brachte aber keinen Ton heraus. Als Norma sie ansprach, machte sie kehrt und hastete davon.

Norma hatte keine Zeit, Verenas seltsamer Reaktion nachzugehen. Sie rannte den Kommissaren nach, um ihnen das Büro aufzuschließen. Sie hatte den vorhandenen Zimmerschlüssel benutzt und die Pistole in der geöffneten Schachtel auf dem Schreibtisch zurückgelassen.

»Donnerwetter!«, hauchte Wolfert beim Anblick der Waffe.

Milano legte die breite Stirn in Falten und schwieg. Zwei Schutzpolizisten äugten ihm gespannt über die Schulter.

Alle wandten sich um, als von außen an die Tür geklopft wurde. Ein schüchternes Klopfen.

»Kann mal einer nachsehen?«, fauchte Milano.

Der junge Polizist ging hinaus und kehrte umgehend zurück. »Eine Frau Roter will eine Aussage machen.«

Milano winkte. »Schick sie rein. Pronto!«

Es war Verena, die das Büro betrat und sich verlegen umschaute. Ihr Blick verweilte kurz auf Norma, dem vertrauten Gesicht in der Runde, wanderte weiter und blieb wie gebannt an der Pistole hängen.

»Was können wir für Sie tun?«, fragte Wolfert entgegenkommend.

Verena sah zu Boden. »Mein Name ist Verena Roter. Ich wohne hier im Haus, und ich möchte …« Die Stimme entglitt ihr. Sie schluckte und verrenkte die Finger ineinander. Sie hatte wieder die Tomatenwangen, und auf der Stirn zeichneten sich Schweißtropfen ab.

»Was möchten Sie uns sagen?«, fragte Norma, um Milano zuvorzukommen, der Verena in seiner ruppigen Art womöglich endgültig verunsichert hätte. Allerdings geriet sie nun selbst in seine Schusslinie.

»Du wirst von der Dame kein Wort zu hören bekommen«, blaffte der dicke Kommissar. »Raus mit dir, Norma! Das ist interne Polizeiarbeit.«

Wolfert pflichtete ihm bei, wenn auch deutlich taktvoller. »Du weißt, Luigis Einwand ist berechtigt. Würdest du uns bitte allein lassen.«

Rückwärts bewegte sich Norma auf die Tür zu. Verena verharrte mit verkrampften Händen und eingezogenem Kopf wie ein beim Klauen ertapptes Schulkind mitten im Raum. Ihr Hilfe suchender Blick verfolgte Norma.

»Bitte!«, raunte sie heiser. »Darf Frau Tann bleiben?

Grit hat ihr vertraut, und das tue ich auch. Ohne Norma«, fügte sie, mutiger geworden, hinzu, »sage ich kein Wort.« Widerwillig musste Milano sich geschlagen geben, und auch Wolfert zog seine Einwände zurück.

Ungefragt ergriff Norma die Initiative und schob Verena den Schreibtischstuhl zu. »Setzen Sie sich. Und dann erklären Sie uns, was Sie auf dem Herzen haben.«

Verena hockte sich auf die Stuhlkante, verharrte dort wie auf dem Sprung und angelte ein Päckchen Papiertaschentücher vom Schreibtisch. Die Tränen strömten ihr über die Wangen. Aufgeregt nestelte sie an der Packung herum. »Grit hat nichts mit der Pistole zu tun. Das müssen Sie mir glauben!«

Milano ließ sich auf die Fensterbank sinken, ungeachtet der darauf platzierten Unterlagen, die unter seinem Gesäß verschwanden. »Was soll das heißen? Geht's ein bisschen präziser?«

Verena schnäuzte sich ausgiebig, bevor sie flüsternd erklärte: »Ich selbst habe die Waffe ins Haus gebracht. Mein Exfreund macht mir eine Todesangst. Ich wollte mich schützen! Aber eine Pistole ist keine Lösung, hat Grit gesagt. Sie hat mir die Waffe auf der Stelle abgenommen und mitsamt der Munition im Tresor eingeschlossen.«

Wolfert beobachtete Verena aufmerksam. »Woher haben Sie die Beretta?«

»Von der Freundin einer Freundin«, gab Verena zaudernd zu, ohne Namen zu nennen. »Diese Freundin hat die Waffe von einem Onkel geerbt. Der Onkel hatte die Pistole schon seit Jahrzehnten. Die Patronen waren dabei. Mir könnte gar nichts passieren, hat die Frau versprochen. Die Pistole ist nicht registriert.«

Wie so viele Faustfeuerwaffen, überlegte Norma, die man frei hatte erwerben dürfen, bevor 1974 das Meldegesetz eingeführt worden war. Danach hatte so mancher Besitzer seine Kurzwaffe in der Schublade ›vergessen‹ und den Behörden verschwiegen.

Wolfert tippte mit einem Kugelschreiber auf die Patronenschachtel. »Wie viele Schuss waren dabei?«

Verena wich seinem forschenden Blick aus und konzentrierte sich wieder das Parkett. »Das kann ich nicht sagen. Ich habe nicht in die Schachtel hineingesehen. Das Magazin ist voll und eine Patrone im Lauf, hat mir die Frau erklärt. Ich müsste nur abdrücken. Und vorher den Sicherungshebel vorschieben. Aber ich hätte gewiss nicht geschossen. Ich war heilfroh, als ich das Ding wieder los war.«

Sie schlug die Hände vors Gesicht und begann zu schluchzen. Dann sah sie angstvoll auf. »Hat man den Krumsiek damit umgebracht?«

Eine berechtigte Frage. Obwohl das Kaliber übereinstimmte – seit ihrer Zeit im Polizeidienst wusste Norma, wie leicht naheliegende Schlussfolgerungen auf den Holzweg führen konnten. Erst die Spezialisten der Kriminaltechnik könnten die Zweifel ausräumen. Man würde ein abgeschossenes Projektil aus dieser Waffe mit der Kugel aus Krumsieks Lunge vergleichen. Bolzen und Lauf einzelner Waffen unterschieden sich genügend, um mikroskopisch kleine Spuren ins Metall zu prägen: der Fingerabdruck einer Schusswaffe.

Milano, der das Gespräch still verfolgt hatte, meldete sich mit einer Frage zu Wort. »Ist der Tresor normalerweise abgeschlossen?«

Verena wagte tatsächlich, ihn anzusehen. Ihre Augen

waren vom Weinen gerötet, die Wimperntusche löste sich auf, doch ihr Blick war erstaunlich fest. »Sonst hat ein Tresor keinen Sinn, oder? Gelegenheit macht Diebe, ist Grits Meinung. Sie will nicht für jede Bewohnerin die Hand ins Feuer legen.«

Milano überging die widerspenstige Gegenfrage. »Wer außer Grit Blancke kennt den Zahlencode für den Tresor?«

Die Antwort kam schnell. »Marlies, denke ich, vielleicht auch Flori. Ab und zu hilft er Grit im Büro.«

»Sie sprechen von Florian Neef?«, warf Wolfert ein.

»Genau der«, bestätigte Verena. »Flori studiert Betriebswirtschaft. Er kennt sich mit Buchhaltung aus.«

Milano wechselte einen Blick mit Wolfert. »Wir müssen die Fahndung nach Grit Blancke anordnen.« Er verließ das Büro, um zu telefonieren.

Verena schaute ihm nach, bis die Tür zufiel, und wandte sich Norma zu: »Grit hat bestimmt nicht auf Krumsiek geschossen. Sie ist keine Mörderin. Und wenn doch, hätte sie die Pistole hier liegengelassen? Hätte sie die Waffe nicht eher versteckt oder in den Rhein geworfen?«

Argumente, die Norma nicht unbedingt gelten lassen wollte. »Da wäre ich mir nicht so sicher. In der Aufregung machen Täter die dümmsten Fehler.«

Womöglich steckte sogar Absicht dahinter, überlegte sie für sich. Jemand wollte den Verdacht gezielt auf Grit lenken. Jemand, der nicht ausschließlich Gunther Krumsiek gehasst hat. Sondern der auch Grit leiden lassen wollte. Ein Mörder, der sie damit in eine perfide Falle lockte.

22

Eine Viertelstunde später brachen die Kommissare, begleitet von den Schutzpolizisten, wieder auf. Verena sollte ihre Aussage später im Polizeipräsidium zu Protokoll geben. Vorerst durfte sie abwarten und blieb erleichtert zurück; umringt von aufgelösten Mitbewohnerinnen und von Fragen bestürmt. Norma verließ das Grundstück gemeinsam mit dem Einsatzteam. Nebenan bemerkte sie Elfie Krumsiek, die vor dem Hauseingang stand und sich sehr gerade hielt, während sie, mit einer Faust auf den Stock gestützt, Norma mit dem erhobenen Arm heranbefahl.

Kraftvoll schallte die geschulte Bühnenstimme über den Gehweg. »Haben Sie meine Enkeltochter gesehen?«

Elfie Krumsiek bewies Haltung angesichts des Verbrechens, das ihr den Stiefsohn genommen hatte. Norma zollte ihr höchsten Respekt. Zugleich ging ihr durch den Kopf, ob Elfie sich in die Rolle der dramatischen Heldin geflüchtet haben mochte wie damals, als sie sich als Ophélie Hahlo feiern ließ.

Norma schritt über den knirschenden Kies. »Leider nein. Wann haben Sie Grit zuletzt gesehen?«

Elfie wartete, bis Norma herangekommen war. »Gestern Morgen kam Grit auf einen Sprung herüber. Wie immer hat sie abgewartet, bis Gunther aus dem Haus war. Nun wird sie ihm nie mehr aus dem Weg gehen müssen. Niemals … wieder.« Sie verstummte und schaute in die

Ferne, in Richtung des Rheins, der dort hinter den Nachbargrundstücken lag.

Norma räusperte sich verlegen. »Dann haben Sie mit Grit noch gar nicht über Gunthers Tod sprechen können?«

Elfie fasste den Stock fester und straffte die Schultern etwas mehr. »Von mir weiß sie nicht, dass Gunther … dass er nicht mehr da ist. Dabei brauche ich Grit jetzt so dringend. Ich verstehe das nicht! Warum lässt sie mich mit alldem allein?«

Elfie bohrte die Stockspitze in den Kies. Der Zorn auf die Enkelin war ein Ventil für ihre Trauer. Sie habe mit Marlies Hebisch und mit Grits Freunden und Bekannten telefoniert, ohne einen Hinweis auf die Enkelin zu bekommen. Und gerade eben habe Franzi angerufen: mit fatalen Neuigkeiten.

»Stimmt es, dass man eine Pistole in Grits Büro gefunden hat? Wissen Sie etwas darüber?« Der Stock begann zu zittern und geriet ins Schlingern.

»Vielleicht sollten wir besser im Haus weiterreden«, bat Norma in Sorge um Elfies Standfestigkeit. Die dramatische Heldin war von der Bühne abgetreten. Zurück blieb eine schmächtige, hochbetagte Frau, die Normas Arm als Stütze verlangte. Im Flur wurde es zu eng für zwei Personen nebeneinander. Elfie tastete sich allein voran. Norma folgte ihr besorgt und warf im Vorübergehen einen Blick auf das Schlüsselbrett. Das Monstrum, es fehlte. Ein kläglisches Schnaufen lenkte Norma von der Entdeckung ab. Sie stürzte voran und konnte Elfie gerade noch auffangen. Verblüfft über deren Federgewicht trug sie die schwächelnde Frau ins Wohnzimmer, wo Elfie auf das Sofa sank. Als Norma den Notarzt rufen wollte, brachte Elfie bereits

wieder genügend Energie auf, um ihr den Anruf auszu-
reden. Es sei alles in Ordnung, nur ein kleiner Schwächeanfall. Kein Grund zur Panik.

»Darf ich Ihnen Kaffee machen?«, bot Norma an. »Oder
möchten Sie lieber Tee?«

»Nichts da! Wir nehmen beide einen Sherry!«

Ohne den Kopf zu heben, wies Elfie auf die Schrank-
wand, in deren Barfach sich eine beachtliche Auswahl
erlesener Liköre, Brandys und anderer Alkoholika
zusammengefunden hatte. Norma füllte zwei Sherry-
gläser mit einem Palomino Fino auf und trug sie zum
Couchtisch. Inzwischen hatte Elfie sich so weit aufgerichtet, dass sie sich gegen den Sofarücken lehnen konnte. Ob
die Farbe in ihr Gesicht zurückgekehrt war, ließ sich im
Zwielicht nicht ausmachen. Die Fenster waren mit Gar-
dinen verhängt. Norma knipste die Stehleuchte an und
rückte einen Sessel an den Couchtisch heran, auf dem ein
aufgeschlagenes Fotoalbum lag. Die Lampe beleuchtete
das Bild eines Kindes auf einem Tretroller. Auf dem Foto
daneben hockte der Junge auf einem Schaukelpferd. Ein
Bild weiter thronte er vergnügt auf den Schultern eines
korpulenten Mannes, der Gunther Krumsieks gedrun-
gene Stirn hatte.

Sie setzte sich in den Sessel und nippte am Sherry, der
trocken schmeckte, aber zu warm war. Der Alkohol legte
sich kribbelnd auf die Zunge.

Elfie balancierte das Glas zwischen den Fingerspitzen.
»Mir geht so vieles durch den Kopf. Alle meine Versäum-
nisse. Was Gunther angeht, aber auch Grit. Ich hätte ihr
beistehen müssen gegen ihren Vater. Ich habe sie im Stich
gelassen.« Sie brach ab und schaute, mutlos geworden, auf
die Kinderfotos ihres Stiefsohns.

»Grit hatte Probleme mit ihrem Vater«, wiederholte Norma mit sanfter Stimme. »Ist sie seinetwegen so früh von zu Hause fortgegangen?«

Elfie nippte am Sherry und stellte das Glas ab. »Es war der größte Fehler meiner Tochter, sich auf diesen Mann einzulassen. Das Drama war nicht vorhersehbar, das muss ich zu Inges Gunsten sagen. Als sie sich mit Jan-Thomas verlobte, gab er sich liebenswürdig, humorvoll und geduldig. Er war intelligent und gebildet, hatte eine hohe Position als Mathematiker beim Statistischen Bundesamt. Inge vergötterte ihn. Sie war, wie sie meinte, nur eine kleine Krankenschwester. Dabei hätte sie mit ihrem Abiturzeugnis Medizin studieren können, wenn es ihr nicht an Ehrgeiz und Willenskraft gefehlt hätte. Neben Jan-Thomas hatte sie sich von Anfang an dumm und unscheinbar gefühlt, was in gewisser Weise zutraf. Kurz nach der Hochzeit kehrte sich sein wahres Ich nach außen. Er war ein selbstgerechter Tyrann. Erst schikanierte er sie, später schlug er sie sogar. Mit einem Kind, so hoffte sie, würde er sich bessern. Ein Trugschluss. Ein schlechter Charakter ändert sich nicht.«

»Wann sind Ihnen diese … Umstände klar geworden?«

Elfie bückte sich nach ihrem Stock, hob ihn auf und faltete die Hände über dem Knauf. »Bis Grit in die zweite Klasse kam, wusste ich nichts davon. Inge und Jan-Thomas waren ein attraktives Paar. Natürlich habe ich gespürt, dass etwas nicht in Ordnung war. Inge erschien mir oft unsicher und angespannt. Streitereien habe ich mir vorstellen können. Niemals wäre mir in den Sinn gekommen, welch ein Monstrum er war. Man sah ihr die Misshandlungen nicht an. Eines Tages rief mich Grits Lehrerin an, weil das Kind Bauchweh hatte.

Es war harmlos, trotzdem sollte Grit abgeholt werden. Inge war unterwegs zu Besorgungen, wie ich annahm. Ich hatte einen Schlüssel zur Villa. Dort überraschte ich meine Tochter im Bad. Sie war am gesamten Rumpf grün und blau geprügelt.«

»Hat er auch Grit geschlagen?«

Elfie schüttelte den Kopf. »Dem Kind hat er nichts getan, jedenfalls nicht körperlich. Aber seine Erziehungsmethoden waren rigide. Wenn eine Schulnote nicht seinen Vorstellungen entsprach, konnte er sehr demütigend und ausfallend werden. Das alles hätte Grit ertragen. Womit sie nicht fertig wurde, waren seine brutalen Übergriffe gegen ihre Mutter. Inge hat sich nicht gewehrt. Sie hat ihn nicht verlassen. Das konnte Grit ihrer Mutter nicht verzeihen.«

»Also ergriff Grit die Initiative und ging?«

»Mit 15 lief sie davon. In der Hoffnung, er würde Inge in Ruhe lassen. Sie sah sich immer als Zankapfel, als Auslöser der ständigen Streitereien. Sie verschwand mitten im Schuljahr, war einfach fort. Natürlich haben wir gesucht. Jan-Thomas hat alle Hebel in Bewegung gesetzt, um sie zu finden. Grit trieb sich in Frankfurt, Hamburg und Berlin herum. Sie lebte auf der Straße.«

»Wie hat sie sich durchgeschlagen?«

Elfies Kinn zitterte, doch ihre Stimme blieb fest. »Sie hat schlimme Dinge gemacht. Erpressung, Raub und anderes, was ich ihr niemals zugetraut hätte. Ich habe mich so sehr geschämt, als sie sich mir Jahre später anvertraute.«

»Sie haben sich für die Taten Ihrer Enkelin geschämt?«

Mit der Stockspitze pochte Elfie auf die Granitplatten, um ihren Worten Gewicht zu verleihen. »Aber nein! Für mein Versagen habe ich mich geschämt. Meine Tochter hat beteuert, Grit würde von ihren Eheproblemen, wie sie es verharmloste, nichts mitbekommen. Jan-Thomas erziehe das Kind streng, aber gerecht. Ich wollte das einfach glauben, verstehen Sie? Ich habe die Augen vor der Wahrheit verschlossen. Ich hätte Grit beschützen müssen.« Sie schwieg erschöpft.

Was blieb einer Großmutter in dieser Situation zu tun? Die Schule zu informieren? Das Jugendamt einzuschalten? Fruchtlose Appelle an die Tochter zu richten, sie möge sich selbst und die Tochter endlich von dem Peiniger befreien?

Erneut setzte Elfie an. »Wie habe ich auf meine Tochter eingeredet, sich scheiden zu lassen. Sie wollte es partout nicht, und ich dachte, da sei noch ein Rest Zuneigung, der sie bei ihm hielt. Viel zu spät habe ich begriffen, dass sie um ihr Leben gefürchtet hat. Er drohte sie umzubringen, falls sie ihn verließ.«

Norma fühlte ein Kribbeln im Rücken. »Ihre Tochter ist abgestürzt, gemeinsam mit ihrem Mann. Ich weiß es von Grit.«

Inges Mann, bestätigte Elfie, sei Hobbypilot gewesen und hatte nach der Pensionierung jede freie Minute auf dem Flughafen verbracht. »Jan-Thomas hat sie getötet, und niemand kann sagen, ob es Absicht war. Inge hatte Angst vorm Fliegen, war aber dankbar für seine Freude daran. Die Fliegerei hob seine Laune und hielt ihn für viele Stunden aus dem Haus fern. In den letzten Jahren hatte sich alles eingependelt. Die Wogen hatten sich geglättet. Vielleicht waren ihm die Gewaltausbrüche einfach zu anstrengend geworden. Manchmal hat sie ihn zum Flughafen begleiten müssen. Sie wagte nicht, zu widersprechen, um das fragile Ehegefüge nicht aus der Balance zu bringen. Eines Tages kehrten beide nicht zurück. Das Flugzeug krachte in einen Wald bei Egelsbach. Ein Pilotenfehler, hieß es. Grit übernahm die Villa. Zunächst wollte sie das Erbe ausschlagen, bis Marlies die Frauenzuflucht ins Gespräch brachte. Heute bin ich sehr stolz auf meine Enkelin. Sie hat mit dem Dr.-Hahlbrock-Haus etwas sehr Bedeutendes aufgebaut.«

»Als Grit die Villa übernahm, hatte sie sich bereits gefangen, nicht wahr? Sie hatte die Schule beendet und ein Studium absolviert. Wie ist sie von den Drogen losgekommen?«

»Dank Marlies, die Grit aufgefangen hatte, als sie im Sturzflug nach unten war. Marlies hat ein großes Herz und viel Durchsetzungsvermögen. Nur sie konnte Grit zum Umdenken bewegen. Damals arbeitete Marlies in der Frankfurter Drogenszene.«

Sie richtete ihren Blick geradewegs auf Norma. »Grit ist nie angeklagt worden, aber ich weiß, sie hat auf der Straße gelernt, sich gegen andere zu behaupten. Grit und Gunther sind sich ihr Leben lang nicht grün gewesen. Ich habe Gunther großgezogen, er war für mich wie ein Sohn. Von seiner kindischen Eifersucht auf Grit ist er niemals losgekommen. Es war sein schönster Tag, als sie damals fortging. Nach ihrer Rückkehr fing alles von vorn an. Grit benahm sich auch nicht besser. Sie wollte sich nie wieder von einem Mann schikanieren lassen.«

Norma dachte an das, was Elfies lange Ausführung bedeuten könnte. »Befürchten Sie, Grit hat sich von Gunther befreit?«

Einen Moment lang zögerte Elfie, bevor sie offen erklärte: »An den Tatsachen ist nicht zu rütteln. Gunther wurde ermordet. Grit hat sich davongemacht, und in ihrem

Tresor lag eine Pistole mit genau dem Kaliber, das Gunther getroffen hat.«

Wie und wo mochte dieses letzte Detail durchgesickert sein?, fragte sich Norma. Hatte Verena geplaudert? Oder Franzi an der Tür gelauscht?

»Vielleicht liegt ein Fluch über der Villa Ophélie«, sagte Elfie grüblerisch.

»Glauben Sie an Flüche?«

»Ich bin vom Theater, da gehört Aberglauben dazu. Was wissen Sie inzwischen über den Maurergesellen?«

»Bisher behält er das Rätsel seines Todes für sich.«

Elfie sah auf und suchte Normas Blick. »Es bleibt eine Menge zu tun. Auch wenn es bis zur Beerdigung noch dauern wird, es ist so viel vorzubereiten. Und wie soll es mit dem Geschäft weitergehen? Die Polizei hat die Räume wieder freigegeben. Montagfrüh stehen die Kunden vor der Tür und wollen ihre Brillen abholen.« Sie wirkte bekümmert, beinahe verzweifelt.

»Was ist mit Gunthers Angestellten?«

Es gebe zwei junge Frauen, erklärte Elfie matt, die für das Büro und die Kundenbetreuung geschult seien, jedoch keine Optikerinnen.

Norma suchte nach einer Lösung. »Gibt es nicht jemanden, der die Aufgaben Ihres Sohnes kurzfristig übernehmen könnte? Jemand von außerhalb vielleicht? Ein Kollege, der vorübergehend Zeit hätte?«

Der Vorschlag munterte die alte Dame auf. »Ich könnte Theo Mensing bitten. Theo ist Optikermeister und hat Gunther nie als Konkurrenten gesehen. Beide haben sich nach Kräften gegenseitig unterstützt. Inzwischen hat Theo sein Brillengeschäft aufgegeben und die Räume einer Filiale überlassen. Die Miete bringt ihm mehr ein als der eigene Laden. Seitdem langweilt er sich, hat er gegenüber Gunther erst neulich erwähnt.«

Norma übernahm den Anruf und ging dafür in den Flur, damit Elfie sich ausruhen konnte. Der Optiker Mensing zeigte sich über Krumsieks Tod aufrichtig betroffen. Selbstverständlich könne er vorübergehend einspringen und sich um den Laden kümmern, erklärte er bereitwillig und versprach, noch am selben Abend die Schlüssel abzuholen. Damit war das Ladenproblem überraschend einfach gelöst. Blieb die Organisation der Beerdigung. Ob Marlies Hebisch einspringen könnte?

Die Therapeutin meldete sich mit professionell besorgtem Unterton und wollte sofort wissen, ob Normas Panikattacken zurückgekehrt seien. Zwei Tage waren seit der letzten Sitzung vergangen. Die turbulenten Ereignisse hatten Normas persönliche Probleme in den Hintergrund gedrängt. Sofort stand ihr der beschämende Schwächeanfall in der Praxis vor Augen.

»Es geht nicht um mich«, widersprach sie rasch. »Grits Großmutter braucht Unterstützung. Sie sorgt sich um die Vorbereitung der Beerdigung. Grit ist verschwunden, wie Sie sicherlich wissen.«

Marlies räusperte sich umständlich, bevor sie antwortete. Sie klang äußerst beunruhigt. »Verena hat mich angerufen und von der Waffe erzählt. Sie fühlt sich schuldig. Stimmt es, dass Krumsiek mit dieser Waffe erschossen wurde? Dass Grit unter Mordverdacht steht?«

»Langsam! Die Beretta hat das gleiche Kaliber, mehr weiß man bisher nicht. Zum Mordverdacht gehört einiges mehr. Wussten Sie von der Waffe in Grits Tresor?«

»Nein, nein!«, empörte sich Marlies. »Von der Pistole hatte ich keine Ahnung. Woher auch?«

»Nun, Sie und Grit arbeiten eng zusammen, und alle Tage spaziert sicher keine bewaffnete Bewohnerin durch die Villa. Warum hat Grit Ihnen nichts davon erzählt?«

»Früher wäre sie damit sofort zu mir gekommen, aber in letzter Zeit streiten wir andauernd. Der Umbau und dieser schreckliche Mumienfund, das belastet uns alle. Bestimmt kommen wir miteinander wieder ins Reine. Da bin ich mir ganz sicher. Was wird mit Grit geschehen? Muss sie in Untersuchungshaft?«

»Nur sofern sie ein Geständnis ablegt. Oder wenn ein begründeter Verdacht besteht.«

»Inwiefern begründet?«

»Wenn man zum Beispiel Schmauchspuren an ihren Händen oder der Kleidung finden würde. Der Schmauch legt sich überall drauf und lässt sich nicht abwaschen. Er zählt nicht als Beweis vor Gericht, wäre aber ein Indiz.«

»Das heißt, wenn man keinen Schmauch findet, ist Grit unschuldig?«

»Es geht bei der Methode nicht um Schuld oder Unschuld«, stellte Norma klar, »sondern allein um die Feststellung, ob der Verdächtige eine Waffe abgeschossen hat.«

»Dafür muss die Polizei Grit erst einmal finden!«

»Haben Sie Grit versteckt?«

Ein schrilles Lachen schallte in Normas Ohr. »Sie machen Witze, Frau Tann! Ich wüsste selbst gern, wo Grit sich aufhält. Ich muss mich jetzt um die Villa kümmern. Die Bewohnerinnen brauchen Zuspruch und Hilfe, bis Grit zurück ist und sich die Vorwürfe geklärt haben.«

Trotz des Verdachts, unter den ihre Freundin und Ziehtochter geraten war, sprach sie nun wieder so besonnen, wie es für die im Umgang mit Emotionen geschulte Therapeutin angemessen war. Außerdem zeigte sie sich hilfsbereit, wie Norma gehofft hatte, und war ohne Zögern bereit, Elfie zur Hand zu gehen. Das sei selbstverständlich. Grit sei ihr wie eine Tochter und damit gehöre die Großmutter sozusagen zur Familie.

Die alte Dame sah munterer aus, als Norma ins Wohnzimmer zurückkehrte, und nahm beide Hilfsangebote dankbar zur Kenntnis. Norma schenkte ihr einen zweiten Sherry ein. Als sie vor die Tür trat, zog die Dämmerung ins Rheintal.

23

Auf dem Weg zum Wagen fiel ihr Franzi ein. Beinahe hätte sie die Verabredung im Garten vergessen. Als sie am Villentor klingelte, erschien das Mädchen wie ein Déjà-vu auf dem Treppenpodest. Mit verweinten Augen näherte es sich dem Tor. Sein Blick war nicht minder angstvoll als zur Mittagszeit. Auf der Straße war es ruhig geworden. Die Belagerer waren offenbar unterwegs zur Pressekonferenz im Polizeipräsidium.

»Was wollen Sie?«

»Du wolltest mit mir reden. Schon vergessen?«

»Ist nicht mehr wichtig«, murmelte Franzi.

»Das glaube ich nicht, wenn ich dich so ansehe. Also, lässt du mich rein?«

Widerstrebend schloss sie auf. »Hat die Polizei Grit verhaftet?«

»Warum sollte man sie festnehmen?«

Franzi senkte den Kopf. »Na, wegen der Pistole! Die anderen reden über nichts anderes. Hat Grit damit auf Gunther geschossen?«

»Traust du es ihr zu?«

»Na, sie war auf 180 wegen dem!«

»Warum? Wegen seinem ewigen Genörgel? Weil er das Holzhaus verhindern wollte?«

Franzi schaute auf. Wie heftig ihr das Blut ins Gesicht schoss, war selbst im schwindenden Tageslicht zu erkennen. Sie wandte sich dem Tor zu und beobachtete durch die Eisenstäbe die Straße. »Marlies hat angerufen. Gleich wird sie hier sein. Sie ist die Letzte, die ich jetzt ertragen kann.«

»Lass uns im Pavillon reden«, schlug Norma vor.

Das Mädchen ging voraus. Der Weg führte an einem wuchernden Staudenbeet entlang. Vorsichtig trat Norma auf die bemoosten Steinplatten, die vom Regen glitschig waren. Die Dämmerung umhüllte Bäume und Büsche und ließ den Kirschlorbeer, der den Pavillon umrahmte, massiv wie eine Mauer wirken. Norma fühlte sich unbehaglich, und sie fragte sich, warum sich Franzi trotz ihrer Angst in diese unheimliche Ecke traute. Mannshoch umringten die Büsche den Pavillon und ließen nur ein Schlupfloch frei. Franzi wagte sich zuerst in das finstere Innere hinein. Norma hielt unwillkürlich den Atem an, bis ein Feuerzeug aufflammte. Das Mädchen zündete die Kerze in einem Windlicht an, das auf dem grob gezimmerten Holztisch stand, der sechseckig war wie die Grundfläche des Pavillons. Der Lichtschein flackerte nervös über die dunklen Holzwände.

»Findest du es nicht ziemlich einsam hier?«, fragte Norma und horchte in die Nacht hinaus.

Beherzt setzte sich Franzi auf die Bank, die sich an den Innenwänden entlangzog. »Das ist gut so! Hier sind wir ungestört. Die anderen Frauen kommen nie hierher. Flori und ich treffen uns hier, wenn er Zeit hat. Heute muss er seiner Mutter im Fitnessstudio helfen.«

Norma nahm ihr gegenüber Platz und kam gleich zur Sache. »Wie hast du das gemeint: Du könntest Marlies nicht ertragen?«

»Sie will mich ganz für sich haben! Genauso, wie sie früher Grit unter der Fuchtel hatte. Am Anfang gefiel mir das sogar. Marlies hat mir Klamotten besorgt und Handys geschenkt. Auf Grits Warnungen wollte ich nicht hören. Aber langsam habe ich genug von der Eifersucht und der ständigen Kontrolle«, schimpfte sie.

»Auf wen ist Marlies eifersüchtig?«

»Flori geht ihr gegen den Strich. Und Grit ebenso. Marlies behauptet, sie könnte sich viel besser um mich kümmern als jeder andere.«

»Wie muss ich mir diese Fürsorge vorstellen?«

Die Hände flach auf die rauen Bohlen gelegt, aus denen die Tischplatte zusammengeschustert war, beugte Franzi sich vor. »Sie liest dir jeden Wunsch von den Augen ab. Zum Dank musst du dich zu ihrem Besitz machen lassen. Ich soll mich von Flori trennen! Angeblich hat er einen schlechten Einfluss auf mich.« Die Hände zuckten zurück und ballten sich zu kleinen, kompakten Fäusten zusammen.

Die Flamme blendete. Während Norma das Windlicht zur Seite schob, fragte sie: »Wenn es nicht um den Neubau ging, worum dann? Warum war Grit so wütend auf Gunther?«

»Um mich ging es. Um mich! Ich bin schuld, wenn sie ihn ermordet hat.«

»Es steht noch gar nicht fest, ob sie die Täterin ist. Oder hast du mehr als Vermutungen zu bieten?«

Franzi zögerte und schien mit sich zu kämpfen, bis das Bedürfnis siegte, das Geheimnis loszuwerden. Wie ein Sturzbach strömten die Worte heraus. Als alles gesagt war, schwieg sie erschöpft. Und erleichtert.

Norma hatte unter der Bank zwei Wolldecken entdeckt, mit denen sie sich warmhalten konnten, und war an Franzis Seite gerückt. Die Neuigkeiten hatten sie aufgewühlt. Ein Knacken in ihrem Rücken ließ sie herumfahren. Außerhalb des flackernden Kerzenlichts war Finsternis. Florian, der sich heranpirschte? Irgendein Tier womöglich? Die ganze Zeit war nichts anderes zu hören gewesen als die Autos auf der Rheingaustraße. Verkehrsgeräusche, die durch die anbrechende Nacht wie gefiltert klangen. Sie lauschte angespannt, aber es blieb still.

Ihr Blick wanderte zu dem Mädchen, das wie versteinert an ihrer Seite ausharrte. Am späten Donnerstagnachmittag war es zu einem Übergriff gekommen; in der Zeit, als Florian die Unterlagen aus der Villa in Normas Büro abgeliefert hatte. Wieder in Sicherheit, war Franzi drei Mal hintereinander unter die Dusche gestiegen und danach zum Rheinufer gelaufen und hatte alle Kleidungsstücke ins Wasser geworfen. Die bösen Erinnerungen hatte sie damit nicht loswerden können. Stattdessen waren alle Indizien vernichtet. Krumsiek hatte sie vergewaltigt. Es schien knifflig bis unmöglich, ihm die Tat posthum nachzuweisen. Blieben nur die Hoffnungen auf Spuren in seiner Wohnung, wo der Übergriff stattgefunden hatte, und den ausgefeilten Spürsinn der Kriminaltechniker.

Sofern Franzi ihr kein Märchen aufgetischt hatte. Wie glaubhaft war das Mädchen? Wollte sie lediglich Aufmerksamkeit? Ihre Anschuldigung brachte Grit in Schwierigkeiten. Indem sie sich Grit anvertraut hatte, lastete sie ihr ein Motiv für den Mord an: Rache für den Schützling. Man durfte nicht ausschließen, dass Franzi möglicherweise genau dieses beabsichtigte: einen Verdacht gegen Grit zu schüren. Um von sich abzulenken, weil sie sich selbst an Krumsiek gerächt hatte? Oder von ihrem Freund? Florian war zur Tatzeit im Schlosspark gewesen und hatte sich Milano und Wolfert als Zeuge präsentiert – und Norma als Einbrecherin angeschwärzt, was sie großzügigerweise nicht überbewerten wollte. Dass Franzi sich Norma anvertraut hatte, sprach allerdings gegen eine Verwicklung in Krumsieks Tod. Wäre sie oder ihr Freund beteiligt, hätte sie besser geschwiegen und kein Rachemotiv offenbart.

Das Mädchen wischte sich mit dem Pulloverärmel über die Augen. Sie wirkte kindlicher und verletzlicher denn je. Norma kam sich schäbig vor. All diese Verdächtigungen! Konnte sie in Franzi nicht einfach nur das unschuldige Opfer sehen?

Sanft fragte sie, jeden Vorwurf in der Stimme vermeidend: »Was hattest du überhaupt in Krumsieks Haus zu suchen?«

Franzi hatte sich gefasst, sprach jetzt ruhiger. »Ich mache bei ihm sauber, ab und zu jedenfalls. Bis zum letzten Mal war er immer nett gewesen, und das Geld stimmte. Dass er es schon lange auf mich abgesehen hatte, habe ich erst im Nachhinein kapiert. Am Donnerstag hatte er getrunken, was ich auch zu spät mitgekriegt habe. Plötzlich hat er mich gepackt und in sein Schlafzimmer gezerrt. Ich habe versucht, mich zu wehren, aber er war so stark.«

»Wann hast du Grit davon erzählt?«

»Am nächsten Morgen. Am Freitag. Ich musste einfach mit jemandem reden, verstehen Sie? Ich habe aus dem Fenster gesehen und gewartet, bis das Schwein aus dem Haus kam. Er wollte nach Frankfurt zur Messe, das hatte er mir erzählt. Ich hab also gewartet, bis er weg war. Grit wäre sonst womöglich sofort auf ihn losgegangen. Sie kann dermaßen aus der Haut fahren!«

»Und das wolltest du verhindern?«

»Ich wollte keinen Aufstand. Grit sollte sich wieder einkriegen, bevor das Schwein abends zurückkam. Das alles war schlimm genug. Es sollte nicht gleich das ganze Haus mitbekommen.«

»Also weiß in der Villa sonst niemand davon?«

»Grit hat versprochen, es keinem zu erzählen. Und sie sollte vorerst auch Gunther auf keinen Fall deswegen ansprechen. Grit sollte es einfach nur wissen – mehr nicht. Und erst mal nichts unternehmen. Ich wollte in Ruhe überlegen, wie es weitergeht.«

»Was ist mit Marlies?«

»Grit hat versprochen, ihr nichts zu sagen. Damit Marlies mir mit ihrem Therapeutengetue nicht die Luft abdrückt.«

Ob Grit sich daran gehalten hat? In Marlies hätte sie eine kompetente Ratgeberin gehabt. Nicht nur eine Vertraute, sondern eine Spezialistin für Gewalttraumata.

»Und Florian?«

Der Name löste einen erneuten Tränenstrom aus. »Ich wollte ihm nichts sagen. Weil ich dachte, er macht vielleicht Schluss, weil ich … Aber er sagt, es macht ihm nichts aus.«

Norma wartete ab, bis Franzi sich beruhigt hatte. »Seit wann weiß er davon?«

»Ich war fix und fertig, nachdem ich mich Grit anvertraut hatte. Florian wollte wissen, was los ist. Ich musste es ihm sagen, als er nachmittags in die Villa kam.«

»Also ebenfalls am Freitag?«

»Ja, das war so gegen zwei«, erinnerte sich Franzi.

16 Stunden später lag Krumsiek tot im Mosburgteich.

»Franzi, du hast keine Wahl. Du musst mit der Polizei reden.«

»Ich kann das nicht!«

»Mir gegenüber hast du es auch geschafft.«

Franzi schlug die Arme über den Kopf, als wollte sie sich in sich selbst verkriechen. »Ich will niemals wieder darüber reden.«

An diesem Abend wäre das Mädchen zu keiner Aussage mehr zu bewegen, schloss Norma daraus. »Lass uns morgen früh entscheiden, wie es weitergeht. Komm, ich bringe dich ins Haus.«

Sie legte die Decken zusammen und löschte die Kerze. Franzi hielt sich an ihr fest, als sie Arm in Arm zur Villa zurückgingen. Mehrere Frauen unterhielten sich in der Küche, doch zu sehen war niemand, so gelangten sie ungesehen in Franzis Zimmer. Norma dürfe sie allein lassen, versicherte Franzi. Sie sei hundemüde und wolle nur noch schlafen.

Eine Frage lag Norma auf der Seele. »Seit wann wusstest du von der Pistole? Bitte antworte mir ehrlich, Franzi!«

»Ich war dabei, als Grit die Waffe im Tresor einschloss«, gab sie zu.

»Kennst du den Code?«

»Was glauben Sie? Natürlich nicht!«, widersprach Franzi aufgebracht.

»Aber Florian kennt den Code. Er hilft bei der Buchführung und muss ab und zu an den Tresor ran. Wusste er auch von der Waffe?«

Ein unsicheres Schulterzucken. »Kann sein, dass ich ihm von der Knarre erzählt habe.«

»Ja oder nein?«, fragte Norma eindringlich.

»Was soll die Fragerei? Wir haben den Krumsiek nicht alle gemacht! Kann ich mich auf Sie verlassen? Dass Sie nicht mit der Polizei über mich reden?«

»Ich bin kein Priester mit Beichtgeheimnis, Franzi. Aber ich handle nicht über deinen Kopf hinweg, versprochen. Lass uns morgen weitersehen.«

Sie ließ das Mädchen im Zimmer zurück und klopfte an die Küchentür. Auf ihre Bitte ging Verena mit hinaus in den Garten und schloss das Tor auf.

»Was ist nur los bei uns?«, fragte Verena verwirrt und raffte ihre bunt geringelte Strickjacke zusammen. »Alles Unglück hat mit der Mumie angefangen.«

Als Norma die Treppen zur Dachwohnung hinaufstieg, fühlte sie sich wie ausgelaugt. Für den Abend hatte sie nur drei Wünsche: duschen, essen und sich mit einem Buch ins Bett verkriechen. Toni Senders Autobiografie erschien ihr eine willkommene Ablenkung von diesem aufregenden Tag.

24

Dienstag, der 24. August 1914

Aufmunternd nickte Eberhard der Dame zu, die gegenüber Platz genommen hatte. Der breite Schreibtisch hielt seine Patienten auf Abstand.

»Ich verschreibe Ihnen ein neuartiges Medikament. Halten Sie sich warm, damit Sie die Erkältung schnell überstehen.« Ihr zart geschwungener Mund erinnerte ihn an Toni. Er wandte den Blick ab und griff nach dem Rezeptblock. »Wie geht es Ihrem Mann, Frau Sender? Er sollte weniger arbeiten und mehr Rücksicht auf sein schwaches Herz nehmen.«

»Moritz bemüht sich, Herr Doktor. Was ihm diese Zeiten nicht leicht machen.«

Mehr sagte sie nicht. Seit drei Wochen herrschte Krieg. Es war niemandem angeraten, Bedenken zu äußern und als unpatriotisch dazustehen, und keinesfalls einer Jüdin. Trotz des Ansehens, das sich Moritz und Marie Sender in Biebrich erworben hatten. Seit dem Attentat am 28. Juni 1914 in Sarajewo, als ein Student den österreichisch-ungarischen Thronprinzen Franz Ferdinand und seine Frau erschossen hatte, war das Deutsche Reich dem Krieg unaufhaltsam entgegengesteuert. Wer Zweifel an einem raschen und bedingungslosen Sieg äußerte, geriet gefährlich in die Nähe von Landesverrätern. Auch Eberhard war vorsichtig. Er hatte nicht den Mumm, sich mit der Obrigkeit anzulegen, und wäre wie alle treuen Deutschen in den Kampf gezogen, hätte man ihn nur haben wollen. Ein Krüppel taugte nicht für die Front.

Wäre er doch so mutig wie Toni! In Gedanken sah er sie vor sich, diese fragile Person, wie sie sich in verräucherten Pariser Hinterzimmern mit bärtigen Genossen zu konspirativen Versammlungen traf, um – koste es, was es wolle – den Krieg zwischen Deutschland und Frankreich aufzuhalten. Sie hatte sich den französischen Sozialisten angeschlossen und zu einem ihrer führenden Köpfe entwickelt. Als weibliche Genossin und Deutsche, was Eberhard bei jeder anderen Frau für überaus erstaunlich gehalten hätte. Nicht bei Toni.

Wie sehr sie Paris liebte, war aus ihren Briefen herauszuhören. Trotz des schwierigen Starts. Im Herbst 1910 hatte sie sich von Frankfurt aus für eine leitende Stellung in einer Metallfirma beworben und vollmundig ihre perfekten Sprach- und Stenografiekenntnisse angepriesen. In Englisch und Französisch! In Wahrheit konnte sie die Kurzschrift keiner der beiden Sprachen, und ihr Französisch reichte gerade so für das Parlieren mit dem Vater. Sie hätte das Blaue vom Himmel versprochen, um fortzukommen. Dennoch wurde sie angenommen und überstand die Probezeit, weil sie sich das fehlende Wissen in langer Nachtarbeit aneignete. Mit der Arbeitswut und dem Durchhaltevermögen, die ihr eigen waren.

Marie Sender straffte die Schultern, als wollte sie sich erheben, sank still in den Stuhl zurück.

»Ja, bitte?«, fragte Eberhard fürsorglich.

Sie räusperte sich. »Herr Doktor, Sie haben öfter nach

meiner Tochter gefragt, und ich meine weder Jenny noch Recha.«

Er befürchtete das Schlimmste, als ihr die Tränen in die Augen stiegen und sie nach einem Taschentuch griff. Hatte man Toni in ein französisches Konzentrationslager gesperrt? Dann strahlte sie ihn mit nassen Wangen an, und er begriff endlich, dass sie vor Freude und Erleichterung weinte.

Marie Sender war keine Frau, die sich gehen ließ. Sie fasste sich schnell. »Herr Doktor, ich weiß, Ihnen liegt viel an unserer Tochter. Toni ist zurück! Todmüde, aber heil und gesund! Wir sind von Herzen erleichtert!«

Sie berichtete Eberhard, was vorgefallen war: Toni hatte Paris keine Stunde zu früh am 31. Juli in Richtung Schweiz verlassen und versucht, von Basel aus über die Grenze nach Deutschland zu kommen. Wie jede alleinreisende Frau besaß sie keinen Reisepass – und ohne Papiere ließ man sie nicht durch. Sie sei womöglich keine Deutsche. Drei Wochen musste sie ausharren, bis sie dem deutschen Konsul androhte, er habe in Kürze für ihren Unterhalt aufzukommen, weil ihr das Geld ausgehe. Ein Argument, das Wirkung zeigte.

»Zwei Tage war sie mit der Bahn unterwegs, kreuz und quer durch Süddeutschland, zusammengepfercht mit Soldaten, die ihr zu essen gaben«, erzählte Marie Sender und trocknete sich ein weiteres Mal die Augen. »Bis sie gestern Abend endlich Biebrich erreichte.«

»Warum hat sie sich aus der Schweiz nicht bei Ihnen gemeldet?«, fragte er vorwurfsvoll und fügte im Stillen hinzu: Und nicht bei mir!

»Sie hat ja geschrieben! Briefe und Telegramme! Nichts ist angekommen.«

Eberhard spürte, wie sein Hals trocken wurde. Vier Jahre hatte er sie nicht gesehen. »Dürfte ich Ihre Tochter besuchen?«

Marie Sender stand auf. Sie lächelte überglücklich. »Von mir aus sehr gern, Dr. Hahlbrock. Ich sage Toni, dass Sie nach ihr gefragt haben.«

Zwei Tage später empfing sie ihn im Haus ihrer Eltern. Das Treppenhaus, durch das er sich als Bub auf den Dachboden geschlichen hatte, erschien ihm eng und bedrückend. Toni wirkte blasser und mädchenhafter denn je. Ihre kühle Zurückhaltung führte er auf die strapaziöse Reise zurück. Zumindest eine Umarmung hätte sie ihm gönnen können, stattdessen war sie auf Abstand bedacht. Er schluckte die Eifersucht auf die mitreisenden Soldaten hinunter, als er ihr in die Stube folgte. Auf dem Tisch standen Tee und Gebäck bereit. Zwei Tassen! Sie würden unter sich bleiben. Er schickte einen stillen Dank an Marie Sender.

Abwartend saßen sie sich gegenüber, getrennt durch den runden Biedermeiertisch.

Toni musterte Eberhard mit hochgezogenen Augenbrauen. »Deine Praxis läuft sehr gut, höre ich.«

Ein bisschen Auftrumpfen durfte er sich erlauben. »Bestens, danke. Im Parterre der Villa wird es zu eng. Ich will anbauen, ebenerdig, ohne Treppen und mit hellen und modernen Räumen.«

Sie stellte zwei, drei höfliche Fragen zu seinen Plänen. Danach erkundigte er sich nach den letzten Tagen in Paris.

Endlich zeigte sich Toni eine Spur zugänglicher. »Ich hätte bleiben können. Als Ehefrau eines Franzosen.«

Das Herz sank ihm wie ein Stein in den Magen. »Du bist verlobt?«

»Nicht wie du denkst, Eberhard!«, widersprach sie, und ihre Stimme klang so vertraut wie früher. »Ein sehr lieber Freund, er ist Pharmaziestudent, hat mir angeboten, ihn zu heiraten, damit ich bleiben kann.«

»Du hast ... abgelehnt?«

Toni warf einen Blick auf die Teekanne, als überlegte sie, ob sich das Einschenken lohne. »Wir mögen uns sehr. Aber ich will unabhängig bleiben. Er hat das verstanden, und ich bin gegangen.«

Sein Herz schlug leicht wie das eines Vogels. Wenn er sie nicht haben konnte, dann wenigstens auch kein anderer. »Bekomme ich einen Tee?«

Zögernd griff sie zur Teekanne, goss erst ihm, dann sich ein und fragte: »Was willst du, Eberhard? Warum bist du hergekommen?«

»Ich möchte dich um Hilfe bitten.«

Diese Antwort schien sie zu überraschen. »Um Hilfe wobei?«

Nicht ohne Genugtuung eröffnete er ihr, man habe ihn als Chirurgen ins Militärkrankenhaus berufen.

Toni schaute skeptisch. »Und was habe ich damit zu tun?«

»Du kannst dich dort nützlich machen.«

»Ich bin kaufmännische Angestellte, keine Krankenschwester. Von Medizin habe ich keine Ahnung.«

»Du wirst im Schnellverfahren ausgebildet. Bitte, Toni! Die Männer sind verwundet. Sie leiden. Sie brauchen jeden Beistand.«

Nicht den Kriegstreibern, sondern den Kriegsopfern zu helfen, war ein Argument, das sie schließlich überzeugte.

»Der Krieg wird nicht lange dauern«, erklärte sie hoffnungsvoll.

Selbst eine so gescheite Person wie Toni konnte sich irren.

25

Sonntag, der 13. Oktober

Am Sonntagvormittag machte Franzi tatsächlich ihre Aussage, obwohl es zuerst nicht danach ausgesehen hatte. Widerspenstig und den Tränen nahe war sie zu Norma in den Wagen gestiegen und hatte auf dem Weg zum Polizeipräsidium mit stillschweigendem Vorsichhinbrüten Normas Zweifel genährt, ob sie im Vernehmungszimmer auch nur eine Silbe herausbrächte. Wie ein geprügeltes Hündchen tappte das Mädchen Norma vom Parkplatz zum Haupteingang hinterher. Im Foyer wurden sie von einer jungen Beamtin in Empfang genommen und zügig durch die Gänge geleitet. Norma hatte zuvor mit dem Leiter der Sonderkommission, ihrem früheren Chef Gert-Michael Schneider, telefoniert und ihn auf die Aussage vorbereitet.

Bei den Mitarbeitern der Sonderkommission ›Mosburg‹ herrschte konzentrierte Geschäftigkeit. Für einen Augenblick bedauerte Norma, niemals mehr einer so kompetenten Gruppe anzugehören, nie wieder ein Rädchen im Getriebe zu sein. Vielleicht könnte sie erneut einsteigen? Wenn sie in Zukunft ihre Ängste unter Kontrolle hielte, wenn die Panikattacken ausblieben, die ihr nach der Entführung die Arbeit im Team unmöglich gemacht hatten: Warum sollte sie nicht in den Polizeidienst zurückkehren? Allerdings verflogen diese Hirngespinste so schnell, wie sie gekommen waren. Norma Tann, Private Ermittlerin: Das war ihre Berufung. Und dabei sollte es bleiben.

Milano stapfte über den Flur. Links den Arm voller Akten, rechts ein randvoller Kaffeebecher. Er grüßte im Gehen und verwies sie auf den Vernehmungsraum 3. Dort öffnete Wolfert die Tür. Mit übernächtigter Miene, ein Sakko in Übergröße schlackerte um den mageren Oberkörper, bat er sie in das Zimmer, in dem außer einem Tisch mit vier Stühlen kein Bild, kein Vorhang, keine irgendwie geartete Dekoration die Augen beschäftigen konnte. Wolfert reichte Franzi die Hand, die sich ein wenig gefangen hatte und die Hand ergriff wie ein artiges Kind. Er bat sie, sich kurz zu gedulden. Bitte nicht zu lange, hoffte Norma, die sich erneut um Franzis Redebereitschaft sorgte. Nur Minuten später kehrte er in Begleitung einer Kommissarin zurück, die ebenfalls der Soko angehörte.

Irina Fleischmann begrüßte Norma mit kräftigem Handschlag. Wer sie nicht kannte, hätte ihr, die strengfrisiert und im steingrauen Kostüm an eine Gouvernante aus einem alten englischen Fernsehfilm erinnerte, nicht unbedingt großes Einfühlungsvermögen zugetraut. Norma hingegen war erleichtert. Die Fleischmann galt als erfahren in heiklen Vernehmungen. Franzi beäugte die Kommissarin schüchtern und wollte nur reden, wenn Norma an ihrer Seite blieb. Wolfert rückte seinen Stuhl an die Wand und damit heraus aus Franzis unmittelbarem Blickfeld. Irina Fleischmann setzte sich Norma und Franzi gegenüber, legte einen Schreibblock auf den Tisch und schaltete ein Aufnahmegerät ein. Die ersten Fragen galten Name, Alter und Adresse.

Das Mädchen wechselte einen Blick mit Norma und wartete deren Nicken ab, bevor sie Antwort gab: »Franzi. Franziska Krause. Ich bin 19 und wohne im Dr.-Hahl-brock-Haus.«

»Warum nicht bei den Eltern?«, fragte die Fleischmann, während sie ihren Block bekritzelte.

Franzi schaute geradeaus auf die glatte Wand. »Meine Mutter will ihr eigenes Leben haben – das heißt, ohne mich. Sie war 16, als sie mich kriegte. Ich habe ihr die Jugend gestohlen, sagt sie.«

»Und Ihr Vater, Franziska?«

»Der war jedenfalls schlau genug, sich rechtzeitig aus dem Staub zu machen.«

»Sie haben keinen Kontakt zu ihm?«

»Um Kontakt zu haben, wie Sie das nennen«, entgegnete Franzi schnippisch, »muss man wissen, wer der Kerl ist, der einen gezeugt hat. Meine Mutter erinnert sich nur, dass er Manni hieß. Manni aus Frankfurt! Sagen Sie mir, wie ich mit Manni aus Frankfurt in Kontakt kommen soll!«

»Immerhin hat Ihre Mutter Ihnen einen hübschen Namen mitgegeben.«

»Geht's jetzt um meinem Namen, oder was?«

»Franziska …«

»Franzi!«

Die Fleischmann bleckte die Gouvernantenzähne. »Wie Sie wünschen, Franzi. Das Dr.-Hahlbrock-Haus ist eine Zufluchtsstätte für traumatisierte Frauen. Gilt das auch für Sie?«

»War's mal, ja. Eine Zuflucht, meine ich«, erklärte das Mädchen ein wenig zugänglicher. »Marlies Hebisch hat mir einen Platz vermittelt. Sie ist dort die Frau fürs Psychische. Inzwischen habe ich einen Job dort. Ich arbeite in der Küche, im Haus und so weiter. Mache Einkäufe, und so.« Grit habe ihr sogar den Führerschein finanziert, damit sie den Wagen benutzen könne, fügte sie mit Nachdruck hinzu.

Weitere Fragen folgten, mit denen sich die Fleischmann behutsam voranbewegte. Norma gefiel es, nur zuhören zu dürfen. Franzi erwärmte sich zusehends für die Aufmerksamkeit – zumal die Themen weit von dem eigentlichen Anliegen entfernt schienen. Bereitwillig erzählte sie, wie sie als Kind teils bei der Mutter, teils bei den Großeltern und überwiegend bei wechselnden Pflegeeltern untergebracht gewesen war. Dem Vagabundenleben zum Trotz hatte sie den Hauptschulabschluss geschafft. Die Lehre zur Bäckereifachverkäuferin hatte sie allerdings vor der Prüfung hingeschmissen.

Die Fleischmann hielt im Schreiben inne. »Warum? So kurz vor dem Ziel?«

»Weil …« Franzi zögerte und warf Norma einen nervösen Blick zu, als gerate sie auf gefährliches Terrain. »Wieso wollen Sie das wissen?«

»Erzählen Sie mir einfach davon. Warum haben Sie die Lehre abgebrochen?«

»Na, weil mein Chef …« Franzi holte tief Luft. »Der war ein Grapscher. Der konnte seine Hände nicht zurückhalten. Ich bin weg, bevor er mehr wollte.«

»Passiert es Ihnen öfter, dass Männer zudringlich werden?«

»Kommt vor. Männer sind eben so«, sagte sie betont gleichgültig.

Die Fleischmann ging nicht weiter darauf ein und kam auf den Kern des Besuchs zu sprechen. Franzi hielt sich tapfer und wiederholte ohne Abweichungen, was sie

Norma am Abend erzählt hatte. Bis die Rede auf Florian kam. Als die Fleischmann nachhakte, ob der Freund mit dem Mord zu tun haben könnte, brach Franzi in Tränen aus.

Norma blieb im Präsidium, bis Franzi die nötigen kriminaltechnischen Untersuchungen überstanden hatte, und brachte sie am frühen Nachmittag nach Hause. In der Villa warteten die Frauen in größter Sorge auf eine Nachricht von Grit. Auch Marlies Hebisch war da, sichtlich bemüht, die Ruhe zu bewahren und die Wogen zu glätten. Franzi hatte keine Chance, der Fürsorge der Therapeutin zu entkommen, die ihr geschickt alle Einzelheiten der Vernehmung aus der Nase zog. Norma fühlte sich überflüssig.

Endlich gelang es Franzi, sich von Marlies loszueisen und Norma nach draußen zu begleiten. Mit fahrigen Handgriffen schloss sie das Tor auf.

»Das mit Krumsiek wäre nicht passiert, wenn ich nicht …«, begann sie und brach mitten im Satz ab.

»Wenn du *was* nicht?«

»Ach, unwichtig!«

Eine Antwort, die lässig hatte klingen sollen, aber das Gegenteil bewirkte. Eilig kehrte Franzi ins Haus zurück.

Sie hatte nicht alles erzählt.

26

November 1918

Die Arbeit im Militärkrankenhaus brachte Eberhard an den Rand seiner Leistungsfähigkeit. Das Glück, Toni an seiner Seite zu haben, verblasste in Anbetracht des Elends der Patienten, von denen viele beinahe noch Kinder waren. Dazu gehörte ein junger Soldat, der keine schweren Verletzungen hatte. Allerdings konnte er den Mund nicht schließen.

»Was ist mit ihm?«, fragte Toni beunruhigt. »Seine Augen sind voller Angst.«

Eberhard bat sie nach draußen, damit der Verwundete sie nicht hören konnte. »Es ist Tetanus, und wir haben kein Antitetanusserum. Ich schicke ein Telegramm raus. Kümmere du dich um den Patienten.«

Er nutzte seine besten Kontakte. Das Serum wurde geliefert, doch der Junge starb, bevor es eintraf. Anderen erging es besser. Waren die Schmerzen erträglich, zeigten sich die Soldaten sogar froh über den ›Heimatschuss‹, der sie vorübergehend vor den Schützengräben bewahrte.

Eines Tages nahm Toni Eberhard beiseite. »Wir pflegen die Männer gesund, und danach müssen sie zurück in den Krieg. Als Kanonenfutter! Das ist für mich unerträglich. Ich gehe zurück nach Frankfurt. In meiner früheren Firma soll ich eine neue Abteilung aufbauen.«

»In einem Metallkonzern? Dir ist doch klar, dass man dort Kriegsmaterial produziert. Wie passt das zu deiner politischen Einstellung?«

»Mein Chef weiß, dass ich gegen den Krieg bin. Aber ich habe ihm viel zu verdanken. Er braucht mich, und ich werde ihn nicht im Stich lassen. Dass ich damit indirekt den Krieg unterstütze, lässt sich nicht vermeiden. Niemand, der in der Wirtschaft arbeitet, kann das verhindern.«

»Wie willst du mit diesem Widerspruch leben?«, wunderte er sich.

»Indem ich offen damit umgehe. Auf keinen Fall darf ich das Vertrauen meiner Vorgesetzten enttäuschen. Ich werde die Aufgaben im Büro und meine politische Arbeit gegen den Krieg strikt trennen.«

Eberhard musste sie ziehen lassen – mit großen Sorgen um ihre Gesundheit. Die Menschen hungerten; das einzige Lebensmittel, das es ausreichend gab, waren Rüben. Rüben zum Frühstück. Rüben zum Mittag. Rüben zur Nacht. Was noch schlimmer war: Seit dem Frühjahr wütete die Spanische Grippe im Land und tötete die Menschen wie die Fliegen, die Kleinkinder und Alten, und vor allem die jungen Leute. Die ausgelaugten Körper hatten keine Abwehrkräfte. Viele Erkrankte starben, als Folge der Grippe, an Lungenentzündung. In der Praxis, um die er sich neben der Arbeit im Krankenhaus kümmerte, ging der Tod ein und aus.

Der Krieg war längst verloren. Daran hatte Eberhard keinen Zweifel mehr – gegen alle Durchhaltepropaganda. Nach Biebrich drangen Gerüchte über eine Gruppe Kieler Matrosen, die sich am 30. Oktober 1918 geweigert hatte, sich in einer von vornherein aussichtslosen Schlacht erschießen oder ersäufen zu lassen. Andere Schiffsmannschaften folgten dem Beispiel der Kieler. In den folgenden Tagen gab es Hunderte von Verhaftungen und viele Todesurteile, die die Bewegung dennoch nicht aufhalten konnten. Eberhard hatte Toni seit Wochen nicht gesehen, aber gehört, sie würde eng mit einem Sozialisten namens Robert Dißmann zusammenarbeiten. Nun befürchtete er, der Mann könne sie in gefährliche Aktionen verwickeln. Die Militärbehörden hatten Toni seit Langem im Visier.

Am 11. November 1918, einem Montag, hielt er die Ungewissheit nicht länger aus. Er ließ die Praxis geschlossen und hatte Glück, einen Zug zu bekommen. Auf dem Frankfurter Hauptbahnhof herrschte ein ungewöhnlicher Trubel. Anspannung lag in der Luft. Soldaten durchsuchten die Züge nach Aufständischen. Auf dem Bahnhofsplatz drängte sich eine aufgebrachte Menschenmenge zusammen, mittendrin eine Gruppe von Männern in blauen Hemden: Matrosen, die, wie Eberhard von den Umstehenden zugeraunt wurde, aus Kiel angereist waren, um ihre revolutionäre Bewegung im Land zu verbreiten. Unwillkürlich hielt Eberhard nach Toni Ausschau – und wollte seinen Augen nicht trauen: Da war sie und diskutierte mit den Wortführern der Blauhemden. Als sie sich zum Gehen wandte, stand Eberhard hinter ihr.

Sie schenkte ihm einen warmen Blick. »Eberhard! Du kannst mir helfen! Ich muss die Offiziere überzeugen.«

Humpelnd konnte er kaum mit ihr Schritt halten. Seine Bemühungen, ihr den Weg freizumachen, gingen ins Leere.

Wie sie reden konnte, wusste er, deshalb überraschte es ihn nicht, dass ein junger Unteroffizier ihren Argumenten verfiel und sich überzeugen ließ, die Durchsuchungen zu beenden. Und nicht nur das! Der Soldatentrupp räumte den Bahnhof und machte gemeinsame Sache mit den Matrosen. Mit der Revolution. Eberhard war zutiefst beeindruckt. Und konnte es kaum erwarten, auch dieses Ereignis in einem geheimen Brief festzuhalten.

27

Montag, der 14. Oktober

Die Fahndung nach Grit Blancke verliefe erfolglos, ließ sich Wolfert am frühen Montagmorgen per Telefon entlocken. Erst beim fünften Versuch hatte Norma ihn erreicht. Er sei auf dem Weg von einer Teambesprechung in die nächste, knurrte er in für ihn untypischer Milanoart ins Telefon, und fühle sich nach minimaler Nachtruhe nicht in der Stimmung für Plaudereien.

Sie wolle ihn nicht lange aufhalten, versprach sie und fragte im nächsten Atemzug nach dem Ergebnis des Kugelvergleichs.

»Ist eindeutig!«

»Inwiefern eindeutig? Heißt das, die Kugel, die Krumsiek getroffen hat, wurde mit der Beretta aus Grits Tresor abgefeuert?«

Wolfert brummte zustimmend.

»Habt ihr Florian vernommen?«

Wie aus einem Reflex heraus gab er sich zugeknöpft. »Norma, du gehörst nicht zur Soko. Was mir leidtut, nebenbei bemerkt. Ich darf keine weiteren Polizeiinterna herausgeben.«

Wolfert, der sich immer aufs Neue schwertat, über seinen Schatten zu springen! Norma raufte sich die Haare. »Und dir muss klar sein, Dirk: Ohne mich hättet ihr den

Jungen gar nicht auf dem Schirm. Nur dank Franzis Aussage ...«

»Lass es gut sein, Norma! So viel kann ich dir sagen: Neben Grit Blancke gibt es einen weiteren möglichen Täter.«

»Heißt das, Florian hat gestanden?«

»Leider nein. Er streitet ab, auf Krumsiek geschossen zu haben.«

»Herrje, Dirk! Was habt ihr?«

»Schmauchspuren. An Florians Händen und an seiner Kleidung.«

»Also muss Florian geschossen haben! Oder er war zumindest ganz in der Nähe.«

»In der Nähe eines Schusses, nicht mehr und nicht weniger. Er behauptet, er habe sich am Freitagnachmittag die Waffe aus Grit Blanckes Tresor genommen und sei damit für Schießübungen in den Taunus geradelt. Auf der Karte konnte er die versteckte Lichtung nicht wiederfinden, auf der er angeblich herumgeballert hat. Die Waffe will er anschließend in den Tresor zurückgelegt haben. Ebenso angeblich kannte er den Code. Wie andere übrigens auch, behauptet er. Grit Blancke habe es mit der Sicherheit schleifen lassen.«

»Das stinkt doch zum Himmel«, rief Norma. »Florian war zur Tatzeit im Park. Und er hat ein Motiv. Mord aus Rache für seine Freundin.«

»Schmauchspuren allein reichen für einen Haftbefehl nicht aus«, antwortete Wolfert einsilbig und endete mit einem genuschelten: »Was ich dir nicht erklären muss.«

»Was ist mit Franzi? Habt ihr gestern auch bei ihr Schmauchspuren gefunden? Was ist mit ihrer Kleidung?«

»Die Kleidungsstücke des Mädchens habe ich noch

am Sonntagnachmittag zur Untersuchung abholen lassen. Mit negativem Ergebnis. Franzi ist nicht in die Nähe einer abgeschossenen Pistole gekommen. Gegen sie gibt es keinen unmittelbaren Verdacht, Florian hingegen sitzt in der Patsche«, fasste er den Stand der Ermittlungen zusammen.

Norma stieß unwillkürlich die Luft aus. Wolfert ließ sich noch zu der Auskunft bewegen, dass für den Nachmittag ein Ortstermin im Taunus angesetzt sei, um gemeinsam mit Florian die Lichtung und Spuren seiner Schießübungen ausfindig zu machen: Hülsen, Einschüsse in Bäumen, im besten Fall Zeugen. Womit Florian zwar die Schmauchspuren erklären, sich jedoch nicht vom Mordverdacht reinwaschen könne.

Norma bedankte sich und legte auf. Damit war Florian zum Hauptverdächtigen Nummer 2 aufgestiegen und stand gleich hinter Grit. Denn was konnte Grits Untertauchen anderes bedeuten als ein Schuldeingeständnis? Das Motiv, für Franzi an Krumsiek Rache zu üben, konnte man genauso gut für Grit gelten lassen, die sich selbstlos für ihre Schützlinge einsetzte und seit der Kindheit ihren Hass auf Krumsiek pflegte. Grits Karten standen mehr als schlecht. Sogar die eigene Großmutter traute ihr einen Mord zu! Wie mochte Marlies Hebisch zu ihrer Freundin stehen?

Darauf war Norma sehr gespannt, als sie sich nach dem Gespräch mit Wolfert zu ihrem letzten Therapietermin aufmachte. Die Sitzung sollte das Wiedersehen mit dem Comandante zu einem guten Abschluss bringen. Zum ersten Mal erschienen Norma die Ereignisse in Kolumbien, die ihr Leben aus der Bahn geworfen hatten, wie ein überflüssiger Ballast aus ferner Vergangenheit. Als sie Marlies gegenübersaß, aufgefangen vom Sesselpolster, das Zitrusaroma der Duftkerze in der Nase und das besänftigende Ticken der Standuhr im Ohr, wurde ihr klar, dass der schmierige Guerillakrieger jede Macht verloren hatte. Er war nichts als ein armseliger Bandit, dessen Leiche längst im Inferno Verde vermodert war.

»Ich habe den Eindruck, es geht Ihnen gut, Frau Tann«, stellte Marlies zufrieden fest. Von den Sorgen um die verschwundene Freundin ließ sie sich, ganz die souveräne Therapeutin, nichts anmerken.

Norma konnte nicht anders. Ihr Mund zog sich unwillkürlich von einem Ohr zum anderen. »Ich fühle mich so frei wie ein Schulkind in den Sommerferien. Der Comandante ist besiegt! Ich bin Ihnen von Herzen dankbar.«

Geschmeichelt erwiderte Marlies das Lächeln. »Danken Sie Ihrer eigenen Willensstärke. Ich war nur der Pfadfinder durch unübersichtliches Gelände. Sie haben eine bedeutende Schlacht für sich entschieden. Allerdings ist der Krieg noch nicht gewonnen. Der Comandante könnte jederzeit aus dem Hinterhalt angreifen.«

»Soll er sich nur raustrauen als klappriges Skelett«, entgegnete Norma leichthin. »Ich fege ihn davon. Ich zittere nicht länger vor ihm und seinen Schergen.«

»Damit wäre meine Arbeit beendet. Bitte melden Sie sich, wann immer Ihnen danach ist.«

Norma versprach es. »Haben Sie noch einen Moment für mich?«

»Was liegt Ihnen auf dem Herzen?«, fragte Marlies mit einem Blick auf die Standuhr.

»Konnten Sie sich am Wochenende um Elfie Krumsiek kümmern?«

Für einen Augenblick entglitt der Psychologin die professionelle Kontrolle. Das längliche Gesicht streckte sich vor Empörung. »Was denken Sie! Ich hatte meine Hilfe angeboten, und ich pflege meine Zusagen zu halten. Stundenlang war ich bei ihr, habe sie getröstet und geholfen, die Unterlagen für die Beerdigung zusammenzustellen. Damit alles bereit ist, sobald die Leiche freigegeben wird.«

»Entschuldigung, ich wollte Ihnen keine Nachlässigkeit unterstellen.«

»Ich helfe, wo ich kann«, entgegnete Marlies brüsk.

Norma lenkte das Gespräch auf ein anderes Thema. »Wo könnte Grit sich versteckt haben? Sie scheint wie vom Erdboden verschluckt.«

»Auf wessen Seite stehen Sie?« Marlies betrachtete Norma argwöhnisch.

Norma wählte ihre Worte sorgfältig. »Ich muss zugeben, es sieht nicht gut aus für Grit. Solange mir keine Beweise für ihre Schuld vorliegen, gehe ich allerdings von ihrer Unschuld aus.«

»Das ehrt Sie, Frau Tann. Ich wäre mir auch gern so sicher.« Ihre Miene hatte sich entspannt und den gewohnten mütterlich-besorgten Ausdruck angenommen.

»Damit stehen Sie nicht allein. Sogar Elfie Krumsiek traut Grit den Mord an Gunther zu. Erklären Sie mir Grits dunkle Seite?«

»Bedaure, Frau Tann. Ich werde das Psychogramm meiner Freundin nicht vor Ihnen ausbreiten.«

»Grit ist meine Klientin, ich stehe auf Grits Seite. Dieses Gespräch bleibt unter uns. Sie haben mein Wort.«

Marlies rang sichtlich mit sich. »Ich biete Ihnen einen Kompromiss an. Ich erzähle Ihnen eine Geschichte. Ziehen Sie Ihre Schlüsse daraus.«

Norma nickte und wartete, bis Marlies zu sprechen begann.

»Stellen wir uns zwei kleine Mädchen vor. Gescheite Mädchen, die ihrer Welt mit wacher Neugierde begegnen. Ein Vater respektiert seine Tochter, so wie sie ist. Liebevoll ermuntert er sie, die eigenen Stärken und Fähigkeiten zu entdecken. Wenn etwas schiefgeht, fängt er sie auf, schenkt ihr Trost und neuen Mut. Voller Zuversicht geht dieses Mädchen seinen Weg. Der Vater des zweiten Mädchens gewährt seinem Kind dieses Vertrauen nicht. Er ist gleichgültig ihm gegenüber, oft sogar zornig und ungerecht. Er demütigt seine Tochter, im schlimmsten Fall schlägt und quält er sie. Seine Forderungen sind unangemessen und nicht zu erfüllen. Misshandlungen und Erniedrigungen gehören zum Alltag. Egal was das Mädchen tut, alles ist falsch. Es wird zum Opfer gemacht und übernimmt die Opferrolle auch als erwachsene Frau. Nicht selten lässt sie sich mit einem Mann ein, der sie weiterhin kleinhält und demütigt.«

Norma dachte an Grits Mutter Inge, die sich auf den falschen Mann eingelassen hatte. Weil auch sie in diesem Schema gefangen war? War ihr Vater, der geachtete Dr. Eberhard Hahlbrock, Elfies erster Ehemann, im trauten Heim der Villa Ophélie zum hartherzigen Unterdrücker mutiert? Als eine Art Biebricher Ausgabe des Dr. Jekyll und Mr. Hyde?

Sie wollte nicht laut spekulieren und stellte lieber eine allgemeine Frage: »Also ein verhängnisvolles Erbe, das von Generation zu Generation weitergegeben wird?«

»Es gibt einen Ausweg«, wandte Marlies ein. »Die Frau kann dieses Schema durchbrechen. Was allerdings nur schwer aus eigener Kraft zu bewältigen ist, eher gelingt es mit therapeutischer Begleitung.«

»Grit hat sich befreit. Dank Ihrer Unterstützung als Therapeutin und Freundin. Und sie steht sogar anderen Frauen bei, die aus der Falle heraus wollen.«

»Grit hat sich zu einer starken und unabhängigen Persönlichkeit entwickelt, das kann ich bestätigen.« Die Therapeutin verbarg ihre Genugtuung darüber nicht. Offenbar rechnete sie sich selbst einen bedeutenden Anteil am Erfolg an.

Norma kam zu einer Schlussfolgerung, die ihr nicht behagte. »Umgekehrt könnte es bedeuten: Grit will niemals wieder Opfer sein. Sie hat gelernt, zu kämpfen, und wird sich nicht schikanieren lassen. Auch nicht eine ihrer Schutzbefohlenen.«

»Sie sprechen von Franzi?« Marlies straffte die Schultern. Ihre Augenbrauen zuckten wie alarmiert.

Angespannt beugte sich Norma vor. »Grit muss außer sich gewesen sein über das, was Krumsiek dem Mädchen angetan hat.«

»Ehrlich gesagt, Frau Tann, fühle ich mich sehr verletzt, weil Franzi sich nicht mir anvertraut hat, stattdessen hat sie mit Grit und Florian gesprochen. Und später sogar mit Ihnen – einer Fremden!« Die Psychologin wirkte enttäuscht und verärgert.

»Sie wissen selbst, mit einer Außenstehenden lässt sich manchmal leichter reden«, versuchte Norma zu beschwichtigen. »Und ich kenne die Ermittlungsbeamten, was Franzi wusste. Wie delikat die Aussage bei einer Vergewaltigung ist, muss ich Ihnen nicht erklären.«

»Genau deswegen wäre mein Platz an Franzis Seite gewesen!«

»Wie und wann haben Sie davon erfahren?«

Marlies' Blick schweifte in Richtung der Standuhr ab.

»Grit kam mit Franzis Angelegenheit umgehend zu mir. Ihr war klar, dass sie mit mir reden musste. Das Mädchen benötigt unbedingt eine therapeutische Begleitung. Nur komme ich gegenwärtig nicht an sie heran.«

»Franzi hat zu lange gewartet und alle Beweise vernichtet. Krumsiek wäre vermutlich ohne Anklage davongekommen. Es hätte Aussage gegen Aussage gestanden.«

»Das muss auch Grit sonnenklar gewesen sein. Offen gesagt befürchte ich, sie könnte deswegen die Sache selbst in die Hand genommen haben.«

»Oder Florian! Vielleicht war er es, der den Übergriff auf Franzi rächen wollte? Würden Sie ihm den Schuss auf Krumsiek zutrauen?« Die Schmauchspuren an Florians Händen und seiner Kleidung wollte Norma vorerst für sich behalten.

»Grundsätzlich halte ich jeden Menschen für gewaltbereit und vor allem dann zur Gewalt fähig«, meinte die Therapeutin lapidar, »wenn die Rahmenbedingungen es fördern. Dazu zählt eine Pistole, die samt Munition griffbereit im Tresor liegt. Ich kann mir vorstellen, dass Grit die eigentliche Tat geplant hatte, aber nicht das Hinterher. Und sich wie so viele Täter in die eigenen Handlungen verstrickt.«

»Das Dr.-Hahlbrock-Haus ist Grits Lebenswerk. Warum sollte sie mit einem Pistolenschuss alles zerstören, was sie sich aufgebaut hat?«

»Sie ist nicht so stark, wie alle glauben. Und sie sieht ihr Leben seit jeher als gescheitert an.«

»Worauf wollen Sie hinaus?«, fragte Norma beunruhigt.

»Grit hat oft genug davon gesprochen, wenn sie verzweifelt war. Ein Schritt in den Rhein, und sich nur noch treiben lassen. Einen friedlichen Tod hat sie sich gewünscht.«

Norma hatte Grit immer zuversichtlich erlebt. Aber was bedeutete das schon? Marlies musste sie besser kennen als jeder andere.

Unvermittelt erhob sich die Therapeutin. »Bedaure, Frau Tann, ich muss in die Villa.«

»Sie haben Grits Aufgaben dort übernommen?« Auch Norma stand auf.

Marlies lächelte leicht gequält. »Als ob ich sonst nichts zu tun hätte! Aber das Haus ist ebenso mein Kind wie Grits. Und die Frauen brauchen mich.«

Sie begleitete Norma zum Ausgang, der in den Hinterhof führte, und wies auf eine dunkle Limousine. »Kann ich Sie ein Stück mitnehmen?«

Norma wollte lieber zu Fuß gehen. Ihre Gefühle waren zwiespältig. In den Stolz und die Erleichterung über die bewältigte Therapie mischten sich Gedanken um Grit. Während sie die Oranier-Gedächtnis-Kirche umrundete und hinunter zum nahen Rheinufer spazierte, trübte sich der Himmel ein. Schwarze Regenwolken senkten sich über die Rettbergsaue, die als schemenhafter Streifen im Wasser ruhte. Grau und trüb schoss der Strom dahin und riss einen Holzstamm mit sich, der von den Wellen glatt geschliffen war. Wie konnte der Tod in diesen Fluten friedlich sein? Norma mochte sich den Todeskampf eines Ertrinkenden nicht ausmalen. Bedrückt folgte sie der Uferpromenade bis zum Schiffsanleger, bevor sie die Rheingaustraße kreuzte und durch die Altstadtgassen nach Hause ging.

Als sie die Bürotür aufschließen wollte, hörte sie Schritte hinter sich und fuhr erschrocken herum. »Timon! Was tust du hier?«

Gut gelaunt zeigte er mit dem Daumen hinter sich. »Ich habe beim Bäcker einen Kaffee getrunken.«

»Und mich rein zufällig bemerkt? Das glaubst du selbst nicht!«

»Zugegeben, ich habe dir aufgelauert.« Er blinzelte vergnügt. »Anders komme ich nicht an dich ran.«

Ihr Ärger war nur halbwegs gespielt. »Willst du schnorren?«

»Einen zweiten Cappuccino könnte ich vertragen. Wenn du mich reinlässt?«

Lustlos schloss sie die Bürotür auf. Timon folgte ihr.

»Musst du nicht arbeiten? Bei der Soko ist der Teufel los, und du gehst Kaffee trinken!«

Seine unbeschwerte Fröhlichkeit reizte sie. Mit diesem Vorwurf geriet auch seine Stimmung ins Kippen.

»Ich bin dir keine Rechenschaft schuldig, Norma. Wenn du es unbedingt wissen willst: Tagelang bin ich nicht aus dem Labor herausgekommen. Was den Fall ›Mosburg‹ betrifft, ist von meiner Seite alles erledigt. Jetzt bin ich todmüde und würde mich am liebsten auf die Couch hauen. Stattdessen streite ich mich mit einer miserabel gelaunten Privatdetektivin herum, die meine Anrufe abblockt und jede SMS ignoriert, als hätte ich die Pest.«

»Was willst du dann hier?«

»Ein wenig Fachsimpeln, dachte ich. Und hören, was du Neues über die Mumie weißt.«

Norma starrte ihn nur grimmig an.

Entschuldigend hob er die Hände. »War eh klar, der Fall ›Emil‹ ist und bleibt hoffnungslos.«

»So wie das mit uns beiden!«

Das war schneller rausposaunt als zu Ende gedacht. Hilfe! Sie biss sich auf die Lippen.

»Was ist nur los mit dir? Ich dachte, wir zwei könnten gut miteinander. Wären ein ganz patentes Paar.« Er taxierte sie kopfschüttelnd und mit einem Blick, in dem mehr Enttäuschung lag als Kränkung.

Ihr stand eine andere Kombination vor Augen: Timon und der Rauschgoldengel aus der Pizzeria. »Wir und ein Paar? Was für eine illusorische Vorstellung!«

Er riss die Hände nach oben. »Sorry, Norma! Ich belästige dich nicht weiter mit meiner Gegenwart. Bin schon weg!«

Mit langen Schritten war er an der Tür und draußen auf der Gasse. Sie hätte sich ohrfeigen können. Das Blut schoss ihr ins Gesicht.

Sie stürzte ins Freie. »Timon, halt!«

Er war außer Sicht.

28

War ein hübscher Versuch gewesen. Hatte nicht sollen sein. Abgehakt und erledigt. Als Single ging man sowieso stressfreier durchs Leben. Wenn sie allein die Minuten zusammenzählte, die sie seine Nachrichten und Anruffehlschläge gekostet hatten. Zeit, die sie sich besser mit einem Latte macchiato vertrieben hätte. Nach Timons dramatischem Abgang war ihr eher nach einem doppelten Espresso. Sie stellte das Tässchen unter den Ausguss und drückte den Startknopf. Gehorsam begann das Mahlwerk zu rumpeln, und gleich darauf zischte die braune Brühe heraus und verbreitete ihr verlockendes Aroma.

Allerhöchste Zeit, sich in die Arbeit zu stürzen. Zwei Mordfälle – zwei Täter: Daran bestand kein Zweifel. Alles Übrige warf vielschichtige Fragen auf. Ob es einen Zusammenhang gab zwischen der Entdeckung des toten Maurergesellen und dem Mord an Gunther Krumsiek, war eine Unklarheit von vielen. Schlüssige Mordmotive hatte die Soko ›Mosburg‹ weder in Krumsieks Privatleben noch bei seinen Geschäftsbeziehungen aufspüren können, wie Norma aus der kundigen Wolfert-Milano-Quelle wusste. Mit dem Kaffeebecher vor sich und dem schnurrenden Kater auf den Knien machte sie es sich am Schreibtisch bequem. Ein Schreibblock wartete darauf, beschrieben zu werden. Seit jeher hatte sie mit einem Stift in der Hand am besten nachdenken können. Sie begann mit einem Namen: Toni Sender.

Tonis Porträt hatte bei der Mumie gelegen, und Gunther Krumsiek hatte über ihr Leben geforscht. Ein Zufall? Nicht auszuschließen, aber in jedem Fall ein Detail, auf das sie bauen sollte. Grübelnd umkreiste sie den Namen mit einem roten Kringel. Danach nahm sie sich die ›Autobiografie einer deutschen Rebellin‹ vor und blätterte hastig in dem dünnen Bändchen, bis sie auf eine Textstelle stieß, in der Toni über die an sie gerichteten Schmähbriefe und Morddrohungen berichtete. Zweitweise hatte sie zum eigenen Schutz sogar eine Pistole bei sich getragen.

Was Toni nicht beschrieb und von dem sie wohl kaum etwas geahnt haben konnte: Ein Mann ging in den Tod, der ihr Foto bei sich trug. Norma schob den Kater beiseite, um an die Schublade heranzukommen, in der sie die Kopien von Grundkes Besitztümern verwahrte. Für einen Moment betrachtete sie das Bild der jungen Frau mit den dunklen Augen. Timon hatte nicht vergessen, die Notizen von der Rückseite als Kopie mitzuschicken. Sie buchstabierte die Kurrentschrift, was ihr inzwischen leichter fiel. Die Obere Kasernenstraße 6 – das Haus in der heutigen Stettiner Straße – war die Adresse von Tonis Elternhaus. Das Datum dahinter – Freitag, der 29. November – entsprach dem Geburtstag Tonis, die am 29. November 1888 zur Welt gekommen war. Wenn man davon ausging, dass sie auf dem Porträt mindestens 18 Jahre alt war, konnte es frühestens Ende 1906 entstanden sein, jedoch kaum später als 1933. Nach der Machtergreifung der Nationalsozialisten war Toni aus Deutschland geflohen. Nächste Klärung: In welchem Jahr war der 29. November auf einen Freitag gefallen?

Norma klickte sich ins Internet und schlug in einem Kalender die infrage kommenden Jahre nach. Auf einen

Freitag fiel der 29. November in den Jahren 1907, 1912, 1918 und 1929. 1918! In den Kriegsjahren lebte Toni in Frankfurt, hielt jedoch den Kontakt zu den Eltern aufrecht und besuchte sie regelmäßig. Ihre Geburtstage verbrachte sie nach Möglichkeit in Biebrich, hieß es in ihren Erinnerungen. Reiste sie auch am 29. November 1918 nach Hause? Norma spürte mit einem Mal, wie tief sich ihre Finger in den Katzenpelz krallten, was Leopold mit lauter werdendem Schnurren kommentierte. Langsam löste sie die Hand aus dem Fell, griff zum Telefon und wählte Milanos Handynummer.

»Was gibt's?«, grunzte er, als kaute er mit Hamsterbacken.

Sie schaute auf die Uhr: Mittagszeit. »Ich störe wohl beim Essen?«

Ein Grummeln und Schmatzen war zu vernehmen, bis es – deutlich klarer – hieß: »Nicht mehr als sonst.«

»Ich mache es kurz«, versprach sie. »Habt ihr einen Hinweis auf Grit Blancke?«

»Weit kann sie nicht gekommen sein. Ihr Wagen steht bei der Villa, sie hat seit ihrem Verschwinden kein Geld abgehoben, nicht mobil telefoniert und keinen Flug gebucht. Sofern sie überhaupt noch am Leben ist! Wir haben eine leere Pillenpackung in ihrem Nachtschrank gefunden.«

»Was für Tabletten?«

»Heftige Psychopharmaka. So eine Art ›Total egal‹-Pillen, wie Timon sie nennt. Mit nur zehn Stück davon hätte sie sich auf dem Weg zwischen Villa und Rheinufer gerade noch auf den Beinen halten können, um dann ohne Hemmungen in die Fluten abzutauchen. Ade, du schöne Welt!«

Norma schluckte. »Sucht ihr im Rhein nach Grits Leiche?«

»Und wie, was glaubst du?« Er schnaufte verärgert. »Das kann dauern. Du weißt, der Rhein ist tief und seine Strömung reißend. Marlies Hebisch, die Psychofrau, hat ausgesagt, Grit sei äußerst labil und habe oft von Selbstmord gesprochen.«

»Und wie soll Grit an die Pillen herangekommen sein?«, fragte Norma skeptisch.

»Grit hat vor zwei Jahren viele Wochen in der Psychiatrie verbracht. Damals wurde ihr dieses Medikament verschrieben. Wie es aussieht, hat sie sich einen Vorrat aufgespart.«

»Marlies übertreibt! Ich kann mir nicht vorstellen, dass Grit sich umgebracht hat.«

»Und warum ist sie spurlos verschwunden? Für mich sieht das nach einem Schuldeingeständnis aus.«

»Davon wollte mich Marlies Hebisch heute Morgen auch überzeugen. Was hat sie bei euch ausgesagt?«

»Sie mochte Krumsiek nicht und macht kein Geheimnis daraus. Für einen Mordverdacht reicht das nicht. Abgesehen davon hat sie für den frühen Samstagmorgen ein Alibi.«

»Tatsächlich? Inwiefern?«

»Die Zeitungsausträgerin hat die Hebisch im Büro gesehen. Sie hat ihren Papierkram erledigt, wie wohl oft um diese Zeit.«

»Wann genau soll das gewesen sein?«

»Exakt zur Tatzeit am Samstagmorgen um 6:00 Uhr. Zwei unabhängige Zeugen haben den Schuss gehört.«

»Hast du selbst mit der Zeitungsfrau gesprochen?«

Milano grunzte unwillig. »Soll ich mich dreiteilen, oder

wie? Nein, eine Kollegin hat sie vernommen. Schließlich besteht die Soko nicht nur aus Dirk und mir, auch wenn's mir meistens so vorkommt. Ich bin auf dem Sprung, Norma. Der Ortstermin im Taunus mit Florian Neef steht an.«

»Wie heißt die Zeitungsfrau? Luigi! Luigi?«

Aufgelegt! Dann eben nicht, mein Lieber. Vermutlich war es dieselbe Dame, die auch die Nachbarschaft mit Tageszeitungen versorgte. Norma erinnerte sich an die Austrägerin, die ihr nach durchgearbeiteten Nächten hin und wieder vor der Haustür begegnet war: Eine mittelalte, stämmige Frau, die von einem korpulenten Riesenschnauzer begleitet wurde. Ein schwarzes Ungetüm, das seinem Frauchen nicht von der Seite wich und glaubhaft den Anschein erregte, nicht lange zu fackeln, sollte es irgendeine Bedrohung wittern.

Sie nahm den Kater auf, der wie Blei auf ihren Knien gelegen hatte, und quartierte ihn auf den Besuchersessel um, was er großmütig über sich ergehen ließ. Sie griff sich den Schlüsselbund vom Schreibtisch und überquerte die Gasse. Im Laden musste sie warten, bis sich die Bäckersfrau und eine Kundin mit urhessischem Zungenschlag über den perfekten Sauerteig ausgetauscht hatten. Als die Dame endlich aus dem Laden heraus war, stellte Norma ihre Frage, bevor der nächste Kunde hereinschneite.

»Die Zeitungsfrau?«, wiederholte die Bäckerin mit hessisch gedehntem ›Fraaa‹. »Ist das nicht die mit dem Riesenhund?«

»Genau! Wissen Sie, wie die Dame heißt?«

»Warten Sie! Der Hund hat so einen komischen Namen.«
Die Bäckerin sah mit verdrehten Augen zur Zimmerdecke, was offensichtlich zu einer Eingebung führte.

»Kasimir!«, rief sie, den Blick wiederum auf Norma gerichtet. »Das Viech heißt ›Kasimir‹.«

»Und Kasimirs Frauchen?«

»Hmm, sie wohnt in der Gibb. Ich treffe sie ab und zu in der Kirche. Aber der Name?« Aufs Neue hob sich der Kopf zur Decke.

Norma betrachtete derweil die Marzipanhörnchen mit den appetitlichen Mandelblättchen. Lecker anzusehen und viel zu süß, wie sie aus Erfahrung wusste. »Vielleicht fällt Ihnen jemand ein, der mir weiterhelfen könnte?«

»Nein, ich hab's gleich.« Der Hals drehte sich zurück. Die Augen suchten Normas Blick. »Ha, auf mein Gedächtnis kann ich mich verlassen! Sie heißt Merchert. Siggi Merchert, eigentlich Sigrid.«

Norma bedankte sich erfreut.

»Kann ich noch etwas für Sie tun, Frau Tann?«

Die Verführung siegte. »Geben Sie mir bitte zwei Marzipanhörnchen!«

Mit der Tüte in der Hand spazierte Norma zurück ins Büro. Sie trank einen Cappuccino zu den Hörnchen. Der bittere Kaffee milderte die Süße geringfügig ab. Im Internet fand sie die Adresse und machte sich zehn Minuten später auf den Weg.

29

Der Regen hatte eine Pause eingelegt. Die durchbrechende Sonne machte Lust auf einen Fußmarsch zur Gibb, einem Biebricher Stadtteil. Die Strecke führte Norma durch den Schlosspark in seiner gesamten Länge und im letzten Drittel vorbei an der Mosburg, hinter der sich, jenseits der Parkmauer, der schlanke, helle Turm der evangelischen Hauptkirche erhob. Norma vermied den Pfad, der die Tatort-Eibe passierte, und blieb auf dem Hauptweg. Sie verlangsamte ihre Schritte, als sie einen grasgrünen Fleck auf dem Kies bemerkte. Im Näherkommen entpuppte er sich als Großsittich, der an einer Pfütze seinen Durst stillte. Sie blieb stehen, bis der Vogel genug getrunken hatte und davonflatterte, und verließ den Park durch einen Seitenflügel des Hauptportals. Das elegant geschwungene, mit goldglänzenden Spitzen besetzte Gittertor war wie gewöhnlich verschlossen. Auf der anderen Seite der Äppelallee lag der Übergang über die Bahnschienen, die die Gibb von den ehemaligen Dörfern Mosbach und Biebrich trennten. Die rote Ampel leuchtete auf. Klappernd senkten sich die Schranken herab und zwangen Norma zu warten, bis ein Güterzug mit ohrenbetäubendem Lärm vorbeigerattert war. Wenige Schritte weiter wurde sie von den gewundenen Gassen der Gibb aufgenommen. Schmale, spitzgieblige Häuschen reihten sich aneinander. Tiefgrüner Efeu machte sich auf den Fassaden breit. Die Räume zwischen den Häusern füllten mannshohe Holztore, die an verträumte Innenhöfe denken ließen. Auf dem Kopfsteinpflaster sonnte sich eine gescheckte Katze und streifte Norma mit trägem Blick, ohne eine Pfote zu rühren. Eine Brücke überwand den Mosbach, der sich durch die Gibb schlängelte.

Vor einem Hoftor blieb Norma stehen und drückte auf die Klingel. Sie machte sich auf wütendes Bellen gefasst, doch hinter dem Tor blieb es ruhig. Dafür öffnete sich die Haustür gegenüber. Eine ältere Frau im gelben Jogginganzug, der wesentliche Bereiche der üppigen Statur nicht verbarg, trat auf die Gasse hinaus. Sie trug ein winziges Hündchen im Arm und setzte es vorsichtig auf den Boden. Gelangweilt schnüffelte der Chihuahua auf dem Pflaster herum. Die Frau nahm Norma in Augenschein.

Mit freundlicher Neugier fragte sie: »Wollen Sie zu Siggi? Die ist mit Kasimir unterwegs.«

»Wissen Sie, wann Frau Merchert zurückkommt?«

Die Frau schaute zum Hündchen hinunter, das sich mit den Gerüchen der Hausecke beschäftigte. »Das kann dauern. Die Siggi läuft stundenlang mit Kasimir. Und dabei macht sie die Fotos.«

»Sie ist Fotografin?«

Die Nachbarin überlegte und kam zu dem Schluss: »Nee, so würde ich das nicht nennen.«

»Welchen Weg nimmt Frau Merchert gern?«

Unter dem Quietschgelb zuckten die prallen Schultern. »Oft geht sie in die Bleichwiesen, der Kasimir planscht so gern im Mosbach. Oder sie läuft durch den Schlosspark.«

Norma bedankte sich und hinterließ eine Nachricht auf ihrer Visitenkarte. Mit leisem Plopp landete das Kärtchen in Siggi Mercherts Briefkasten. Vielleicht kam ihr der Zufall zu Hilfe, und sie traf die Merchert auf dem

Rückweg. Im Schlosspark hielt sie Ausschau nach einer kräftigen Frau mit großem Hund. Dabei fiel ihr ein eleganter Läufer auf, der mit federnden Schritten den Parallelweg entlangtrabte und sich rasch von ihr entfernte. Über dem Stirnband wippte ein dunkler Zopf im Takt der Bewegungen mit. Normas Herz machte einen unwillkürlichen Sprung. Timon! Der Schlosspark war ihr Laufrevier. Legte er es darauf an, sie abzufangen? Wenn ja, war er in der falschen Richtung unterwegs. Sie behielt ihn im Blick, bis er hinter einer Baumgruppe abgetaucht war, und angelte das Handy aus der Jackentasche. Keine neue Timon-SMS. Kein weiterer Timon-Anruf. Er hatte seine Kontaktversuche aufgegeben. Sie steckte das Handy zurück und wanderte weiter. Da war er wieder! Der Läufer hatte einen Bogen geschlagen und hielt strikt auf sie zu. Eine mondäne Sonnenbrille bedeckte die Augen. Die Spiegelgläser würden seine Sicht kaum genügend eintrüben, um ihr die Flucht in die Büsche zu erlauben. Also die Augen nach vorn gerichtet und die Schritte stetig voran. Da kam er auch schon näher! Ihr Herz stockte. Er begegnete ihrem Anstarren mit einem charmanten Lächeln – und flog vorüber. Ein bezopfter Fremder. Norma blieb verwirrt zurück. Und ärgerte sich über ihre Enttäuschung.

Siggi Merchert ließ sich auch auf dem weiteren Weg nicht blicken. Auf den letzten Metern setzte der Regen wieder ein. Norma eilte mit eingezogenem Kopf auf den Büroeingang zu. Sie war kaum im Trockenen, als das Mobiltelefon klingelte. Timon!, war ihr erster Gedanke. Wie bekäme sie diesen Mann nur aus dem Kopf heraus? Unwillig warf sie einen Blick auf das Display: ein unbekannter Anrufer.

Eine Frau meldete sich. Sie klang verunsichert. »Ich habe Ihre Karte in meinem Briefkasten gefunden. Sie sind Privatdetektivin? Worum geht es?«

»Nur ein paar Fragen. Können wir uns heute noch treffen, Frau Merchert?«

»Ich war den ganzen Tag auf den Beinen und muss morgen früh raus.«

Norma schaute auf die Uhr, es war kurz vor vier. »Ich könnte in zehn Minuten bei Ihnen sein, wenn es Ihnen recht ist. Unser Gespräch wird nicht lange dauern.«

Dieses Mal nahm sie den Wagen. Sie parkte hinter dem Biebricher Bahnhof und lief das kurze Stück durch den Regen. Nun enttäuschte der Hund sie nicht. Wütendes Gebell ertönte hinter dem Holztor. Norma wich zurück, als sich die Klinke senkte. Die Hausherrin hielt das schwarze Monster in Schach, das ein dumpfes Knurren hören ließ.

Norma wagte sich einen Schritt vor. »Frau Merchert?«

Die Frau im Hof musterte Norma nicht weniger argwöhnisch als der Hund. »Sie sind die Privatdetektivin?«

»Ja, ich bin Norma Tann.«

»Ich kenne Ihr Büro; in der Straße trage ich Zeitungen aus. Haben Sie Angst vor Hunden?«

»Bis eben nicht …«

Siggi Merchert zog die Tür weit auf. »Lassen Sie sich nichts anmerken. Dann ist Kasimir ein Lamm. Kommen Sie rein!«

Norma atmete tief durch und ließ das Monstrum in Gedanken auf Poldigröße schrumpfen. Eine Übung, die nur unvollkommen gelingen wollte. Wenigstens hielt Siggi Merchert ihren Beschützer am Halsband, während Norma das Haus betrat. Eine geöffnete Tür gab den Blick in ein

Zimmer frei, das kein einziges Möbelstück enthielt, dafür jede Menge großformatiger Fotografien: An den Wänden hängend, lehnend, auf dem Boden gestapelt; manche halb so groß wie Türblätter.

Verblüfft blieb Norma stehen. »Was für Bilder!«

Siggi Merchert lächelte zaghaft. »Fotografieren ist mein Hobby. Möchten Sie sich die Fotos ansehen?«

»Nichts lieber als das!«

Der Hund befand sich weiterhin im festen Griff seines Frauchens. Norma sah sich staunend um. Viele Fotos erinnerten an impressionistische Gemälde mit ineinander verwobenen Konturen. Mal explodierten die Farben, mal herrschten düstere Grautöne vor. Die eigentlichen Motive wie das Rheinufer, die Mosburg, das Biebricher Schloss oder Tiere und Pflanzen gerieten zur Nebensache. Doch auch die gegenständlichen Aufnahmen konnten sich sehen lassen. Norma vertiefte sich in einen schwarzbärtigen Hundekopf mit glimmenden Augen, dessen Blicke ihr mit einer beklemmenden Intensität folgten.

»Mein Lieblingsbild von Kasimir«, sagte Siggi Merchert und hielt das Modell an ihrer Seite fest im Griff. »Meine Nachbarin findet es beängstigend.«

»Das kann man wohl sagen.« Norma konnte nicht wegsehen.

»Sie mögen es also auch nicht«, nahm die Fotografin gelassen zur Kenntnis, als habe sie nichts anderes erwartet.

Norma fuhr herum. »Von wegen! Es ist fantastisch. Wo stellen Sie aus?«

»Wie bitte? Was meinen Sie damit?«

»Wo zeigen Sie Ihre Bilder?«

Siggi Merchert errötete. »Nirgends, ich mache das nur für mich. Wen kümmern die Fotos einer Zeitungszustellerin? Sie sind schließlich auch nicht wegen meiner Bilder hier.«

Sie führte Norma ins Zimmer nebenan, das zweckdienlich zum Wohnen und Arbeiten zugleich eingerichtet war. Auf dem Schreibtisch standen zwei Flachbildschirme, davor lag eine Nikon 7000.

»Ich bearbeite die Fotos am Computer«, erklärte Siggi Merchert und zeigte wieder ihr zurückhaltendes Lächeln. »Es ist verrückt, so viel Geld für ein Hobby auszugeben, aber ich kann nicht anders.«

Sie ließ den Hund frei, kaum dass Norma im Sessel saß. Aufdringlich stürmte Kasimir heran. Er presste seine bärtige Schnauze gegen Normas Bauch und kroch ihr fast auf den Schoß, bis es ihr reichte und sie ihn energisch von sich wies. Zu ihrer Verwunderung gehorchte er und legte sich zu ihren Füßen nieder – was bedeutete, er legte sich auf ihre Füße. Das gut gepolsterte Hunderückgrat drückte gewichtig auf ihren Spann.

Siggi Merchert strahlte beglückt. »Kasimir mag Sie!«

Kein schlechter Start für ein verfängliches Gespräch! Dafür ließe sich Kasimirs Zuneigung in Kauf nehmen. Nun durfte sie dessen Frauchen nicht verschrecken, um eventuelle Schwachstellen in Siggi Mercherts Aussage aufzudecken und sie trotzdem nicht als Lügnerin dastehen zu lassen. Norma wollte der zuständigen Beamtin keine Nachlässigkeit unterstellen, doch sie wusste aus eigener Erfahrung, wie das ablief. Für die Soko ›Mosburg‹ galt Marlies Hebisch als unverdächtig und ohne Motiv. Nur eine Person mehr aus Krumsieks weiterem Umfeld, und die Klärung des Alibis war eine Formsache. Welche Veranlassung hätte es für die Ermittler geben sollen, die Aussage der Zeitungsfrau anzuzweifeln?

Schon begann Siggi Mercherts Strahlen zu verblassen. Misstrauen schlich sich in ihre Miene. »Weshalb sind Sie hier? Was wollen Sie mich fragen?«

Sie kauerte gegenüber auf einer Holzkiste. Der Platz davor hätte dem Hund erlaubt, sich bequem auf der Seite auszustrecken. Was so schön daran war, sich die Stiefelspitzen des Gastes ins Kreuz bohren zu lassen, wusste das Tier allein.

Norma wollte mit unverfänglichen Fragen beginnen. »Sie haben ja von dem Mord bei der Mosburg gehört?«

Siggi Merchert machte ein betroffenes Gesicht. »Schreckliche Sache! Das Haus von Herrn Krumsiek gehört zu meiner Tour. Ich habe ihn oft gesehen, er stand früh auf. Zu Weihnachten gab er mir immer einen Umschlag mit Trinkgeld.«

»Die Praxis von Marlies Hebisch liegt auch auf Ihrer Strecke?«

»Sind Sie deswegen hier?« Siggi Mercherts runde Augen verengten sich. »Wegen dem, was ich der Polizei gesagt habe?«

»Das stimmt, darüber wüsste ich gern mehr.«

»Über Frau Hebisch? Warum?«

Norma beugte sich stocksteif vor. Der Hund drückte von Minute zu Minute schwerer auf ihre Füße. Wenn sie die Zehen bewegte, begann er zu knurren, was – im Gegensatz zu Poldis Schnurren – nicht nach Zustimmung klang. Sobald sie die Füße still hielt, verstummte die Warnung. Norma beschloss, das taube Gefühl in den Zehen zu ignorieren.

»Es geht weniger um Frau Hebisch als um Grit Blancke.«

»Die kenne ich!«, rief Kasimirs Frauchen. »Grit Blancke leitete das Dr.-Hahlbrock-Haus. Eine nette junge Frau, und ihr Weihnachtsgeld ist immer doppelt so hoch wie das von Herrn Krumsiek. Sie soll sich im Rhein das Leben genommen haben, sagen die Nachbarn. Wie traurig!«

»Grit ist verschwunden, mehr weiß man zurzeit nicht. Sie ist meine Klientin, und ich möchte sie finden. Vielleicht können Sie mir dabei helfen!«

»Und wie?«

»Indem Sie einfach wiederholen, was Sie der Polizei erzählt haben. Was haben Sie am Samstagmorgen in der Praxis von Marlies Hebisch beobachtet?«

Gegenüber vertiefte sich die Skepsis. »Ich weiß gar nicht, ob ich mit Ihnen darüber reden darf. Geht das nicht nur die Polizei etwas an?«

Norma stöhnte innerlich. Über Siggi Mercherts Zaudern und über den Hund, der wie Blei auf ihren Füßen lag. Nach außen signalisierte sie freundliche Gelassenheit. »Ich verstehe Ihre Bedenken, Frau Merchert. Machen Sie sich keine Gedanken. Die Polizei hat nichts dagegen. Ich war selbst einmal Kommissarin. Mein früherer Kollege hat mir erzählt, was Sie ausgesagt haben.«

Misstrauische Verwunderung. »Dann wissen Sie doch schon alles!«

»Ich möchte meine Informationen gern aus erster Hand. Ganz unverfälscht, verstehen Sie?«

»Es geht also um den Mord. Was hat Frau Dr. Hebisch damit zu tun?«

Norma spürte die vorderen Hälften ihrer Füße nicht mehr, während Kasimir zufrieden im Schlaf grunzte.

Langsam jetzt! Ganz sachte die linken Zehen bewegen …
Prompt riss der Hund die Augen auf und beschwerte sich
grollend. Die Füße blieben, wo sie waren.

Norma besann sich auf Geduld. »Gar nichts, wenn Sie
Marlies Hebisch zur Tatzeit in der Praxis gesehen haben.
Sie haben sie doch gesehen?«

»Natürlich!«

»Wie war das genau? Erzählen Sie bitte von Anfang an.«

»Von welchem Anfang?«

Norma musste sich zügeln. »Na ja, von dort, wenn
Sie die Zeitung zum Kunden bringen. In dem Fall zur
Hebisch.«

»Ach so, gut! Ich stelle den Rollwagen im Hof ab und
nehme den ›Kurier‹ oder das ›Tagblatt‹ heraus, je nachdem, was die Leute eben kriegen. Die Praxis liegt im Hinterhaus, im Erdgeschoss. Meistens ist Frau Dr. Hebisch
schon im Büro, wenn ich frühmorgens komme. Ich sehe
sie am Schreibtisch sitzen. Die Jalousie ist immer hochgezogen. Manchmal, wenn sie meinen Schatten bemerkt,
winkt sie mir zu.«

Norma hatte den Blick vom Innenhof auf die Praxis-
fenster vor Augen. Die Beschreibung kam hin. »So war
das auch vorgestern Morgen?«

»Die Schreibtischlampe war eingeschaltet«, erklärte
Siggi Merchert mit bedächtigem Nicken. »Auf dem Bild-
schirm konnte man Text erkennen. Es sah aus, als würde
Frau Hebisch gerade einen Brief schreiben.«

»Das verstehe ich nicht ganz«, warf Norma ein. »Wie
konnten Sie den Bildschirm erkennen, obwohl Frau
Hebisch davor gesessen hat?«

Siggi Merchert legte die Stirn in Falten. »Ich bin mir
nicht mehr sicher.«

»Überlegen Sie in Ruhe! Haben Sie Frau Hebisch am Samstagmorgen persönlich gesehen?«

»Sie muss im Büro gewesen sein. Das Licht brannte doch!« Die Austrägerin wurde zunehmend aufgeregter. »Und der Bildschirm war in Betrieb. Meiner wird schwarz, wenn man ein paar Minuten nicht am Computer arbeitet.« Sie schaute Norma verwirrt an.

»Kann es sein, dass Sie aus gutem Grund angenommen haben, Frau Hebisch sei im Büro, weil eben alles darauf hindeutete?«

»Es sah alles danach aus, als wäre sie da. Und als die Kommissarin mich gefragt hat, habe ich gar nicht weiter darüber nachgedacht. Habe ich mich strafbar gemacht?« Inzwischen wirkte Siggi Merchert verzweifelt.

Beruhigend erklärte Norma: »Aber nein, Sie haben nicht gelogen, Sie haben sich einfach geirrt. Das kann jedem passieren. Man zieht falsche Schlüsse und hält das im Nachhinein für eine Tatsache. Das menschliche Gehirn ist leicht manipulierbar.«

»Und was geschieht jetzt? Muss ich wieder zur Polizei?«

»Wenn Sie möchten, sage ich dort Bescheid, und man wird sich bei Ihnen melden.«

Siggi Merchert bedankte sich erleichtert.

»Ich sollte jetzt gehen«, sagte Norma, ohne sich aus ihrer starren Haltung zu lösen. »Aber Kasimir hat offenbar etwas dagegen.«

»Wen er mag, den will er ganz für sich.« Siggi Merchert lächelte breit.

Wie in einer manischen Liebe, fiel Norma ein.

Siggi Merchert musste den Riesenschnauzer am Halsband fortziehen, damit Norma aufstehen konnte. Im Vorübergehen bestaunte sie noch einmal die Fotos. Draußen sah sie zu, dass sie zum Auto kam. Norma hatte es eilig.

Pech für Marlies Hebisch. Ihr Alibi war keinen Cent mehr wert.

30

November 1918

Endlich praktizierte er im neuen Anbau. Der Krieg hatte die Bauarbeiten verzögert, und die Renovierung der Villa ging im Schneckentempo voran. Baumaterial war kaum zu bekommen. Zum Glück trieb der Schwarzmarkt produktive Blüten, und manches erhielt man als Doktor umsonst. Die Holzpaneele des Salons im Obergeschoss waren das Geschenk eines dankbaren Schreinermeisters, dessen Frau die Spanische Grippe überlebt hatte. Genau genommen eine Verschwendung, denn Eberhard benutzte das obere Stockwerk nicht. Sein schwaches Bein tat sich mit der Treppe zu schwer.

Als Marie Sender eines Nachmittags das Sprechzimmer betrat, spürte er, dass etwas Unheilvolles im Gange war. Ihr sanftmütiges Gesicht war bleich vor Sorge. Sie kam gleich zur Sache. Ihre Familie sei sehr beunruhigt.

»Toni?«, fragte er erschrocken. »Die Grippe?«

»Sie hat hohes Fieber und ihre Lunge ist angegriffen«, erklärte Marie Sender, sichtlich um Haltung bemüht. »Recha hat uns telegrafiert. Sie ist zufällig in Frankfurt. Der Arzt sagt, wir sollen uns auf Tonis Ende vorbereiten. Sie wird die Nacht wohl nicht überstehen.«

Eberhard hatte Toni zuletzt vor acht Tagen gesehen, während der Unruhen im Bahnhof. Seitdem wirkte sie in verschiedenen Arbeiter- und Soldatenräten mit, wie er von ihren Freunden erfahren hatte. Wie er Toni kannte, war sie ohne nennenswerte Pausen auf den Beinen gewesen. Marie Sender hingegen hatte keine Vorstellung vom politischen Kampf ihrer Tochter – von der Grippe jedoch verstand sie genug, seit ringsum Nachbarn und Gemeindemitglieder gestorben waren.

Sehr aufrecht, in einer Haltung, die ihn an Toni erinnerte, bat sie ihn, nach Frankfurt zu fahren. »Heute noch, Dr. Hahlbrock. Ich weiß, was Ihnen meine Tochter bedeutet. Helfen Sie ihr!«

Er versorgte die Patienten im Eiltempo und nahm den Abendzug. Recha empfing ihn in Tonis Wohnung. Es stand sehr schlecht um Toni, sie nahm Eberhard kaum wahr. Er tat, was er tun konnte, und wie durch ein Wunder überlebte sie die Nacht. Als er gegen Mittag aufbrach, war sie genügend bei Kräften, um schon wieder Pläne zu schmieden. Sie verabschiedete ihn mit dem Versprechen, dass sie sich bald in Biebrich sehen würden. Am 29. November, ihrem 30. Geburtstag, wolle sie die Eltern besuchen und sich zu Hause etwas erholen.

Für Eberhard folgten unruhige Tage. Er sorgte sich nicht allein um Tonis Gesundheit. Während der Nachtstunden, in denen sie mit dem Fieber gerungen hatte und die Schwester erschöpft im Sessel eingeschlafen war, hatte er sich in ihrem Zimmer umgesehen und war auf eine Sammlung von grässlichen Pamphleten gestoßen, in denen Toni auf widerlichste Weise beleidigt und mit dem Tod bedroht wurde. Zwar hatte er von den Schmähbriefen gewusst – doch wie ernst man diesen Dreck nehmen musste, war ihm erst in der Nacht bewusst geworden.

Am Tag vor Tonis Geburtstag, einem Donnerstag, war er sehr besorgt und aufgewühlt. Er befürchtete, sie würde ihr Versprechen brechen und nicht nach Biebrich kommen. Und selbst wenn, würde der Besuch in erster Linie ihrer Familie gelten, da machte er sich nichts vor. Womöglich bekäme er sie frühestens am Sonntag zu sehen, falls sie sich zu einem Spaziergang aufmachen sollte. Bis dahin wollte er nicht warten. Mit dem Entschluss, am Abend zu ihr zu fahren, um sie zu überraschen, fühlte er sich umgehend besser.

In Frankfurt angekommen, versuchte er es zuerst in ihrer Wohnung. Statt Toni traf er dort Leah an, die Einkäufe für die Freundin erledigt hatte.

Seine Fragen beantwortete Leah mit verzweifeltem Kopfschütteln. »Toni ist immer noch fiebrig, was sie keinesfalls davon abhält, sich in einem offenen Armeewagen übers Land kutschieren zu lassen. Du weißt, wie eigensinnig sie ist. ›Jetzt ist Wahlkampf! Jetzt braucht mich meine Partei! Gesund werden kann ich später.‹ Auf der letzten Versammlung war sie zu schwach, um ihre Rede im Stehen zu halten.«

»Toni und ihr Dickkopf!«

»Das ist nicht alles!« Leah seufzte unglücklich. »Auf dem Weg nach Baden wäre sie beinahe in französische Gefangenschaft geraten. Nur dank ihres Pariser Akzents konnte sie sich und den Fahrer herausreden.«

Unwillkürlich musste Eberhard schmunzeln. »Wenn sich Toni nicht aus der Klemme herausquatschen kann, wer sonst? Wo mag sie jetzt sein?« Er wusste, Leah mochte ihn gern. Niemand hätte ihm mehr Glück für seine aussichtslose Liebe gegönnt.

»Versuche es im ›Schlesinger Eck‹.«

Eberhard kannte den alten Gasthof in der Großen Gallusstraße. Der Wirt galt als loyal und hatte der Partei die

Zimmer im oberen Stockwerk überlassen. Die Genossen fühlten sich im ›Schlesinger Eck‹ halbwegs sicher vor Spitzeln und Polizeirazzien.

Eilig überquerte Eberhard den Rossmarkt und hielt auf das Wirtshaus zu. Im Gastraum brüteten abgerissene Gestalten über ihren Gläsern mit abgestandenem Bier; die passende Klientel für diese schäbige Kneipe. In seinem Mantel aus feinstem Kamelhaar, geschneidert aus Vorkriegsbeständen des Sender'schen Tuchlagers, kam er sich vor wie eine Katze unter flohgeplagten Hunden und fühlte sich von missgünstigen Blicken taxiert.

Der Wirt zapfte ein Bier nach dem anderen und beäugte ihn über die Theke hinweg. »Ich weiß, wer Sie sind! Dieser Doktor aus Biebrich. Ein Freund vom Fräulein Sender.«

Dass man ihn erkannte, stimmte Eberhard zuversichtlich. »Ist Fräulein Sender oben?«

Der Wirt zeigte auf die Hintertür. Eberhard sollte selbst nachfragen. Der Flur lag im Dunkeln. Vorsichtig tastete er sich die knarrende Stiege hinauf. Oben spendete eine Funzel gerade genügend Licht, um den jungen Mann auszumachen, der Eberhard auf Parteiveranstaltungen aufgefallen war. Auch er erkannte Eberhard wieder und gab ihm bereitwillig Auskunft. Toni sei im Rheingau auf einer Kundgebung. Sie würde in der Nacht nicht nach Frankfurt zurückkehren, sondern am kommenden Morgen auf direktem Weg nach Biebrich reisen, um den Geburtstag bei ihren Eltern zu verbringen. Für Eberhard hielten sich Enttäuschung und Zuversicht die Waage. Seine Fahrt nach Frankfurt war vergeblich gewesen, aber immerhin: Sie wollte an ihrem Plan festhalten. Auf der Rückfahrt dürfte er sich vollkommen der Vorfreude auf das Wiedersehen hingeben.

»Was soll ich dem Herrn Doktor bringen?«, hofierte ihn der Wirt, als Eberhard in den Gastraum zurückkehrte.

Weil er durstig und hungrig war, verlangte Eberhard ein Bier sowie eine Wurstschnitte. Vor dem Essen wollte er sich die Hände waschen und ging durch die Hintertür hinaus auf den Hof. Ein zerschrammtes Emailleschild mit der Aufschrift ›Zu den Aborten‹ wies mit einem Pfeil nach rechts. Der Weg führte an der Waschküche vorbei, deren Tür offen stand. Eberhard trat an die Wasserpumpe heran. Darüber befand sich ein weit geöffnetes Fenster. Draußen unterhielten sich zwei Männer im Flüsterton, was Eberhard nicht weiter interessierte. Bis ein Name fiel: Toni Sender!

Sein Herzschlag beschleunigte sich. Leise rückte er an das Fenster heran und spähte vorsichtig auf den Hof hinaus. Beide Männer waren ihm zuvor im Gastraum aufgefallen; sie hatten an getrennten Tischen gesessen und könnten gegensätzlicher nicht sein. Der eine war um die 40, gekleidet wie ein Angestellter oder Ladenbesitzer, mit flinken Augen und einem bürgerlichen Hut über dem faltigen Gesicht. Der zweite Mann war klein, entsetzlich dürr und abgerissen wie ein Kriegsheimkehrer. Sein Anzug war zerlumpt, die Schuhe schienen nur noch von den Schnürsenkeln zusammengehalten. Durch das Loch in seiner Kappe hätte eine Faust gepasst. Die Erschöpfung in diesem ausgezehrten Gesicht und die knochigen Hände, über denen sich die ausgemergelte Haut spannte, berührten selbst Eberhard, der als Mediziner schon jedes erdenkliche Leid zu Gesicht bekommen hatte. Die linke Hand des Mannes war zu einer Kralle verkrüppelt.

Der Ältere behielt die Tür zur Kneipe im Blick, als er sich zu dem anderen hinunterbeugte. »Sie reist morgen nach Biebrich, zu den Eltern.«

Der Blick des Jüngeren hastete unstet hin und her.

»Was für ’ne Stadt?«

»Sie bekommen eine Rückfahrkarte«, versicherte der Ältere in geschäftsmäßigem Ton, »und ein Foto von der Giftpflanze Toni Sender, damit Sie nicht aus Versehen das falsche Weib umlegen. Die Adresse steht auf der Rückseite. Meine Parteifreunde haben für alles gesorgt. Sie nehmen nachher den letzten Zug nach Biebrich. Im Schlosspark gibt es eine Burgruine, in der Sie sich für die Nacht verkriechen können. Die Sender geht oft allein in den Park. Warten Sie eine passende Gelegenheit ab.«

Er griff unter die Jacke und zog einen braunen Umschlag hervor.

Der Jüngere bekam einen Hustenanfall.

»Und mein Lohn?«, krächzte er, als er wieder Luft bekam.

»Goldschmuck, wie ausgemacht! Geld wollten Sie ja nicht.«

»Wozu auch? Morgen sind die Scheine kaum mehr die Hälfte wert.«

Der Ältere reichte ihm den Umschlag. »Ist hier drin!«

Der Jüngere zog eine lange, schwere Goldkette heraus, hängte sie sich um den mageren Hals und versteckte sie unter dem Hemd. »Das reicht mir nicht. Wir hatten mehr ausgemacht.«

»Das zweite Schmuckstück gibt es, wenn alles getan ist. Machen Sie sich bloß nicht ohne Gegenleistung davon. Wir finden jeden. Der Arm der Partei ist lang. Sie wollen doch nicht, dass Ihrer Schwester etwas zustößt? Oder Ihrer niedlichen Nichte?«

»Keine Sorge, ich erledige den Auftrag. Die Pistole?«

»Hier!« Ein zweiter – wesentlich dickerer – Umschlag wechselte den Besitzer.

»Patronen?«

»Sind dabei. Das war's. Wenn alles erledigt ist, treffen wir uns am selben Ort wie beim ersten Mal. Zählen Sie bis 200. Ich gehe zuerst.«

Eberhard wäre am liebsten hinausgestürmt, um die Vogelscheuche grün und blau zu prügeln. Doch einen bewaffneten Kriegsheimkehrer, der sich aufs Töten verstand, in die Enge zu treiben, wäre das Dümmste, was er tun konnte. Toni war weit weg und im Augenblick nicht in Gefahr. Er kannte den Plan des Mörders. Ein Wissen, das er nutzen wollte.

31

Montag, der 14. Oktober

Beinahe hätte sie auf der Äppelallee einen Blitzer übersehen und ging in letzter Sekunde vom Gas. Das Jagdfieber hatte Norma gepackt, und Marlies Hebisch war ihre Beute. Vorerst wollte sie allein auf die Pirsch gehen. Die Soko würde noch früh genug von ihrem Fauxpas erfahren. Sie fuhr zur Oranier-Gedächtnis-Kirche, parkte in Sichtweite der Einfahrt zur Praxis und schlenderte betont gelassen in den Hof. Als sie die Psychologin am Schreibtisch vor ihrem Computer entdeckte, verspürte sie ein Kribbeln im Rücken.

Marlies entging die Besucherin nicht. Sie stand auf, hob grüßend die Hand und öffnete die Tür. »Sie haben Glück, mich noch anzutreffen. Ich möchte gleich zur Villa Ophélie, obwohl ich eigentlich hier zu tun hätte!«

Entgegen der vorgebrachten Beschwerde wirkte sie auf eine freudige Art angespannt, als könnte sie es nicht abwarten, den Schäfchen im Dr.-Hahlbrock-Haus ihre Fürsorge aufzudrängen.

Norma entschuldigte sich. »Ich wollte nicht ungelegen kommen.«

»Kein Problem, ich nehme mir immer Zeit für meine Patienten«, sagte Marlies Hebisch und riss einladend die Tür auf. »Das gilt auch für die ehemaligen. Kommen Sie nur, Frau Tann!«

Sie betraten das Therapiezimmer, das Norma aus den Sitzungen vertraut war. Hier gab es einen kleinen Schreibtisch, und ihm gegenüber stand eine Sitzecke mit drei Clubsesseln aus lindgrünem Leder, auf die Marlies auffordernd deutete. Norma setzte sich mit Blick auf die offene Verbindungstür, die ihr die Sicht in Marlies' Büro ermöglichte. Was hätte sie dafür gegeben, sich ungestört in allen Räumen umzusehen. Noch hatte sie keine Idee, wie ihr das gelingen könnte, und baute auf eine hilfreiche Inspiration.

Die Psychologin stand auf, ging nach nebenan und kehrte mit einer Thermoskanne und zwei Tassen zurück. »Auch einen Kaffee?«

»Gern, mit Milch bitte, wenn möglich.«

»Ist schon drin! Wenn Sie Zucker möchten …«

»Danke, nicht nötig.«

Marlies füllte die Tassen großzügig auf, bevor sie sich Norma gegenübersetzte und die Beine übereinanderschlug. »Was kann ich für Sie tun, Frau Tann?«

Norma brachte die Rede auf Grit. Ob Marlies nicht zwischenzeitlich irgendetwas – eine Kleinigkeit, eine vermeintliche Unwichtigkeit vielleicht – eingefallen sein mochte, was auf Grits Spur führen konnte?

Betrübt neigte die Psychologin den Kopf. »Leider kann ich Ihnen nichts Neues sagen, so gern ich würde! Ich vermisse Grit schmerzlich. Sie war wie eine Tochter für mich.«

»Sie reden von Grit in der Vergangenheit. Sind Sie so sehr von ihrem Tod überzeugt?«

»Sie hätte sich bei mir gemeldet, mir zumindest eine Nachricht zukommen lassen, wenn sie noch am Leben wäre«, sagte Marlies und verschränkte die Arme. »Davon bin ich überzeugt. Trinken Sie Ihren Kaffee, Frau Tann! Sofern Sie sonst keine Fragen haben …«

»Natürlich, ich will Sie nicht länger aufhalten.«

Ungeschickt griff Norma nach der randvollen Tasse. Ein Schwall ergoss sich aufs Hosenbein.

»Milchkaffee macht sich nicht gut auf weißer Jeans«, bemerkte Marlies tadelnd.

Norma sprang auf und begann, die Kaffeespritzer mit einem Taschentuch vom lindgrünen Leder zu tupfen.

»Lassen Sie nur!«, forderte Marlies. »Ich übernehme das. Waschen Sie lieber den Fleck aus!«

Norma tat wie geheißen, schaute jedoch, bevor sie ins Gäste-WC ging, hinter zwei andere Türen. Die eine führte in einen Fitnessraum mit Foltergeräten fürs Krafttraining. Nebenan lag eine Abstellkammer. Norma huschte hinein und öffnete den Fensterhebel. Mit nassem Hosenbein verabschiedete sie sich kurz darauf. Ihr entging nicht, dass Marlies ihr aus dem Bürofenster nachschaute, bis sie den Hof durchschritten hatte.

Anschließend setzte sich Norma in den Wagen und wartete. Der Jeansstoff klebte ihr unangenehm am Oberschenkel. Der Regen hatte zugelegt und prasselte auf die Frontscheibe. Durch den Tropfenschleier bemerkte sie eine dunkle Limousine, die aus der Einfahrt rollte. Hinter dem Steuer saß Marlies, die den Blinker betätigte und auf die Straße abbog. Norma blieb sitzen, bis der Wagen in eine Seitenstraße abgebogen war. Dann zupfte sie ein Paar robuste Latexhandschuhe aus der Packung in der Ablage und verließ den Wagen. Gründlich schaute sie sich um, aber bei dem Wetter ließ sich kein Passant blicken. Der Wind fegte ihr den Regen ins Gesicht. Als sie den Hof erreichte, streifte Norma die Handschuhe über.

Hinter dem einen oder anderen Fenster brannte Licht. Sie musste auf den Schutz des trüben Regenwetters und der einsetzenden Dämmerung vertrauen. So leise wie möglich rollte sie eine blaue Altpapiertonne unter das Fenster, hinter dem sie die Abstellkammer vermutete, kletterte hinauf und drückte gegen den Rahmen. Mit leichtem Widerstand ließ sich das Fenster öffnen.

Nichts wie rein! Mit federnden Knien landete sie zwischen Putzeimern und weißem Einbauschrank. Sie streifte die nassen Stiefel ab und schlich auf Strümpfen ins Büro, wo sie als Erstes die Jalousie vor dem Fenster schloss. Marlies hatte den Computer nicht heruntergefahren, der Desktophintergrund leuchtete Norma entgegen. Offensichtlich verwendete Marlies Hebisch generell keinen Bildschirmschoner, was ihr das Alibi der Zustellerin verschafft hatte.

In den Aktenschränken befand sich nichts, was sie weiterbrachte. Der Schrank im Abstellraum? Sie zog die Jalousien wieder hoch, lief zurück – und hatte Glück! Marlies musste sich unangreifbar fühlen, sonst hätte sie Krumsieks Unterlagen sicherer versteckt. Im Lichtschein ihres Handys betrachtete Norma die Reihe der Ordner im Dutzend, die sich über einen Meter erstreckte. Jeder Ordner war mit ›Hahlbrock, Briefe, original und übertragen‹ beschriftet und zusätzlich mit einer Jahreszahl zwischen 1900 und 1933 versehen. Jeweils drei Jahrgänge waren zusammengefasst. Ein 13. Ordner trug die Bezeichnung ›Manuskript T. S. Biografie‹.

Marlies musste alles in einem Karton aus dem Haus geschafft haben und hatte den Dusel gehabt, dabei niemandem aufgefallen zu sein. Norma nahm den Ordner für die Jahre 1918 bis 1920 heraus und legte ihn auf den Fliesenboden. Sie kniete sich daneben und blätterte vor bis zum November 1918. Hinter jedem Originalbrief, verfasst in einer steilen, peniblen Handschrift, war Krumsieks Übertragung als Computerausdruck eingeheftet. Nach dem Vorbild des Verfassers, der jeden Brief mit dem Datum versehen und zusätzlich nummeriert hatte, hatte Krumsiek als oberste Zeile jeweils das Datum der Übertragung eingesetzt. Dabei war er strikt in der Reihenfolge der Originale vorgegangen und hatte die Briefe des Jahres 1918 schon vor Monaten abgeschlossen. Nur ein Brief fiel aus der Reihe – jener, der in den Morgenstunden des 29. November 1918 verfasst worden war. Krumsieks Abschrift war erst vor Kurzem erstellt worden, und zwar am 10. Oktober.

Zwei Tage vor seiner Ermordung! Norma überflog den Text, kam jedoch nicht dazu, ihn ein zweites Mal zu lesen. Ein klickendes Geräusch schreckte sie auf: Ein Schlüssel, der sich im Schloss drehte. Danach leichte Schritte im Flur, das Hüsteln einer Frau. Marlies war zurück! Norma faltete den Brief und die Abschrift zusammen, schob beide Blätter in die Hosentasche und stellte den Ordner zurück an seinen Platz. Sie stahl sich so heimlich durchs Fenster, wie sie gekommen war.

32

Donnerstag, der 28. November 1918

Der Soldat schlenkerte die verkrüppelte Hand wie ein nutzloses Anhängsel hin und her. »Bin Maurergeselle, aber das hier? Was soll ich auf dem Bau damit anfangen?«

»Wie ist das geschehen?«

»Im Feld zerschossen.«

Unter Eberhards Schuhsohlen vibrierte der Fußboden. Der Abendzug ratterte wie ein gehetztes Tier über die Schienen. Bei jeder Weiche tat es einen Schlag. Sie hockten sich gegenüber. Eberhard hatte den Soldaten im Abteil aufgespürt, allein, ihn angesprochen und ihm von dem Brot abgegeben, das er vor der Abfahrt gekauft hatte. Nun hockten sie sich gegenüber.

»Lassen Sie mal sehen! Keine Sorge, ich bin Arzt!«

Behutsam nahm er die Hand des anderen in seine Hände und betastete die schief gegeneinanderstehenden Knochen.

»Wird das wieder?«, fragte der Maurer mit einem Anflug von Hoffnung.

Eberhard ließ die Hand los. »Nein!«

»Hab gesehen, wie Sie hinken, Herr Doktor. Ein Granatsplitter, was? Schlimme Sache!« Der Maurer deutete mit den heilen Fingern auf Eberhards Bein.

»Etwas Ähnliches. Noch ein Stück Brot?«

Beherzt griff der Maurer zu.

»Sehr gütig, Herr Doktor«, sagte er mit mahlendem Kiefer. »Emil Grundke aus Frankfurt.«

»Dr. Hahlbrock aus Biebrich am Rhein.«

Grundke schluckte. »Biebrich? Da will ich auch hin.«

»Was haben Sie dort vor?«

»Dort gibt es jede Menge Fabriken, hat man mir gesagt.«

»Sie sind Maurer, kein Fabrikarbeiter.«

Emil Grundke fasste unter die zerschlissene Anzugjacke und zeigte Eberhard einen Briefumschlag, der an ihn adressiert war; abgestempelt vor fünf Tagen. »Von meiner Liesel. Sie wird einen Homburger Metzgermeister heiraten, wenn ich kein Geld ranschaffe. Deswegen suche ich Arbeit.« Treuherzig sah er Eberhard an.

Doch bevor Eberhard an Grundkes bösen Absichten zweifeln konnte, dachte er an den Umschlag mit Tonis Foto und den Henkerslohn in Gestalt einer Goldkette, die dem Kerl unter dem Hemd baumelte. Die Jacke schlackerte um Grundkes Körper. Man sah nichts von der Pistole, die im Hosengürtel stecken musste. Gepäck hatte der Mann nicht dabei.

Eberhard legte die Hand ans Kinn, als käme ihm eine Idee. »Ich könnte Sie eine Weile beschäftigen, Herr Grundke. Ich bin dabei, mein Haus umzubauen. Es gibt eine Menge zu tun.«

»Wie soll das gehen?«, fragte Grundke verdrossen. »Mit der kaputten Hand.«

»Es ist keine schwere Arbeit«, versicherte Eberhard. »Die Fenster müssen gestrichen werden, und auch das Treppengeländer braucht neue Farbe. Das können Sie mit einer Hand machen. Wissen Sie was? Warum kommen Sie nicht gleich mit zu mir und sehen sich an, was zu tun ist?«

»Ich wollte … äh … Freunde besuchen.« Der Blick des anderen huschte durch das Abteil. Ein guter Lügner war an ihm nicht verloren gegangen.

Eberhard ließ keine Ausflüchte zu. »Verschieben Sie den Besuch auf morgen! Bei mir bekommen Sie ein Abendessen und können über Nacht bleiben.«

Die Aussicht auf eine Mahlzeit und ein warmes Bett gab den Ausschlag. Freudig stimmte Grundke zu und begleitete Eberhard vertrauensselig durch die nächtlichen Gassen zur Villa. Dort fackelte Eberhard nicht lange. Kaum angekommen, schlug er den ahnungslosen Grundke in der Diele mit dem Kaminhaken nieder. Völlig überrumpelt hatte der Mann keine Chance, zur Waffe zu greifen.

»Für einen wie dich hat sie sich ihr Leben lang aufgeopfert!«, schrie er den Bewusstlosen an.

Noch ein gezielter Hieb gegen die Schläfe, und die Sache wäre erledigt. Bevor Eberhard jedoch zum zweiten Mal ausholen konnte, trommelte jemand an die Haustür.

»Herr Doktor! Herr Doktor!«

Eberhard erkannte die Stimme: Ein benachbarter Friseurmeister, dessen Frau die Geburt der ersten Tochter nur mit Gottes Hilfe – und wie er sagte, dem Können des besten Arztes des Städtchens – überlebt hatte. Nun stand ihr die nächste Niederkunft bevor.

Der Nachbar hämmerte weiter und brüllte: »Es geht los! Das Kind liegt quer. Die Hebamme schickt mich!«

»Augenblick! Ich komme sofort.«

Während Grundke am Boden lag und jammerte, humpelte Eberhard eilig in die Küche, griff sich ein Messer und schnitt die Kordel von der Küchengardine ab. Er trennte einen Streifen von einem Handtuch, das er Grundke als Knebel in den Mund stopfte, und fesselte ihn mit der Kordel. Dabei stieß er gegen etwas Metallenes unter der Jacke: die Pistole. Er beschloss, sie ihm zu lassen. So verschnürt käme Grundke unmöglich an die Waffe heran.

Draußen schlug währenddessen der werdende Vater immer wilder gegen die Tür. »Herr Doktor! Es eilt!«

»Bin gleich da!«, rief Eberhard, der allmählich in Panik geriet.

Grundke zappelte und grunzte und starrte ihn aus weit aufgerissenen Augen an. Eberhard nahm den Rest des Handtuchs und warf es dem Gefangenen aufs Gesicht. Hastig schlüpfte er durch die Haustür und schloss hinter sich ab. Der Friseur fiel ihm vor Erleichterung um den Hals und rannte voraus.

Im Morgengrauen kehrte Eberhard zur Villa zurück. Biebrich war um einen Erdenbürger reicher. Die Frau war sehr geschwächt, aber sie würde überleben. Eberhard war sehr mit sich zufrieden. Er hatte die Nacht über gekämpft und sein Bestes gegeben, um Mutter und Sohn zu retten. Und darüber beinahe seinen heimlichen Gast vergessen und für ein Fantasiegebilde gehalten wie einen bösen Traum.

Doch als er die Diele betrat, lag Grundke da, am Boden, auf den Fliesen, wie er ihn zurückgelassen hatte. Nur vom Tuch hatte er sich befreit und starrte Eberhard mit panischem Blick entgegen.

Beiden war klar: Eberhard durfte ihn nicht gehen lassen. Forsch griff Eberhard nach dem Kaminhaken, brachte es aber nicht fertig, dem Ganzen ein schnelles Ende zu setzen. Wo sollte er hin mit dem Körper? Er verwarf den Gedanken, ihn zum Rhein zu schleppen. Obwohl der vom Hunger ausgemergelte Mann nicht viel wog: Mit dem lahmen Bein wäre das nicht zu schaffen. Außerdem könnte ihn jemand dabei beobachten, wie er Grundke aus dem Haus schaffte, denn der Tag brach gerade an. Tonis 30. Geburtstag! Sie war in Sicherheit. Der Mörder konnte ihr nichts mehr anhaben.

In der Diele durfte der Mann nicht bleiben. Er musste außer Sicht. Also nach oben! Eberhard packte den Gefesselten unter den Achseln und schleppte ihn die Treppe hinauf. Stufe für Stufe eroberte er mit der widerspenstigen Last und legte regelmäßige Pausen ein. Zum Atemholen. Zum Nachdenken, wo er den Mann verstecken konnte – bis er von selbst gestorben war. Und irgendwann später würde er die Leiche dann aus dem Haus schaffen.

Danach ruhte er sich nicht aus. Er setzte sich hin und schrieb sich das Geschehene von der Seele, bevor er die Praxis öffnete. Anschließend war er fest entschlossen, die Tat und den Mörder auf ewig aus seinen Gedanken zu verbannen.

33

Dienstag, der 15. Oktober

Die digitale Wanduhr sprang auf 8.48 Uhr. Norma hielt
den Kaffeebecher mit den Fingerspitzen und pustete gegen
die Hitze an. Es war die dritte Portion des rabenschwar-
zen, bitteren Gebräus, das nur genießbar war, wenn man
unbeirrt auf die Wirkung des Koffeins vertraute. Sie hatte
kaum geschlafen, und zur Müdigkeit gesellten sich ste-
chende Kopfschmerzen. Erschöpft hockte sie auf einem
Besucherstuhl in einem endlosen Flur des Polizeipräsidiums
und wusste für diesen Moment die Ruhe zu schätzen, so
wie sie in der vergangenen Nacht die Polizeiarbeit genossen
hatte. Das gezielte und effiziente Vorgehen der Soko ›Mosburg‹: frei von Hektik, doch ohne Zeit zu verschwenden.
Jeder wusste, was zu tun war. Für wenige Stunden hatte sie
sich zugehörig gefühlt. Nicht einmal Wolfert hatte sie ausschließen wollen. Ob aus Respekt vor ihrer Entdeckung
oder dank früherer Kollegialität – darüber verlor er kein
Wort. Für leichte Irritationen sorgte die junge Kommissarin, die Siggi Merchert befragt hatte. Mit ihrer Nachlässigkeit konfrontiert, schien die ehrgeizige Nachwuchskraft es
Norma persönlich übel zu nehmen, dass das falsche Alibi
ans Licht gekommen war. So jedenfalls deutete Norma den
verkniffenen Gesichtsausdruck der jungen Frau.

Kurz vor Mitternacht wurde Marlies Hebisch verhaftet. Nach einem ebenso kurzen wie heftigen Aufbe-

gehren in ihrer Wohnung hatte sie im Polizeipräsidium eisern geschwiegen. Um 2 Uhr morgens ließ Gert-Michael Schneider, der Leiter der Soko, die Vernehmung abbrechen. Norma hielt sich im Flur auf, als Marlies auf dem Weg zum Zellentrakt ins Kellergeschoss an ihr vorbeigeführt wurde. Marlies begegnete Norma mit verblüfftem Blick und war offenbar ahnungslos, wer ihr die Festnahme eingebrockt hatte. Norma fuhr nach Hause, war aber zu aufgekratzt, um Schlaf zu finden. Ihre Gedanken überschlugen sich. Schließlich gab sie es auf, setzte sich mit einem Glas Rheingauer Riesling und dem Kater auf den Knien an den Küchentisch und vervollständigte ihre Aufzeichnungen zum Mumienfall, bis es Zeit wurde für einen frühen Besuch im Polizeipräsidium.

Die Wanduhr sprang auf 8.55 Uhr. Seit einer Stunde wurde die Psychologin von Wolfert und Milano vernommen. Endlich schwang die Tür zum Vernehmungszimmer auf. Zwei Schutzpolizisten führten Marlies Hebisch heraus. Sie wirkte abgekämpft und zugleich eisern entschlossen. Norma ließ zwei kochend heiße Kaffees aus dem Automaten und brachte sie den Kommissaren, in deren Gesichtern sich Ärger und Enttäuschung die Waage hielten. Sie setzte sich zu den Männern an den Tisch.

Wolfert schlürfte mit gespitzten Lippen, auf die hohe Temperatur gefasst, und setzte den Becher vorsichtig ab. »Mir kommt es vor, als würden nicht wir sie, sondern sie uns unter die Lupe nehmen. Immerhin redet sie jetzt. Und zwar wie ein Wasserfall. Grit hat Krumsieks Ordner bei ihr versteckt, behauptet sie. Und von dem Geständnisbrief weiß sie angeblich gar nichts.«

»Die Frau ist abgebrühter als ein Mafioso«, urteilte Milano nicht ohne Respekt. »Sie schiebt alle Schuld auf ihre Freundin. ›Grit hat Krumsiek erschossen! Grit hat sich aus Scham umgebracht!‹ Beide Sätze wiederholt sie wie ein Mantra. Am liebsten würde man sie packen und schütteln.« Wozu er sich – nach Normas Überzeugung – niemals hinreißen lassen würde.

Die Spurensicherung habe die Wohnung und die Praxisräume auf den Kopf gestellt, fasste Milano zusammen, ohne einen Hinweis auf Grits Aufenthaltsort zu finden.

Milano massierte seine breite Stirn. »Es gibt ein aufschlussreiches Detail aus den privaten Unterlagen der Hebisch. Ihr Vater war ein erfolgreicher Sportschütze, und sie hat als Mädchen an Wettbewerben teilgenommen. Eigene Waffen besitzt sie nicht.«

Norma schnalzte mit der Zunge. »Aber sie kann damit umgehen! Habt ihr die Ordner sichergestellt?«

Eberhards Brief, in dem er den Mord an Grundke offenbarte, und die Abschrift hatte sie den Kommissaren persönlich übergeben.

»Alles bei uns«, bestätigte Wolfert.

»Ich würde gern alle Briefe lesen. Und Krumsieks Manuskript natürlich!«

Er nahm die Brille ab und rieb sich die Augen. »Meinetwegen, sobald wir hier klarer sehen. Das steht dir zu. Dein Fall ist gelöst. Du hast den Mord am Maurergesellen Grundke aufgeklärt. Wie genau du an das Geständnis gekommen bist, frage ich besser nicht.«

Milano, dem der Schlafmangel dunkle Ringe unter die Augen gemalt hatte, grinste anerkennend. »Gratuliere, Norma! Der ehrbare Dr. Hahlbrock – ein unbarmherziger Mörder. Und sein Opfer – ein Auftragskiller. Was für eine irrsinnige Geschichte.«

So richtig genießen konnte Norma ihren Erfolg nicht.

»Krumsiek wusste vor mir Bescheid und musste deswegen sterben. Hätte sich die Hebisch weniger Sorgen gemacht um ihr Idol Toni Sender, das Dr.-Hahlbrock-Haus und den guten Ruf ihres Fördervereins, wäre Krumsiek heute noch putzmunter. Mit Sicherheit hätte er den Mord am Auftragskiller zum Aufhänger seiner Toni-Sender-Biografie gemacht. Ich hätte mir die Ermittlung ersparen und die ganze Tragödie gemütlich auf der Couch nachlesen können.«

»Bleibt die Frage, wie wir der Hebisch den Mord an Krumsiek nachweisen können«, sagte Milano. »Und wann und wie sie von Hahlbrocks Geständnis erfahren hat.«

»Und ob Grit Blanckes Verschwinden auf ihr Konto geht«, fügte Wolfert hinzu.

Er trat ans Fenster und ließ frische Luft herein. Mit einer Miene, deren Düsternis Milanos üblichem Gesichtsausdruck Konkurrenz machte, wandte er sich um. »Wenn sie weiterhin schweigt, sehe ich schwarz.«

»Vielleicht sollte ich mit ihr reden«, schlug Norma vor. »Große Hoffnungen mache ich mir allerdings nicht.«

Wolfert hatte seine Zweifel und brachte bürokratische Einwände vor.

Milano dagegen erwärmte sich für den Vorschlag. »Du warst ihre Patientin, das schafft Vertrauen. Es ist den Versuch wert.«

Er griff zum Tischtelefon und blaffte einen Befehl in den Hörer. Zehn Minuten später wurde Marlies zurückgebracht und mit Norma allein gelassen. Die Psychologin war sich offensichtlich im Klaren darüber, dass nebenan mehrere Augen- und Ohrenpaare über Kamera und Mikrofon zugeschaltet waren. Zunächst scheiterte Norma an Marlies' starkem Willen. Ihre Stimme schien die Psychologin gar nicht zu erreichen.

Erst als Norma mehrmals hintereinander eindringlich nach Grit fragte, ließ sich die Hebisch zu einer Antwort hinreißen. »Grit hat sich das Leben genommen, glaubt mir das endlich! Und vorher Krumsiek erschossen. Sie hat ihn gehasst.«

»Kann Grit mit einer Pistole umgehen?«

Marlies Hebisch schaute zum Fenster hinüber. Feine Falten, die Norma früher nicht aufgefallen waren, überzogen die mageren Wangen. »Während ihrer Zeit auf der Straße hatte sie mit allem Möglichem zu tun. Drogen, Waffen, was Sie wollen. Und dann, vor ein paar Jahren, waren wir auf einem Schießstand. Ein Freund hatte uns mitgenommen, er ist Pistolenschütze. Grit war wie vernarrt in die Ballerei. Ich habe sie kaum wiedererkannt.«

»Wie heißt dieser Freund?«

Marlies Hebisch nannte einen Namen und starrte anschließend stur auf die Tischplatte. Das Gespräch schien beendet. Norma ging ins Nebenzimmer, in dem Wolfert und Milano warteten.

Milano schnaufte genervt. »Sie will es unbedingt Grit Blancke anhängen, die sich nicht wehren kann. Jemand soll sich diesen Pistolenschützen vornehmen. Wir bleiben an der Hebisch dran.«

Bevor sie an der Tür waren, meldete sich Wolferts Handy.

»Schick sie in mein Büro«, bat er nach einem kurzen Gespräch und wandte sich überrascht an Milano und Norma. »Frau Roter will eine Aussage machen.«

Verena wirkte angespannt, als sie von einer Beamtin in den Büroraum geführt wurde, den sich Wolfert mit Milano teilte. Wolfert verabschiedete die Kollegin mit einem Dank und rückte Verena den Besucherstuhl zurecht, bevor er sich an seinen akkurat aufgeräumten Schreibtisch setzte.

Milano plumpste in seinen extra breiten Bürosessel, während sich Norma auf die Fensterbank hockte. Verena hatte nichts gegen ihre Anwesenheit, und Wolfert erhob keinen Widerspruch.

»Was führt Sie zu uns, Frau Roter?«, fragte er freundlich.

»Zuerst wollte ich fragen, ob Sie Grit gefunden haben«, antwortete Verena und blickte angespannt in die Runde. »Stimmt es, dass man den Rhein nach ihr absucht?«

»Eine Routineangelegenheit«, beschwichtigte Wolfert. »Die Polizei geht jedem Verdacht nach.«

Milano stieß sich mit den Füßen ab und ließ den Sessel ein Stück auf Verena zurollen. »Wenn Sie etwas zu sagen haben, Frau Roter, dann raus mit der Sprache.«

Sein fordernder Tonfall ließ sie ein Stück tiefer auf den Stuhl sinken. »Es geht um Marlies. Verstehen Sie mich nicht falsch, ich will nicht undankbar sein. Ohne ihre Unterstützung wäre ich zerbrochen.«

»Aber?«, bohrte Milano nach.

»Sobald man sich von ihrem Einfluss befreien will, zeigt sie ihr anderes Gesicht.«

»Sie gilt als fähige Therapeutin«, wandte Wolfert ein. Sein offensichtlicher Versuch, Verena stärker aus der Reserve zu locken, traf ins Schwarze.

»Was glauben Sie, für wen Marlies sich aufopfert?«, schimpfte sie. »Für die anderen, für ihre Schützlinge? Nein, in erster Linie tut sie das für sich selbst. Je mehr Menschen von ihr abhängig sind, desto stärker fühlt sie sich. Mir kommt es so vor, als sauge sie die Energie aus den Frauen, die sie an sich bindet. Sie hilft uns, um sich selbst zu helfen. Aber wehe, man wendet sich von ihr ab!«

»So wie Grit?«, vermutete Wolfert.

»Grit lässt sich nichts mehr gefallen«, bestätigte Verena. »Sie will erste Vorsitzende des Fördervereins werden. Die Mitglieder haben Marlies und ihren autoritären Führungsstil satt. Außerdem hätte es eine ganz andere Außenwirkung, weil Grit den Tony-Sender-Preis bekommt, hieß es bei der letzten Mitgliederversammlung. Sie hätten Marlies erleben müssen! Sie war schneeweiß im Gesicht vor Zorn. Der Förderverein ist ihr Lebenswerk!«

Milano meldete sich zu Wort. »Die Freundschaft zwischen Grit und Marlies ist also eine Farce?«

»Marlies redet Grit in alle Angelegenheit rein, die das Haus betreffen. Ehrlich gesagt: Grit tut alles dafür, Marlies aus dem Projekt rauszukicken.«

»Woher wissen Sie das?«, fragte Milano.

»Jemand wie ich, der sich kaum aus dem Haus traut, der immer da ist, erfährt von jeder Intrige, von jedem Mobbing. Deswegen habe ich auch diesen Streit am Freitagabend mitbekommen.« Verena brach ab und verschränkte die Arme.

»Eine Auseinandersetzung zwischen Grit und Marlies?«, warf Norma ein, die am liebsten aufgesprungen wäre. Ungeduldig kauerte sie auf der Fensterbank.

»Nein, Marlies hat sich mit Gunther Krumsiek angelegt. Und am nächsten Morgen war er tot.«

»Und damit kommen Sie erst jetzt?«, polterte Milano.

»Ich habe Angst!«, verteidigte sich Verena. »Marlies wird mich aus dem Haus jagen und meinen Freund alarmieren, wenn ich sie verrate. Anderseits … die Sache lässt mir einfach keine Ruhe.«

Wolfert gab Milano ein Zeichen sich zurückzuhalten und übernahm das Wort. »Frau Hebisch befindet sich im Polizeigewahrsam.«

»Tatsächlich?« Verena schien überrascht. Und erleichtert!

»Ob sie dort bleibt, kann von Ihrer Aussage abhängen, Frau Roter«, fuhr Wolfert fort. »Erzählen Sie uns von dem Abend vor Krumsieks Ermordung.«

»Freitagabends treffen sich die Frauen zum Walken im Schlosspark. Darin ist Grit unerbittlich. An dem Abend waren alle dabei, nur ich nicht. Ich hatte einen Termin bei meiner Anwältin.«

»Aus welchem Grund?«, fragte Wolfert.

»Es war wegen Maik, weil er andauernd gegen die Auflagen verstößt. Er darf sich mir nicht mehr als 20 Meter nähern. Grit und Marlies wussten von dem Termin. Marlies wollte noch ein paar Dinge für den Förderverein erledigen. Die Anwältin hat kurzfristig abgesagt. Draußen wartete schon das Taxi. Also bin ich raus, um Bescheid zu sagen, und dann zurück in mein Zimmer.«

»Und Marlies Hebisch?«

»Sie war in Grits Büro. Von dort kann man die Straße einsehen. Als das Taxi abfuhr, dachte sie wohl, dass ich drinsitze. Wenig später schellte die Klingel am Gartentor. Marlies ging hinaus, was sie nie tut, solange irgendjemand anders da ist, der das übernehmen kann. Dass es Krumsiek war, hat mich sehr gewundert. Er kam sonst nie in die Villa.«

Als sie sich aus der Küche eine Wasserflasche holen wollte, sei es im Büro laut geworden, setzte Verena ihre Schilderung fort. »Das Geschrei konnte man bis in die Diele hören. Mit dem Lauschen hatte ich keine Mühe, so heftig haben sich die beiden gezofft. Krumsiek gab furchtbar an. Es ging um einen Brief, der verschwunden war und den er gefunden hatte. Der Brief sei das

Aus für den guten Ruf des Doktors. Er sei ganz und gar nicht der Menschenfreund, für den man ihn halte. ›Eurer Hahlbrock-Haus wird in den allerschlechtesten Ruf geraten‹, schrie Krumsiek. ›Eurer Projekt könnt ihr abhaken.‹«

Norma sprang auf. »Hat Marlies Sie bemerkt?«

»Ich bin in Deckung geblieben. Als Marlies mich später gefragt hat, wie es bei der Anwältin war, habe ich sie angelogen und nichts von der Absage erzählt.«

Wolfert bedankte sich bei Verena und bat sie, im Nebenzimmer zu warten.

Er zog die Tür zu und verkündete zufrieden: »Frau Roters Aussage sollte den Haftrichter überzeugen.«

»Demnach konnte Marlies davon ausgehen, dass niemand von ihrem Krach mit Krumsiek wusste«, stimmte Norma ihm zu. »Sie fühlte sich sicher genug, ...«

»... um ihren heimtückischen Mordplan in die Tat umzusetzen«, beendete Milano ihre Schlussfolgerung. »Los, Dirk! Die nächste Runde!«

Norma hielt die Männer zurück. »Ich würde gern mit Elfie Krumsiek reden. Weiß sie schon von Marlies' Verhaftung?«

»Bisher nicht«, entgegnete Milano. »Die arme Frau muss eine Menge durchmachen. Du hast das Händchen dafür, Norma.«

»Nimm trotzdem besser einen Arzt mit«, warf Wolfert fürsorglich ein. »Immerhin ist die Dame 92 Jahre alt!«

»Ihr seid gut! Woher soll ich von jetzt auf gleich einen Doktor nehmen?«

»Ich hätte sogar einen doppelten zu bieten«, sagte Milano mit verschmitztem Grinsen und begann, in der Westentasche zu graben.

»Gute Idee!«, rief Wolfert. »Wo Timon sowieso im Haus ist.« Er habe ihn erst vorhin über die nächtlichen Ereignisse informiert.

Milanos Speckfinger tauchten mit einem Handy wieder auf. Er knurrte ein paar Sätze hinein, um dann laut zu verkünden, dass Timon auf dem Weg sei. Norma widersprach nicht. Früher oder später würden sie sowieso aufeinandertreffen.

Dieser Mann war ihr so was von egal!

34

Von wegen! Ihr Puls zog an wie ein Rennpferd im End-
spurt, als Timon mit dynamischen Schritten durch den
Flur eilte.

Er schien ihr nichts übel zu nehmen. Mit offenem Blick
lächelte er sie an. »Glückwunsch, Norma! Du hast den
Mörder unserer Mumie entlarvt. Dirk hat mir alles erzählt.«

Sie reagierte säuerlich. »Andere sind mir zuvorgekommen. Krumsiek und Marlies Hebisch zum Beispiel. Und
vermutlich wusste noch jemand davon. Und dort will ich
jetzt hin.«

»Sprichst du von der betagten Operndiva, zu der ich
dich begleiten soll? Was hat es mit diesem aufgetauchten
Brief auf sich?«

»Das erkläre dir unterwegs.«

»Dann nichts wie los!«

Auf dem Weg zum Treppenhaus brachte sie Timon auf
den neusten Stand. »Der Brief mit Eberhards Geständnis
war der einzige Brief, der in der Sammlung fehlte. Das
kann kein Zufall sein. Jemand hatte ihn herausgenommen.«

»Elfie Krumsiek, nehme ich an? Die Briefe stammen
aus dem Nachlass ihres ersten Mannes Eberhard, nicht
wahr? Wann starb er?«

»1970. Mit 85 Jahren.«

»Glaubst du, sie hat seit über 40 Jahren von dem stillen Gast in der Wandnische gewusst?«, fragte er zweifelnd.
»Traust du ihr eine solche Kaltblütigkeit zu?«

»Sicher nicht! Das Zimmer war ihr Probenraum. Ich kann mir nicht vorstellen, dass sie bewusst ihre Arien in der Gegenwart eines Mordopfers geschmettert hat. Durch den Geständnisbrief hat sie von dem Mord erfahren und den Brief deswegen aus der Sammlung genommen. Aber wo genau er sein Opfer versteckt hat, lässt Eberhard im Dunkeln.«

Am vergangenen Donnerstag mussten ihr die Zusammenhänge allerdings klar gewesen sein. Norma dachte an ihr erstes Gespräch mit Elfie zurück. Kurz vorher war es zwischen Gunther und seiner Stiefmutter zum Streit um den Brief gekommen. Eine so große Überraschung, wie Elfie vorgeben hatte, konnte die Entdeckung des toten Maurergesellen nicht mehr gewesen sein.

»Elfie hatte Gunther die Briefe versprochen, als sie noch nichts von Eberhards Tat ahnte. Sie muss erst kurz vor der Übergabe zufällig auf das verhängnisvolle Geständnis gestoßen sein, als sie in den Briefen herumschmökerte.«

»Warum hat sie sich nicht vorher ausgiebig mit dem Nachlass befasst?«

Sie waren an der Treppe angekommen.

Norma blieb an Timons Seite. »Aus zwei Gründen, denke ich. Die Originalbriefe sind eng bekritzelt. Die liest selbst jemand, der sich wie Elfie mit alten Handschriften auskennt, nicht mal eben so. Man muss sie regelrecht studieren. Krumsiek hat nicht umsonst Satz für Satz abgeschrieben.«

»Und der zweite Grund?«

»Heißt Toni Sender! In den Briefen dreht sich alles um Tonis Leben. Welche Ehefrau hat Lust auf die Schmachtbriefe ihres Mannes an seine unerreichbare Geliebte?«

»Bis Gunther, der hoffnungsvolle Nachwuchshistoriker, daraus ein Buch machen wollte. Daraufhin schaute die Witwe vorsichtshalber genauer hin?«

»So muss es gewesen sein. Elfie nahm diesen einen Brief heraus, um das Ansehen ihres Eberhards nicht in Verruf zu bringen.«

»Du meinst, unser Hobbyhistoriker hätte sich zur Wahrheit verpflichtet gefühlt?«

»Damit hat er mir gegenüber aufgetrumpft. Auf die Gefühle der Stiefmutter hätte er wenig Rücksicht genommen. Und sie wollte jeden Schatten von ihrem geschätzten Ehemann fernhalten.«

Timon lächelte bitter. »Schatten ist gut! Bei diesem Befund wird es zappenduster. Einen Auftragsmord zu verhindern, ist das eine. Jemanden verhungern zu lassen, ist purer Sadismus!«

»Mordlust aus Liebe«, stellte Norma nüchtern fest.

»Heute würde man ihn wohl einen Stalker nennen.«

»Und einen Psychopathen«, ergänzte sie. »Nach außen der Gutmensch und in den eigenen Wänden ein Monstrum.«

»Nun willst du Elfie Krumsiek über den Geständnisbrief aushorchen?«

»Sofern mir das gelingt. Die Frau ist mit allen Wassern gewaschen.«

»Sie ist Profi, hat viele Jahre auf der Bühne gestanden«, warf Timon ein.

Norma musste einräumen, dass sie sich von Elfies Schauspielkünsten hatte täuschen lassen.

»Was versprichst du dir von dem jetzigen Besuch?«, fragte Timon.

»Ich möchte herausfinden, wann und wie der Brief

schließlich doch in Krumsieks Hände gelangt ist. Vor allem hoffe ich auf irgendeinen Hinweis, auf irgendeine Spur, die uns zu Grit führt.«

»Und weil vier Ohren mehr hören als zwei, darf ich dabei sein?«

»Bilde dir bloß nichts ein! Du bist lediglich als Arzt gefragt.«

Sie musste aufpassen. Durfte sich nicht einwickeln lassen von seinem verflixten Charme. Sie waren im Foyer angekommen, als es in Timons Hemdtasche klingelte. Beim Blick auf das Display leuchtete sein Gesicht auf.

»Augenblick, bitte!«, bat er an Norma gewandt. »Das ist dringend!«

Er gab sich nicht die geringste Mühe, die Stimme zu senken. »Mein Sonnenschein! – Wie? – Na, wunderbar. Dann sehen wir uns nächste Woche! Ich freue mich. – Bis dann!«

Mit glückseligem Blick schob er das Telefon in die Hemdtasche zurück.

Sonnenschein! Norma kochte innerlich. »Dein goldblondes Gift?«

Er lachte herzlich. »Das würde ihr gefallen! Ihr werdet euch mögen.«

»Kein Bedarf!«, schnaubte Norma.

Ihr Blick fiel auf die Vitrine mit den historischen Polizeimützen. Sie spürte das unmittelbare Bedürfnis, ihm mit der Pickelhaube eins überzuziehen.

»Woher weißt du, dass sie blond ist?«, fragte er mit Dackelblick.

»Weil ich euch gesehen habe! Am Freitagmittag in der Goldgasse. Du und diese – ich sage es ungern – verdammt schöne Frau!«

»Was bemerke ich da?«, fragte er belustigt. »Ist sie etwa eifersüchtig, die unterkühlte Norma?«

Entgeistert starrte sie ihn an. »Unterkühlt?«

»Wie immer, wenn du befürchtest, deine Gefühle zu verraten. Was diese Frau betrifft, bin ich deiner Meinung. Die Natur hat es durchaus großzügig gemeint mit Nike.«

Norma schnappte innerlich nach Luft. Nike, auch das noch! Wer kommt gegen die Siegesgöttin an? »Nike und weiter?«

Timon nickte ernsthaft. »Nike Bessinger.«

»Aha.«

»Nebenbei bemerkt, Nike ist geschieden.«

»Wie praktisch für euch.«

»Früher hieß sie übrigens Frywaldt.« Ein vergnügter Seitenblick streifte sie.

Norma fuhr herum. »Nike ist deine Exfrau?«

»Norma, denk nach! Sonst bist du nicht so schwer von Begriff.«

Sie wusste nicht, worüber sie sich mehr ärgern sollte: Über die unfreundliche Einschätzung ihrer Fähigkeiten oder sein unbekümmertes Lachen. Die Pickelhaube war hinter Glas, aber mit einem schwungvollen Tritt ihres Stiefelabsatzes …

»Komm wieder runter, Norma! Nike ist meine Schwester.«

»Du hast eine Schwester?«

»Das soll in den besten Familien vorkommen. Nike lebt in Berlin. Sie fliegt sehr häufig, das verlangt ihr Job. Wenn sie in Frankfurt zwischenlandet und die Zeit reicht, treffen wir uns am Flughafen. Als du uns gesehen hast, konnte sie sogar einen Abstecher nach Wiesbaden einrichten. Hast du Nike wirklich für meine Geliebte gehalten?«

»Na, so wie du sie verabschiedet hast!«

»Ich habe sie brüderlich umarmt und auf die Wange geküsst. Wenn ich eine Frau richtig küsse, sieht das anders aus.«

»Ach ja?« Sie packte ihn am Hemdsärmel, nötigte ihn an der Mützenausstellung vorbei, zog ihn in einen Flur und klopfte kräftig an die erstbeste Tür.

Timon schaute irritiert. »Norma, was ist das hier?«

»Steht auf dem Schild! Das Büro von KHK Müller.«

»Was willst du von ihm?«

»Von KHK Müller? Nichts, ich kenne ihn gar nicht.« Sie drückte die Klinke herunter und öffnete die Tür.

Timon spähte an ihr vorbei. »Es ist niemand da!«

»Umso besser!«

Sie schubste ihn in das leere Zimmer, warf die Tür hinter sich zu und legte ihm die Arme um den Nacken. Zog seinen Kopf zu sich heran.

Verdutzt beugte Timon sich zu ihr hinunter. »Norma, du bist verrückt!«

»Lieber verrückt als unterkühlt!«

Sie hatte lange genug darauf gewartet.

35

Die Welt stand Kopf, als sie kurze Zeit später über die Biebricher Allee schwebten. Der altersschwache Motor knatterte vergnügt vor sich hin. Die Sonne brachte die herbstbelaubten Alleebäume zum Glühen, und der Himmel strahlte so himmelblau wie auf einer Postkarte. Nicht einmal ein unverschämt drängelnder Motorradfahrer konnte einen Funken Missmut in Norma hervorkitzeln. Sie saß am Steuer und warf verträumte Blicke auf den Mann an ihrer Seite, der aufmerksam durch die Frontscheibe sah.

»Wie wär's, wenn wir die Aufgaben tauschen, Norma?«, fragte Timon fröhlich. »Ich gucke verliebt, und du behältst die Straße im Blick.«

»Angsthase!«

Auf den letzten Kilometern bemühte sie sich, die Aufmerksamkeit auf die Außenwelt zu richten. Unbeschadet erreichten sie Elfie Krumsieks Haus.

Franzi öffnete die Tür. Sie sah verweint aus und wirkte panisch. »Gut, dass Sie kommen. Frau Krumsiek! Ich glaube, sie stirbt!«

Timon schob sich an Norma vorbei. »Wo ist sie?«

»Im Wohnzimmer!«

Das Mädchen rannte voraus, Timon und Norma liefen hinterher. Elfie lag rücklings auf der Couch, die Beine hingen zur Seite. Ein Fuß baumelte in der Luft, der andere stützte sich mit den Zehenspitzen am Boden ab.

Ihr Gesicht war blutleer. Sie presste die Augen zusammen und stöhnte.

Sofort kniete Timon neben ihr. »Ruf den Rettungsdienst, Norma!«

»Alles meine Schuld!«, jammerte Franzi. »Alles meine Schuld!«

Norma legte ihr den Arm um die Schultern und nahm sie mit hinaus in den Flur, wo sie den Notruf wählte. Danach beruhigte sie das Mädchen. »Der Notarzt wird gleich hier sein.«

Franzi wischte sich mit dem Pulloverärmel durchs Gesicht. »Wer ist dieser Mann?«

»Ein Freund, er ist Arzt. Dr. Frywaldt. Was ist passiert, Franzi?«

»Frau Krumsiek hat in der Villa angerufen, weil sie Marlies nicht erreichen konnte«, erzählte Franzi unter Tränen. »Verena hat mich rübergeschickt, um nach dem Rechten zu sehen. Mit einem Mal organisiert die drüben alles. Wo steckt Marlies überhaupt?«

»Sie wurde vorläufig festgenommen.«

Franzis Augen weiteten sich.

Timon streckte seinen Kopf in den Flur. »Kommt ruhig herein.«

»Wird sie sterben?«, flüsterte Franzi beklommen.

»Irgendwann, wie wir alle. Aber nicht heute. Sie hat zu wenig getrunken und ihre Medikamente vergessen. Zwei, drei Tage Krankenhaus zum Aufpäppeln, dann darf sie wieder nach Hause.«

Norma trat an das Sofa heran. Timon hatte seine Patientin mit einer Wolldecke zugedeckt, die nur Kopf und Hals frei ließ.

In Elfies Wangen kehrte die Farbe zurück. »Mir wurde

plötzlich übel. Die Sorge um Grit macht mir zu schaffen. Außerdem hat das Mädchen etwas gesagt, das mich furchtbar aufgeregt hat. Was genau, fällt mir im Augenblick nicht ein … Marlies hat wohl recht.«

Norma ging neben ihr in die Hocke. »Womit hat Marlies recht?«

»Dass mich mein Kopf manchmal im Stich lässt«, hauchte Elfie. »So wie neulich, als das mit dem Schlüssel vom Friedhof passierte.«

»Sie meinen den großen Schlüssel für das Mausoleum?«

Elfie nickte schwach. »Erst war er weg, dann hing er plötzlich wieder am Schlüsselbrett. Ich fand das unheimlich. Als ob jemand zu meinem Eberhard in die Gruft wollte. Marlies hat versucht, mich zu beruhigen. Ich würde Gespenster sehen.«

»Wissen Sie noch, an welchem Tag der Schlüssel verschwand?«

Elfie schloss die Augen und sagte nachdenklich: »Am vergangenen Freitag war Eberhards Geburtstag. Einmal im Jahr betrete ich die Gruft auf dem Nordfriedhof und bringe ihm einen Strauß weißer Lilien. Todesblumen, wie er sagte, aber er mochte sie so sehr. Erinnern Sie sich, Frau Tann? Sie haben mir den Schlüssel zum Taxi gebracht.«

»Als Sie vom Friedhof zurückkehrten, haben Sie den Schlüssel an das Schlüsselbrett gehängt?«

»Wie immer, da bin ich mir ganz sicher. Ich habe ihn aus der Handtasche genommen und hingehängt, aber am Samstagmorgen war er fort.«

Norma antwortete beruhigend: »Das kann ich bestätigen. Als ich am Samstagnachmittag bei Ihnen war, ist mir aufgefallen, dass der Schlüssel fehlte. Wann war er wieder da?«

»Das kann ich nicht genau sagen«, erwiderte Elfie. »Kurz nachdem mir die Lücke aufgefallen war, kam die Nachricht von Gunthers Tod. Von da an hatte ich anderes im Kopf. Ich war außer mir, weil ich Grit nicht erreichen konnte. Nachdem am Nachmittag Marlies erschienen war, um mir zu helfen, waren die Schlüssel wieder komplett. Sie meinte, ich hätte mir alles eingebildet.«

Bevor Norma sich nach dem Geständnisbrief erkundigen konnte, ertönte die Türglocke. Eine energische Notärztin übernahm die Regie und lauschte konzentriert Timons Schilderungen, bevor sie die Sanitäter anwies, Elfie auf eine Trage zu betten. Grits Großmutter sah winzig und zerbrechlich aus, als sie von den Männern aus dem Haus gebracht wurde. Vorher hatte sie Norma gebeten, nach der Kaffeemaschine und dem Herd zu sehen, das Haus abzuschließen und den Hausschlüssel vorerst an sich zu nehmen.

Franzi hatte alles still und mit ängstlicher Miene verfolgt.

»Wir müssen reden«, sagte Norma und bat das Mädchen in die Küche.

Timon gab ihr ein Zeichen, dass er draußen wartete. Sie setzten sich ans Fenster. Franzi kaute an den Fingernägeln und starrte angestrengt auf die Tischplatte.

»Was hast du zu Frau Krumsiek gesagt? Was hat sie dermaßen aufgeregt? Ging es um Gunther?«, fragte Norma in behutsamem Ton.

Franzi hob den Kopf und ließ die Finger in Ruhe. »Diese Ratte! Als Frau Krumsiek angefangen hat, mir von ihrem supertollen Stiefsohn vorzuschwärmen, bin ich fast geplatzt.«

»Also hast du ihr von Gunthers Übergriff erzählt?«

Das Mädchen nickte mit störrischer Miene.

»Auch das, was du der Polizei und mir nicht gesagt hast?«

»Ich weiß nicht, was Sie meinen.« Verunsichert rutschte Franzi auf dem Stuhl herum.

»Zeit für Klartext, Franzi. Du wolltest mir schon am Sonntag etwas anvertrauen. Glaube mir, du wirst dich besser fühlen, wenn du nichts mehr verheimlichst.«

Die Hände tauchten unter die Tischplatte ab. Stockend sagte das Mädchen: »Es ist alles meine Schuld. Dass er das gemacht hat, meine ich.«

»Du willst verantwortlich dafür sein, was Krumsiek dir angetan hat? Wie kommst du darauf?«

»Ich habe ihn gereizt«, murmelte sie zaghaft. »Ihn provoziert. Am Donnerstagabend, als ich bei ihm war, lag ein Blatt Papier auf seinem Schreibtisch. Eng bekritzelt in einer altmodischen Handschrift. ›Sein Hauptgewinn‹, sagte Gunther und fing an, furchtbar damit anzugeben. Er erzählte, dass seine Mutter den Brief versteckt hatte, damit er darüber bloß nichts in seinem Buch schreiben kann.«

»Hat er gesagt, wie er an den Brief herangekommen ist?«

»Als sie einmal schlimm krank war und dachte, sie müsste sterben, hat sie ihm alle ihre Verstecke verraten. Wo sie Geld und Schmuck aufhebt. Dort hat er nachgesehen, als sie schlief.«

Eindringlich sah Norma das Mädchen an. »Hast du den Brief gelesen?«

»Ach was! Wie sollte ich dieses Gekrakel entziffern? Ich habe damit herumgewedelt und so getan, als wollte ich das Papier zerreißen. Es sollte ein Spaß sein, aber Gunther wurde wütend. Er hat mich gepackt, und als ich mich wehrte, lief alles aus dem Ruder.«

Franzi verschränkte die Arme auf dem Tisch und ließ den Kopf darauf sinken. Sie weinte.

Norma legte ihre Hand auf Franzis Schulter. »Warum hast du Frau Krumsiek davon erzählt, aber nicht mir oder Kommissarin Fleischmann?«

»Ich wollte sie doch beruhigen! Sie bekam kaum noch Luft, so hat sie sich über Gunther aufgeregt. Dabei bin ich schuld an allem! Wenn ich ihn nicht geärgert hätte, wäre gar nichts passiert. Ich schäme mich so. Deswegen habe ich Ihnen nichts von diesem Brief gesagt.«

»Das ist Unsinn, Franzi! Hör auf, so zu denken! Du musst dich dafür nicht rechtfertigen, du kannst nichts dafür! Komm, ich bringe dich in die Villa.«

Bevor sie gingen, leerte Norma den Kaffeefilter, spülte die Kanne ab und vergewisserte sich, dass der Herd ausgeschaltet war. Zuletzt nahm sie den unhandlichen Schlüssel vom Schlüsselbrett.

36

Timon wunderte sich über die Hast, mit der Norma das Mädchen vor der Villa verabschiedete und die Autotür aufriss. »Wohin geht's?«

»Zum Nordfriedhof! Wir sollten keine Zeit verlieren!«

Sie steuerte den kleinen Wagen ein bisschen schneller als erlaubt über die Biebricher Allee, bremste beim fest installierten Blitzgerät ab und fuhr weiter über den ersten Ring. Unterwegs versorgte sie Timon mit Informationen, die er sich anhörte, ohne dazwischenzureden. Nach zehn Minuten erreichten sie die Platter Straße, die bergauf über die Bergkuppe ›Platte‹ nach Limburg führte. Unmittelbar hinter den letzten Häusern begann der Wald. Parallel zur Platter Straße zog sich, der Geländeformation folgend, der Nordfriedhof in den bewaldeten Taunushang hinein. Norma lenkte den Wagen in den Waldweg, der dem Verlauf der Friedhofsmauer folgte und genügend Platz zum Parken bot. Im Laufschritt durchquerten sie das markante, dreigliedrige Portal.

Timon schaute umher, ohne die Schritte zu verlangsamen. »Puh! Das ist ja eher Wald als Friedhof!«

150-jährige Lebensbäume und Zypressen wachten über den Gräbern und ließen die knorrigen Eichen und stattlichen Buchen in der Nachbarschaft beinahe zierlich erscheinen. Hinter dem Eingang wurde der Besucher von einem imposanten Grabmal in Empfang genommen. Drei überlebensgroße, steinerne Figuren gruppierten sich unter einem Fries. Die größte Figur in der Mitte im faltenreichen Gewand, deren Kapuze ihr tief ins Gesicht gerutscht war, hielt mahnend ein Stundenglas in der Hand.

»Wer hier liegt, hatte es im Leben zu etwas gebracht«, sagte Timon beeindruckt.

Norma hatte keine Muße für den verwunschenen Anblick. »Wir müssen die Familiengruft der Hahlbrocks finden!«

Im Laufschritt eilten sie die Allee entlang. Die Luft roch nach Regen und feuchter Erde. Ein Stück bergauf war ein älterer Herr damit beschäftigt, den wuchernden Buchs auf einer schlichten Grabstelle in Form zu stutzen. Er ließ die Heckenschere sinken, als Norma ihn ansprach.

Nachdenklich rieb er das bärtige Kinn. »Das Mausoleum der Hahlbrocks? Ist es nicht der Tempel mit dem weinenden Engel?«

»Der weinende Engel?«, wiederholte Norma fragend.

»Sie werden schon sehen«, meinte er aufmunternd. »Gehen Sie an der Trauerhalle vorbei.«

Mit der Scherenspitze wies er auf ein Gebäude, dessen Vordach von roten Säulen getragen wurde. Dem folgte eine verwirrende Beschreibung, von der Norma sich kaum die Hälfte merken konnte. Hoffentlich behielt Timon die andere Hälfte im Kopf. Er hatte sich von ihrer Aufregung anstecken lassen und joggte dicht hinter ihr den Hauptweg entlang, bis sie die Halle erreichten und auch an dieser rasch vorbei waren. Engelsfiguren gab es reichlich auf und neben den Grabsteinen. Engel in allen Größen und mit allerlei Ausdrucksformen: bekümmert und versunken, mit hoffnungsvollem Antlitz und gezeichnet von Melancholie. Aber weit und breit war kein Mausoleum mit einem weinenden Engel zu entdecken.

An einer Gabelung blieb Norma stehen und sah sich ratlos um. Auf einer Anhöhe fiel ihr eine Halle mit gerundetem Eingangsbereich aus. Dahinter wieder Gräber und noch mehr Gräber. »Der Friedhof scheint kein Ende zu nehmen. Wohin jetzt?«

»Dort drüben!«, rief Timon.

Ein Stück unterhalb des Wegs schimmerte ein von zwei Säulen getragenes Vordach durch das Herbstlaub. Im Hintergrund war eine Engelsfigur auszumachen. Norma und Timon liefen darauf zu. Tatsächlich: Der marmorweiße Engel war in einer trauernden Haltung erstarrt und ließ betrübt die geschwungenen Flügel hängen. Der Eingang zur Gruft lag auf der Rückseite des Tempelchens. Drei Steinstufen führten hinab zu einer niedrigen Holztür, die von einem übergroßen Schloss unter der schweren, schmiedeeisernen Klinke gesichert wurde. Die Marmortafeln daneben trugen die Namen und Daten der Verstorbenen:

Johannes Hahlbrock, Chemiker, geb. 8. Juli 1860, gest. 7. März 1916
Ophélie Hahlbrock geb. Dujardin, Opernsängerin, geb. 1. April 1863 in Paris, gest. 7. März 1891
Dr. Eberhard Hahlbrock, Arzt, geb. 11. Oktober 1885, gest. 30. November 1970
Ingeborg Blancke geb. Hahlbrock, Krankenschwester, geb. 23. Juni 1946, verunglückt am 10. Juli 2010
Jan-Thomas Blancke, Dipl.-Mathematiker, geb. 15. Oktober 1941, verunglückt am 10. Juli 2010

Norma richtete ihre Aufmerksamkeit auf den Eingang der Gruft. Angesichts der antiken Eisenbeschläge machte sie sich auf Widerstand gefasst. Zu ihrer Überraschung ließ sich der Schlüssel mit Leichtigkeit im geölten Schloss drehen.

Timon legte ihr die Hand auf die Schulter. »Lass mich vorausgehen.«

Vorsichtig schob er die Tür auf. Feuchte, muffige Luft strich ihnen aus der Finsternis entgegen.

»Totenstill!«, raunte er. »Ob die Damen und Herren elektrisches Licht haben?«

Norma kicherte angespannt. »Tote lieben es düster und ruhig. Oder etwa nicht?«

Sie zuckte zusammen und griff erschrocken nach seinem Arm. Beide lauschten wachsam. Da war es wieder. Leise, aber deutlich zu hören. Ein schleifendes, schabendes Geräusch.

Timon stieß die Tür weit auf. Das Tageslicht reichte kaum über die Schwelle hinaus. Er ertastete an der Wand einen Lichtschalter. Unter dem Deckengewölbe flackerte eine Glühbirne auf und erhellte einen quadratischen Raum. In der rechten Wand gab es zwei übereinanderliegende, längliche Nischen. Groß genug für zwei hölzerne Särge. Die kleinen Nischen in der Wand gegenüber waren Urnen vorbehalten. Zwei Fächer waren besetzt. Ein dritter Sarg war an der Stirnseite aufgebaut, auf dem ein Strauß verwelkender weißer Lilien lag. Regenwasser hatte sich einen Weg durch die Mauerspalten gesucht und sich am Fuß des Sargs gesammelt. Norma lauschte angestrengt. Genau von dort, aus diesem Sarg, kam das Geräusch! Für einen Augenblick setzte ihr Herz aus.

37

Mit dem nächsten Atemzug schlug ihr das Herz bis zur Kehle. So irrational ihre Angst auch war, sie ließ sich nicht abstreifen. Norma war heilfroh über Timon an ihrer Seite, als sie sich Schritt für Schritt dem Sarg näherte. Dabei bemerkte sie ihren Irrtum. Das Schleifgeräusch kam nicht aus dem Sarg, es entstand dahinter, in dem Spalt zwischen Sarg und Mauerwerk.

Kühn packte Timon den Sarg an einem geschmiedeten Griff. »Fass mit an, Norma!«

Mit vereinten Kräften gelang es ihnen, den klobigen Eichensarg ein Stück von der Wand wegzurücken, bis Timon sich dahinter zwängen konnte. Norma spähte in den Spalt hinein. Ein Mensch! Ein schmächtiger Körper lag dort eingezwängt auf dem Bauch. Grauer Staub hing im Haar und bedeckte Jacke und Hose, die um die Waden herum von einem Seil zusammengerafft wurde, mit dem die Frau gefesselt war. Die Füße steckten in Halbschuhen, deren Spitzen in Bewegung waren und ruckartig über den Steinboden streiften.

Grit! Am Leben!

Norma redete beruhigend auf Grit ein, die von Timon hochgenommen und ins Freie getragen wurde. Draußen legte er sie mit Normas Hilfe vorsichtig auf einem Rasen- stück nieder. Grit war bei Bewusstsein, schien aber kaum wahrzunehmen, dass Timon ihr den Knebel aus dem Mund nahm. Der Knebel war nass, ebenso die Vorderseite der

Bluse und die Ärmel. Grits Gesicht war bedeckt von Lehm und feuchtem Staub.

Timon warf den Knebel beiseite. »Das Regenwetter war ihre Rettung. Sie hat das Sickerwasser durch den Stoff gesaugt. Länger als drei bis vier Tage überlebt man nicht, ohne zu trinken.«

Behutsam löste er die Fesseln, mit denen Grits Hände auf den Rücken gebunden waren.

Norma knotete das Seil um die Waden auf. »Wird sie durchkommen?«

»Sie hat die Hölle durchgemacht. Hat über drei Tage um ihr Leben gekämpft. Soll das umsonst gewesen sein?«

An Grits Schläfe klebte geronnenes Blut. Innere Verletzungen wollte er nicht ausschließen.

Norma streifte ihre Jacke ab und schob sie stützend unter Grits Kopf. Timon reichte ihr seine Jacke als Decke, ehe er erst mit der Ambulanz telefonierte und anschließend mit dem Chef der Soko ›Mosburg‹.

»Kann ich dich allein lassen, Norma?«

»Geh nur!«

Er lief los, um den Rettungswagen heranzulotsen.

Norma kniete auf dem Boden und beugte sich über Grit, die die Lippen bewegte.

»Mein Großvater«, raunte Grit. »Er war … bei mir. Hat mich … beschützt. Mich … gerufen. Ich sollte ihm folgen …«

»Nein, Grit! Du hattest Halluzinationen. Lass uns über die Lebenden reden. Wer hat dich gefesselt und in die Gruft geschleppt? Wer hat dir das angetan? Grit!«

Mühsam brachte Grit die Antwort heraus. »Sie … sie wollte … wiederkommen, wenn ich … verdurstet … bin. Mich dann … in den Sarg … zu Eberhard … Auf ewig … schwarze Stille.«

Das Ohr dicht an Grits Mund, lauschte Norma ange-strengt. Jedes einzelne Wort kostete Grit Kraft.

Dann war der Rettungswagen zu hören. Norma sah auf.

38

Milano und Wolfert trafen wenige Minuten nach dem Notarzt und den Sanitätern ein. Die Kommissare hielten sich im Hintergrund, bis Grit auf dem Weg ins Krankenhaus war. Vorher konnte Norma kurz mit dem Notarzt sprechen. Der Mediziner hatte sich zuversichtlich gezeigt. Grit würde es schaffen!

Milano betrachtete die Stricke, die auf den Stufen zur Gruft lagen. »Wer in den Freitod gehen will, wird sich vorher nicht fesseln lassen.«

Sein Kollege lächelte skeptisch und legte die Nagezähne frei. »Die Entführung spricht Frau Blancke nicht unbedingt vom Mordverdacht an Krumsiek frei.«

»Das sehe ich anders«, widersprach Norma. »Grit hat mir erzählt, wie es abgelaufen ist. Im Zusammenhang mit allem, was mir außerdem klar geworden ist …«

»Frau Schlaumeier mal wieder!«, knurrte Milano.

»Ohne Norma hätte Grit den morgigen Tag kaum überlebt«, herrschte Timon ihn an.

Milano hob entschuldigend die Hände. »Nix für ungut, Norma! Was hast du uns zu sagen?«

»Emil Grundkes traurige Überreste«, begann sie, »gaben den Anstoß für den Mord an Krumsiek. Und ebenso für Grits Entführung.«

»Bleiben wir zunächst beim ersten Fall«, bat Wolfert. »Reden wir über die Mumie. Wie wir aus dem Brief vom 29. November wissen, war der abgerissene Maurer ein

Killer, beauftragt von Toni Senders politischen Gegnern. Grundke brauchte Geld, um seine Verlobte gnädig zu stimmen. Das Vorhaben ging schief. Hat damals jemand von dem Mord an Grundke erfahren?«

Das hielt Norma für unwahrscheinlich. »Auch Toni Sender wusste bestimmt nichts davon. Nach allem, was ich über sie gelesen habe, wäre sie über Eberhards Tat entsetzt gewesen. Einen Mord hätte sie ihm niemals verziehen. Er gestand seine Tat nur in dem Brief, den damals niemand zu sehen bekam.«

»Bis sich ein Jahrhundert später ein Freizeithistoriker daran macht, eine Biografie über Toni Sender zu schreiben«, setzte Wolfert die Zusammenfassung fort.

Norma übernahm wieder das Wort. »Elfie Krumsiek hatte all die Jahrzehnte keinen Schimmer von Eberhards düsterem Geheimnis. Sie hatte Gunther die Briefe versprochen. Bevor sie alles übergab, stöberte sie darin herum und stieß auf das, was niemand erfahren durfte. Sie verbarg das Geständnis in ihrer Schmuckschatulle. Dummerweise hatte sie vergessen, dass sie Gunther vor Jahren in einer schwachen Stunde die Verstecke verraten hatte. Eberhard wartete, bis seine Stiefmutter schlief, und fand, was er suchte.«

»Wann war das?«, fragte Milano.

»Am Donnerstag, zwei Tage vor seinem Tod. Er nahm den Brief mit in seine Wohnung – sein Knaller –, gab vor Franzi damit an, die übermütig mit dem Brief herumspielte. Es kam zu Handgreiflichkeiten, bis Gunther die Kontrolle verlor und sich über Franzi hermachte. Franzi behielt die Vergewaltigung zunächst für sich. Sie fühlte sich mitschuldig, weil sie Gunther herausgefordert hatte, und wartete bis zum nächsten Tag, bevor sie sich Grit anvertraute.

Gunther war währenddessen auf der Brillenmesse. Franzi wollte vermeiden, dass Grit ihn spontan zur Rede stellte und auch diese Situation eskalieren könnte. Nach dem Gespräch mit Franzi ging Grit zu Marlies, der Fachfrau für Traumata. Marlies war stinksauer.«

»Marlies fühlte sich übergangen?«, hakte Wolfert nach.

»Zu Tode gekränkt sozusagen«, stimmte Norma ihm zu. »Währenddessen redete Franzi mit Florian über das, was Gunther ihr angetan hat. Florian tobte und schwor Rache. Weil er Grit bei der Buchführung hilft, kennt er den Code vom Tresor. Franzi hatte ihm von der Pistole erzählt. Mit der Beretta radelte er zum Üben in den Taunus. Auf dem Rückweg entdeckte er mich, als ich aus Krumsieks Haus kam. Die Waffe legte er unbemerkt zurück in den Tresor. Seine Rachegelüste hatten sich abgekühlt.«

Sie fröstelte, was Timon nicht entging. Er hob die Jacken auf, die die Sanitäter zurückgelassen hatten, reichte ihr ihre Jacke und legte ihr zusätzlich sein Sakko über die Schultern.

Doppelt gewärmt, erzählte sie weiter: »Inzwischen war es Freitagabend. Gunther kehrte von der Messe heim. Er brannte darauf, Marlies mit Eberhards Mord zu konfrontieren, und ging hinüber in die Villa, wo er damit drohte, den Fall zum Aufhänger seines Buchs zu machen. Marlies glaubte, allein im Haus zu sein. Sie ahnte nicht, dass Verena das Gespräch mitanhörte. Am Morgen darauf setzte Marlies einen perfiden Plan in die Tat um. Sie lauerte Gunther mit der Beretta aus Grits Tresor im Schlosspark auf und nahm ihm den Schlüsselbund ab, als er am Boden lag. Mit ihrem Wagen fuhr sie zu Krumsiek, wo ihr Auto keinem auffiel, so nah bei der Villa, und stahl die Briefe und das Manuskript aus dem Aktenschrank. Sie hat die Tat Grit gegenüber gestanden. Wenn Grit jetzt aussagt, wird Marlies sich nicht mehr herausreden können.«

»Die Hebisch begeht einen Mord, um ein 100 Jahre altes Verbrechen zu verschleiern?«, fragte Milano zweifelnd.

Timon übernahm das Wort. »Aus ihrer Sicht sah Marlies Hebisch keine Alternative. Sie wollte ihr Lebenswerk retten. Neben dem Renommee des Dr.-Hahlbrock-Hauses hatte sie einen weiteren Grund. Es sollte kein Schatten auf das Andenken ihres Idols Toni Sender fallen.«

»Der geplante Anschlag hätte die Politikerin zum Opfer gemacht, nicht zur Täterin«, wandte Wolfert ein.

Milano dagegen schien inzwischen überzeugt. »Das sah die Hebisch offenbar anders.«

»Für Marlies gibt es keine Zwischentöne«, ergänzte Timon, »sondern nur schwarz oder weiß, gut oder böse. Dass ihr Idol, obwohl absolut unschuldig, mit einem Verbrechen in Zusammenhang gebracht werden könnte, konnte sie nicht ertragen.«

Norma zitierte: »Nichts halb zu tun ist edler Geister Art.«

»Was soll das nun wieder bedeuten?« Der dicke Kommissar fuhr sich durch den dunklen Haarschopf.

Sie lächelte grimmig. »Keine halben Sachen: Toni Senders Lebensmotto, das Marlies sich zu eigen gemacht hat. Gunther musste weg, und zwar ganz und gar. Und Grit sollte ihm ins Jenseits folgen.«

»Warum dieser Hass auf Grit Blancke?«, fragte Wolfert.

»Marlies ist davon überzeugt, sie habe sich für ihre Ziehtochter aufgeopfert«, erklärte Norma. »Und was tut Grit? Anstatt ihr bis in alle Ewigkeit dankbar zu sein, wendet sie sich ab. Systematisch entzieht sie Marlies den Einfluss in der Villa und steht bei einer Intrige im Förderverein nicht auf Marlies' Seite. Dann vertraut sich Franzi, Marlies' jüngstes Ziehkind, lieber Grit an. Und zu guter Letzt hatte Grit die Frechheit, den Tony-Sender-Preis zu gewinnen, den Marlies für sich selbst vorgesehen hatte. Lauter Kränkungen, die ein Ventil brauchten.«

»Alles Anzeichen für ein pathologisches Helfersyndrom«, überlegte Timon laut. »Die Enttäuschung über den geliebten Menschen schlägt in tödlichen Hass um.«

»Gehen wir nach all der Theorie zum Praktischen über«, schlug Milano vor. »Auf welche Weise hat die Psychofrau ihre einstige Freundin in die Gruft bekommen?«

Norma fasste zusammen, was ihr vorher bekannt gewesen war; ergänzt durch die Neuigkeiten, die sie soeben von Grit erfahren hatte: »Nachdem Marlies die Ordner im Wagen verstaut hatte, ging sie in die Villa. Sie legte die Beretta zurück in den Tresor, um den Verdacht auf Grit zu lenken. Zu ihrem Pech hatte Grit schlecht geschlafen und war viel früher als gewöhnlich aufgestanden. Im Büro kam es zum Streit. Alles, was sich in den vergangenen Monaten aufgestaut hatte, entlud sich nun. Ob die Entführung geplant war oder sich spontan ergab, könnte uns nur Marlies persönlich sagen.«

»Sie schlug Grit nieder, fesselte und verschleppte sie?«, vergewisserte sich Wolfert.

»Was körperlich ein Kinderspiel für Marlies gewesen sein dürfte«, sagte Norma. »Habt ihr die Geräte in ihrem Fitnessraum gesehen? Hinterrücks schlug sie zu. Im Kofferraum kam Grit wieder zu sich. Sie konnte sich nicht rühren, war verschnürt und geknebelt.«

Norma wies auf die Friedhofsmauer, die sich ein Stück unterhalb des Mausoleums entlangzog. Darin gab es einen Durchgang mit einem Gittertor.

»Seht ihr den Nebeneingang dort? Man kann über den Waldweg bis ans Tor heranfahren, es wird nicht abgeschlossen. Am Samstagmorgen dürfte Marlies hier unbeobachtet gewesen sein. So früh ist auf dem Friedhof nichts los. Sie hievte Grit aus dem Kofferraum und schleppte sie hinauf bis in die Gruft.«

»Warum wehrte Grit sich nicht?«, fragte Milano zweifelnd.

»Wie sollte sie?«, widersprach Norma. »Grit war völlig benommen von dem Schlag auf den Kopf. Sie konnte sich kaum auf den Beinen halten. Marlies hatte sich, während Elfie schlief, den Schlüssel zur Gruft aus der Wohnung geholt. Zugang zu Elfies Haus hatte sie durch den Schlüssel, der an Gunthers Schlüsselbund hing, den Marlies ihm abgenommen hatte.«

»So weit, so nachvollziehbar«, stimmte Milano ihr zu. »Aber warum hat sie Grit nicht getötet, anstatt sie hier grausam verenden lassen zu wollen? War der Hass so gewaltig?«

»Im Gegenteil«, meldete sich Timon zu Wort. »Sie hatte Hemmungen. Den letzten Schritt, den aktiven Mord, brachte sie nicht übers Herz. Darin ähnelt sie Eberhard, der sein Opfer auch nicht von eigener Hand in den Tod befördern wollte.«

Wolfert schüttelte angewidert den Kopf.

Milano spottete: »Zwei wahre Gutmenschen!«

Blaulicht flackerte durchs Friedhofsgrün. Die Spezialisten der Tatortgruppe rückten an.

Norma verabschiedete sich. »Wenn ihr mich nicht mehr braucht, würde ich gern zum Krankenhaus fahren.«

»Um nach Grit zu sehen?«, fragte Wolfert.

»Ich habe ihr versprochen, sobald wie möglich nachzukommen. Und ich möchte der Großmutter die gute Nachricht überbringen, dass ihre Enkelin am Leben ist. Und frei von allen Anschuldigungen.«

»Nimmst du mich mit?«, fragte Timon sanft.

Nichts lieber als das!, dachte sie und sagte beiläufig: »Warum nicht?«

Milano kommentierte die Situation auf seine Weise. »Na, endlich. Frau Schlaumeier und der Doppeldoktor.«

Sie fühlte sich von den Blicken beider Kommissare verfolgt, als sie zwischen den Gräbern voranschritt. Timon an ihrer Seite lächelte in sich hinein und schwieg.

E N D E

NACHWORT

Nichts lag mir ferner, als die ehrbare Politikerin Toni Sender unmittelbar in einen fiktiven Kriminalfall zu verwickeln. Dennoch wollte ich sie – als eine Wiesbadener Persönlichkeit der Zeitgeschichte – gern in diesem Kriminalroman auftreten lassen. So ist Toni Sender in Norma Tanns fünftem Fall die einzige Person, die tatsächlich gelebt hat. Alle anderen Figuren habe ich erfunden und Toni Sender mit Eberhard Hahlbrock einen fiktiven Beobachter an die Seite gestellt, der ihre Jugend in Biebrich und ihre Anfangsjahre als Politikerin in Frankfurt begleitet. Die Episoden, die Eberhard gemeinsam mit Toni erlebt (wie die ›Frankfurt Blutnacht‹, ihre Arbeit im Militärkrankenhaus, die Begegnung mit den aufständischen Kieler Matrosen, ihre schwere Grippeerkrankung u. a.) schildert Toni Sender in ihrer Autobiografie. Tatsächlich kletterte sie als Kind in den Maulbeerbaum und stöberte stundenlang auf dem Dachboden herum. Dieses allerdings ohne Freund Eberhard, der eine ebensolche Fantasiegestalt ist wie der Maurergeselle Emil Grundke. Von Morddrohungen hingegen blieb Toni Sender auch im wahren Leben nicht verschont.

ÜBER TONI SENDER

Sidonie Zippora Sender, die sich später ›Toni‹ nennt, wird am 29. November 1888 in Biebrich geboren. Ihre Eltern, der Kaufmann Moritz Sender und seine Frau Marie, haben sich als jüdisches Ehepaar den Aufstieg in der damals unabhängigen Kleinstadt hart erarbeitet. Sie sind gesellschaftlich etabliert und angesehen. Toni könnte es sich bequem im Bürgertum einrichten. Vorgezeichnet sind eine gute Schulbildung, Heirat und Kinder. Eine Berufsausbildung passt nicht in den Lebensplan einer ›höheren Tochter‹. Toni jedoch zeigt bereits als Kind einen ausgeprägten Freiheitswillen und den Wunsch nach Unabhängigkeit. Als 13-Jährige setzt sie ihren Kopf durch, verlässt das behütende Elternhaus und geht nach Frankfurt, um dort eine Handelsschule zu besuchen. Mit 15 tritt sie ihre erste Stellung in einer Immobilienfirma an. Nebenher besucht sie Abendkurse für Volkswirtschaft, bildet sich im Selbststudium politisch weiter und trifft sich mit Gleichgesinnten zu nächtelangen Diskussionsrunden. Die Ungerechtigkeiten des Deutschen Reichs gegen den Großteil seiner Bewohner, vor allem das Dreiklassenwahlrecht, das den Wert einer Stimme an den Besitz des Wählers koppelt, empören sie.

Zeit ihres Lebens wird sich Toni Sender für Frieden und Gerechtigkeit einsetzen. Während des Ersten Weltkriegs engagiert sie sich in der Antikriegsbewegung und hat 1918 einen entscheidenden Einfluss auf die revolutionäre Bewegung in Frankfurt. Sie arbeitet als Journalistin und wird in führenden Positionen für die Gewerkschaften tätig. Von 1922 bis 1933 ist sie als Abgeordnete der USPD und später der SPD Mitglied des Deutschen Reichstags. 1933 gelingt ihr nur knapp die Flucht aus Deutschland. Als Jüdin und streitbare Sozialistin muss sie um ihr Leben fürchten. Auf Umwegen gelangt sie in die USA und arbeitet dort über viele Jahre für die Vereinten Nationen. Fotos der damaligen Zeit zeigen sie als kleine, sich sehr aufrecht haltende Person und meist einzige Frau zwischen den Staatsmännern der Welt. Toni Sender stirbt am 26. Juni 1964 in New York.

QUELLEN

Toni Sender, *Autobiographie einer deutschen Rebellin*, herausgegeben und eingeleitet von Gisela Brinker-Gabler, Fischer Taschenbuch Verlag 1981.

Tony Sender, 1888 – 1964, Rebellin, Demokratin, Weltbürgerin, Historisches Museum Frankfurt am Main 1992.

Lothar Bembenek, *Das Leben der jüdischen Minderheit in Wiesbaden-Biebrich bis zum Ersten Weltkrieg*, herausgegeben vom Aktiven Museum Spiegelgasse für deutsch-jüdische Geschichte in Wiesbaden e. V., Wiesbaden 2010.

Privatdetektivin Norma Tann ermittelt:

SPANNUNG

GMEINER

WWW.GMEINER-VERLAG.DE
Wir machen's spannend

DIE NEUEN
Lieblingsplätze

ISBN 978-3-8392-0370-5 — Lieblingsplätze im BAYERISCHEN WALD

ISBN 978-3-8392-0373-6 — Lieblingsplätze im EMSLAND

ISBN 978-3-8392-0371-2 — Lieblingsplätze im BERCHTESGADENER LAND

ISBN 978-3-8392-0158-9 — Lieblingsplätze im HARZ

ISBN 978-3-8392-0372-9 — Lieblingsplätze am BODENSEE

ISBN 978-3-8392-0376-7 — Lieblingsplätze im HOHENLOHE

ISBN 978-3-8392-0378-1 — Lieblingsplätze in KÄRNTEN

ISBN 978-3-8392-0386-6 — Lieblingsplätze im SALZBURGER LAND

ISBN 978-3-8392-0375-0 — Lieblingsplätze für Wanderer SCHWÄBISCHE ALB

ISBN 978-3-8392-0380-4 — Lieblingsplätze an der NORDSEE NIEDERSACHSEN

ISBN 978-3-8392-0381-1 — Lieblingsplätze an der NORDSEE SCHLESWIG-HOLSTEIN

ISBN 978-3-8392-0382-8 — Lieblingsplätze in OBERÖSTERREICH

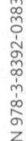

ISBN 978-3-8392-0383-5 — Lieblingsplätze im OSNABRÜCKER LAND

ISBN 978-3-8392-0374-3 — Lieblingsplätze in FRANKEN

ISBN 978-3-8392-0377-4 — Lieblingsplätze in und um MÜNCHEN NACHHALTIG

ISBN 978-3-8392-0385-9 — Lieblingsplätze rund um BERLIN

GMEINER KULTUR

WWW.GMEINER-VERLAG.DE
Mensch, Kultur, Region